Frédéric Couderc

LES SECONDES CHANCES

LES ESCALES

Ce livre a bénéficié d'une bourse d'écriture du CNL.

92, avenue de France
75013 Paris – France
Courriel : contact@lesescales.fr

ISBN : 978-2-36569-839-9
Dépôt légal : avril 2025
Imprimé en France

Couverture : Hokus Pokus Créations
Mise en pages : Nord Compo

« La mer a charrié un souffle épais et ardent. Il m'a semblé que le ciel s'ouvrait sur toute son étendue pour laisser pleuvoir du feu. »

Albert Camus, *L'Étranger*,
Éditions Gallimard, 1942.

À la mémoire de Jane-Valentine,
ma grand-mère née à Oran,
à mon père « seulement passé
dans la pièce d'à côté »,
à nos ombres face à la Méditerranée.

1

Je me demande par où commencer. Giorgione, l'un des plus grands génies de la Renaissance, puisque, à la fin, c'est lui qui se logera dans nos mémoires ? Giorgione, parce que dans la vie de ma mère, il établit une ligne de démarcation si nette entre l'avant et l'après ?

Dans mon enfance, quand l'angoisse m'étreignait, je me plantais devant une peinture ancienne dont j'ignorais qu'elle pouvait lui être attribuée. Nous l'appelions « le vieux tableau », cette œuvre n'avait pas d'autre nom, elle n'était pas signée, on n'en connaissait que sa dimension, 83 × 73 cm. Elle représentait une femme vêtue d'une tunique rose, les cheveux lissés, le sourire énigmatique, ses yeux bleus fixant le spectateur. Son regard, direct, comme si elle s'adressait à moi. J'avais la sensation de me trouver face à quelque chose qui avait une valeur spéciale, qui n'était pas à prendre à la légère. Je me vois encore figée dans le couloir, tout près de la souillarde, la pièce la plus fraîche de l'hacienda. Je m'attardais de longues minutes face à elle et alors j'allais mieux. Apaisée, je finissais par fermer les paupières.

Le vieux tableau était caché, personne ne le voyait jamais.

Le monde de l'art aurait reconnu sur-le-champ un double de la *Judith* conservée depuis des lustres au musée de l'Ermitage. Et puisque les lignes et les coups de pinceau correspondaient à la technique de Giorgione, les experts à l'affût auraient désigné un *sleeper*, comme ils surnomment désormais les œuvres endormies, ces belles dormeuses qui sommeillent dans une cave, un grenier. Là où nous nous trouvions, je n'avais pas le moindre élément de comparaison. Ma mère n'est jamais entrée dans ce débat avec moi. Elle avait, bien entendu, pu reconstituer son parcours, ses apparitions dans divers inventaires, mais elle s'est toujours contentée d'évoquer la Judith biblique, et seulement Judith.

Cette subtile héroïne, devais-je savoir, avait tranché la tête d'Holopherne, chef d'une armée ennemie. Je n'avais qu'une partie de la scène, un léger sourire de satisfaction, une tunique diaphane. J'ignorais le pivot de la composition connue de tous, son pied sur le front du tyran, tête figée sur un tapis de fleurs. Il me restait à tout imaginer, car je ne pouvais accéder à aucune autre représentation de la décapitation, ni d'ailleurs aux versions de Botticelli, de Caravage, de Michel-Ange. Plus tard, chez les modernes, celle magnétique de Klimt, recouverte d'or, m'impressionnerait terriblement. Mais bien évidemment dans ce jeu de piste, c'est la transposition d'Artemisia Gentileschi qui convient à notre roman familial. La première grande peintre de l'histoire a exécuté pas moins de quatre *Judith*, une obsession qui s'éclaire quand on sait qu'elle fut victime d'un viol par un apprenti chargé de lui enseigner la perspective. Sous-entendu, quatre façons de terrasser son agresseur.

Cette revanche de coupeuse de têtes a poussé ma mère à conserver pour elle le vieux tableau. D'une certaine façon, elle était l'incarnation moderne de Judith. Je pense qu'elle le vivait ainsi, dans une expérience intime, car comme Artemisia, on peut dire qu'elle n'avait pas froid aux yeux.

Il fallait me laisser croire que nous possédions une réplique, une reproduction formidablement exécutée. Certains vont plus loin que la copie, notre *Judith* sortait de la palette d'un escroc assez doué dans le genre du

Néerlandais Han Van Meegeren. C'était sa version. J'y ai cru toute ma vie.

Au fond, c'est assez logique que ma mère ait souhaité conserver le plus longtemps possible auprès d'elle une *Judith* authentique, un chef-d'œuvre rien que pour elle, bafouant ses propres règles, considérant que c'était la bonne chose à faire, comme le collectionneur le plus vorace. Car aussi fou que cela puisse paraître, il est maintenant acquis que notre bon vieux tableau est inspiré du *Judith* de 1504, aujourd'hui visible à Saint-Pétersbourg.

De fait, un critère essentiel explique cette histoire à peine croyable.

Giorgione marque un tournant à Venise, mais l'essentiel de l'œuvre est bel et bien perdu – des dizaines et des dizaines de peintures à jamais disparues. La critique ne s'accorde que sur vingt-six tableaux de la main de l'artiste, c'est peu. Chez les connaisseurs, sa réapparition suscite systématiquement des querelles d'attribution. Quand cela arrive, une ou deux fois par siècle, les historiens prudents et les historiens audacieux se déchirent. On conjecture à l'infini sur la logique et les sujets identifiables. Les collectionneurs légitiment des œuvres incertaines, tandis que les plus chevronnés, perplexes, soulignent au contraire telle ou telle confusion. La limite attributive bute systématiquement sur l'élève de Giorgione, le jeune Titien. Rien d'original, c'est lui qui hérita de ses compositions inachevées. Qu'elles s'enchâssent, la main de l'un, de l'autre, c'est un fait, mais en pratique, c'est encore plus compliqué. Le prestige de Giorgione était tel, qu'à la fin de sa vie, il ne pouvait satisfaire la demande de ses commanditaires. On faisait déjà des copies en 1510, au point de donner aux imitateurs le titre de « singe de Giorgione ».

Ajoutons qu'il n'a signé presque aucune de ses œuvres.

Ma mère savait tout ça. Nul besoin d'une analyse aux rayons X, elle étudiait Giorgione depuis qu'il lui était tombé dessus de façon brutale, depuis qu'elle se prenait pour Judith, non pas qu'elle partageait les mêmes traits, mais parce qu'elle ressentait ce portrait d'instinct, de tous ses sens, qu'elle aussi avait vaincu Holopherne, qu'elle en vibrait toujours de colère et d'émotion.

Je l'imagine délimiter elle-même un corpus, établir un catalogue raisonné, lever les ambiguïtés, démêler les vérités, les modes d'acquisition. Je la vois se procurer les travaux scientifiques, les études comparatives et, pourquoi pas, concernant les tableaux prétendument complétés par d'autres peintres, traquer les discontinuités de touche.

Et avec quelles difficultés ! Car malgré sa renommée, Giorgione s'évanouit dans la chronologie vénitienne. Un siècle après le Cinquecento italien s'amorce déjà sa relégation. L'instant critique est bien documenté, il se déroule à Vienne, l'impératrice Marie-Thérèse y joue le premier rôle. Le plus important collectionneur des Habsbourg, Léopold-Guillaume, a su inventorier les pièces. D'autres marchands avec lui ont contenu la dispersion d'œuvres de sa main, mais, qu'importe, entre 1772 et 1782, la « mère de l'Autriche », reine de Hongrie, de Bohême et de Croatie saccage, vandalise. Des Giorgione sont mutilés, taillés en ovale ou agrandis par de nouveaux encadrements jugés plus décoratifs. Au gré des voyages à Bratislava et au château de Buda, un groupe entier disparaît des collections impériales.

Désormais il ne fait aucun doute que notre vieux tableau, anodin sur nos murs, provient des Giorgione perdus de l'impératrice. Comment ma mère a-t-elle reconstitué son parcours ? La question vaut d'être posée. À Vienne plutôt que dans les galeries Manfrin par exemple, l'une des plus célèbres collections privées de Venise, où logeait son ultime chef-d'œuvre, exécuté vers 1508, *La Tempête* ? A-t-elle épluché l'histoire des ventes, qui se déploie encore à Budapest, à Londres, pour finir dans les plus prestigieuses collections nationales ? Sans doute est-ce ainsi que l'on recolle les morceaux, avec l'obstination d'un chien renifleur.

Mais s'il est une chose à lui accorder, par-delà ses bons réflexes, c'est une forme de chance, un atout décisif, car le voyage paraît bien compliqué depuis Alger. Oui, la ville blanche. Finalement, tout ceci suit le chemin de Cervantes kidnappé par les pirates barbaresques, emprisonné cinq terribles années avant d'écrire *Don Quichotte*. C'est ainsi qu'avec le recul, j'annoncerais bien tambour battant que l'attribution d'un Giorgione a libéré ma mère d'une emprise familiale, comme Cervantes s'est extirpé de son cachot.

Il arrive que les œuvres d'art, la douceur et la subtilité des peintres modifient le cours ordinaire des choses. Mais attendez, me perdre là-dedans dès le début, parler d'un tableau retrouvé par miracle n'est pas nécessairement une bonne idée. Il paraît que j'ai tendance, dans mes explications, à placer le dénouement d'entrée, sans même laisser planer le doute. Ma fille me signale sans cesse cette manie. Jouons plutôt au chat et à la souris.

Présentons-nous d'abord. Ma mère doit passer après. Au moins ai-je passé sous silence sa main droite qui la faisait tant souffrir.

Voilà, très bien, commençons par la visite qui a tout déclenché.

2

Je m'appelle Blanche Simoni. Je suis la mère de Luna, je suis la veuve d'Amadéo, c'est l'ordre de présentation logique. De nationalité argentine, née au mois de janvier 1963, enfant unique de Madeleine et Adrien Simoni.

Sous mes cheveux bruns, tordus en chignon, j'exerce à Buenos Aires la profession de psychanalyste (j'ai jadis juré obéissance à Freud, mais le prieur de mon couvent s'appelle désormais Ferenczi). Sur la photo de mon passeport, je peux voir une *porteña* au visage pâle. Au-dessus des yeux bleus (sans doute chargés d'une trop grande fierté) flottent un joli front et d'épais sourcils noirs. Cela suffirait à me décrire, ce sont les belles surprises car, pour le reste, je dirais que les marqueurs de mon visage sont un nez plutôt acrobatique (il n'est pas impossible que j'y touche un jour), le genre de bouche des personnes bornées et sèches, des joues creuses, ascétiques, une peau qui réclame beaucoup de soins, et pour finir un menton atrocement rond, c'est peut-être ce qui m'agace le plus.

Je pourrais commencer mon histoire en décrivant mon cabinet, mais c'est ma maison qui me ressemble vraiment. Un peu clichée avec son léger classicisme relevé d'objets ethniques, elle désigne le monde auquel je sais appartenir. Puisqu'elle concentre tout ce que j'aime, je me dis souvent qu'il n'y aurait rien de plus perturbant dans ma vie que de la quitter. Premier avantage : la situation du quartier. Les bruits de Buenos Aires arrivent à peine, les rues pavées de la calle Gorriti ne changent plus vraiment depuis l'embourgeoisement de Palermo. Les terrains vagues et les taudis ouvriers datent d'il y a si longtemps que désormais c'est sans regret : ma génération a profité à fond d'un marché bas. Dans un endroit sympa, la même habitation coloniale d'un étage aurait coûté une petite fortune dans le Barrio Norte ou même à Belgrano. J'ai beau pester encore et encore contre les bars, les *bakeries*, les galeries, les restaurants (les mêmes à Brooklyn, Londres, Paris, Berlin), au moins Amadéo et moi n'avons-nous pas commis cette erreur de migrer dans une zone résidentielle renfermée sur elle-même, une de ces déprimantes *gated communiti*es où se pressent chaque matin les employés de maison en file indienne, tête baissée devant le portique de sécurité, à l'embauche un peu comme à l'abattoir. Palermo, au contraire, me donne l'impression d'honorer convenablement les priorités que je me suis données dans ma jeunesse : habiter un endroit cosmopolite, près de mon travail, où ma fille peut sortir facilement et sans danger. L'architecture et la belle cour intérieure égayée d'un tilleul sont encore des arguments qui plaident en faveur de mon foyer calle Gorriti.

Ce matin-là, comme d'habitude, j'arrose mon petit périmètre extérieur. Je prends soin des parterres imaginés dans une association de teintes pastel car, contre toute attente, sur le mur extérieur de la chambre, les cendres d'Amadéo ont fertilisé un rosier tout en lianes. La variété buisson Famosa offre des fleurs énormes, délicieusement parfumées. Six années se sont écoulées depuis la mort de mon mari, le rosier colonise désormais la façade la plus proche du lit. Je me dis souvent que ses pétales si délicats comblent le silence éternel entre nous, mais aujourd'hui je ne sais plus trop.

Hier, Gabriel a osé s'approcher. Il lui en a fallu du courage, la veuve Blanche, depuis le temps que cette figure de style me dessine un profil d'araignée. Ça n'a aucun sens, bien sûr, mais les hommes autour de moi s'écartent, convaincus que je retiens mes pleurs. Gabriel a sans doute une certaine inconscience. Je suis loin de m'avouer un coup de foudre, ou quelque chose comme ça, ce serait excessif. Je dirais qu'il m'a touchée tout à coup, son regard sur le monde, ses mains qui se sont mises à trembler, ses doutes, sa façon de raconter les réécritures des séries sur lesquelles il tourne en rond. Il m'a embrassée et je me suis laissé faire. Il s'est échappé dans la nuit. C'est une chose de se donner, une autre de s'abandonner sans culpabilité. Il a senti ça, sans doute.

Je prends garde à ne pas trop asperger les plantes en cette période de restriction. Je laisse infuser, puis je pars m'habiller. Je passe une robe légère en prévision de la chaleur et chausse mes plus belles mules. Entre mon quartier et Villa Freud où je travaille, il faut compter quinze minutes. Me voilà dehors.

Je capte mon reflet dans la vitrine du coiffeur Mala. Bien, l'entrelacs de brides mauves à mes pieds, ce motif antique qui prolonge un talon évasé. En même temps que ce regard furtif, je réalise que j'ai arrêté depuis longtemps de porter mes plus jolies paires de chaussures. J'ai stoppé net à la mort d'Amadéo, je tenais à peine debout, pour moi l'équilibre ne pouvait se faire qu'en baskets. Des années, donc, que je me vois en taupe humaine dans un tunnel de dévotion, me couchant à n'importe quelle heure, laissant la maison sens dessus dessous. Et pourtant, là, dans la vitrine, il y a la surprise d'une réverbération. Je vois comme une intensité dans ma silhouette, des jeux de clair-obscur, des reflets chatoyants magnifiés par la douceur du soleil matinal. Et ainsi, tandis que mes yeux se plissent de stupeur, je saisis une évidence au vol : je viens de m'observer dans la glace, ça non plus, ça ne m'arrivait plus jamais. La brume s'est-elle enfin dissipée ?

À cette heure, les créateurs de mode et les artistes de Palermo dorment encore, les galeries et les restaurants sont fermés. Profitant du calme, les oiseaux s'en donnent à cœur joie dans les jacarandas, *ceibos*, *tipas*, *ombús* et magnolias. J'observe leurs racines qui percent les trottoirs et l'asphalte refroidis par la nuit. Il y a une vraie joie à précéder d'une heure ou deux la chaleur accablante. Je sens la légère humidité qui se lève du bitume, l'exquise fraîcheur de la nuit encore accrochée à l'écorce des arbres. De mémoire de Portègne, il a rarement fait aussi chaud en février, pas loin de 40 °C au pic de l'après-midi, des méga-feux ravagent le pays ces derniers jours. On craint des foyers d'incendie sans précédent dans la région de Córdoba, déjà que les rives du delta du Paraná se consument. Le rôle des grands propriétaires terriens et des entreprises agroalimentaires dans ce merdier est évident, ils déforestent à tout va. Ma fille Luna, engagée dans ce scandale des terres confisquées aux autochtones, en parle en permanence.

Dans la luminosité, chaque minute plus vive, je presse cependant le pas sans y songer ; je suppose que mon premier rendez-vous sera en avance.

Je vois régulièrement vingt personnes, c'est un chiffre qui m'oblige à m'organiser et à compter sur un peu de chance pour que s'harmonisent les débuts, les dénouements. Une psychanalyse ne se termine jamais, par contre elle a un terme, et si certains patients s'obstinent, s'installent dans une routine, je m'autorise à rompre les liens. Dans ce pays de viande, je refoule l'image d'un cheptel en constant renouvellement : Buenos Aires possède toujours le record du monde de cliniciens par habitant. Chacun y passe, sans distinction de classe ou de moyens : de l'artiste au chauffeur de taxi, cette concentration inouïe de cabinets donne son nom au quartier, Villa Freud. On débarque parfois chez moi en voyant la plaque dans la rue, on déboule du boulevard Charcas, on découvre la plaza Güemes depuis les calles Paraguay ou Medrano, et voilà.

Je suis à l'angle, au 1741 Jerónimo Salguero. Il est vrai que la façade classique attire, de même que la porte en bois ouvragé, l'appui du balcon peint en bleu, le pittoresque auvent blond du deuxième étage. Si, guidé par la chance, vous empruntez l'escalier en vieux marbre, la rampe et les marches emplies d'odeurs de chats de gouttière, le cabinet se présente au premier, la salle d'attente installée directement dans le vestibule. La première fois, vous entrez sans savoir qu'il existe une porte d'arrivée et que, pour une plus grande liberté de mouvement, la sortie se fait par l'escalier de service, vous permettant de retrouver l'air libre en douceur, de chasser cet air groggy, la descente, comme des paliers, alors que vous remontez des profondeurs. La plaza Güemes, ombragée de palmiers, aménagée d'un jardin d'enfants, est évidemment un joli décor pour reprendre son souffle, manger une glace chez Fratello ou boire un café sur un banc du parc.

Ce à quoi je m'attelle puisque c'est moi, finalement, qui suis en avance.

Je ne peux exister dans cet endroit que de façon professionnelle. Si je m'arrête sur la *plaza*, mon métier m'assaille, des pensées de toutes sortes. La plupart du temps, je tourne autour d'un père ou d'une mère qui a tout saccagé, parfois les deux en même temps, des parents qui ont humilié, raté l'amour donné, renoncé à la moindre once de transmission. Poncifs, raccourcis, à première vue, les comportements humains sont d'une telle banalité qu'expédier ma pratique avec des formules bâclées ne me poserait pas trop de problèmes. La fréquentation des fragilités conduit à des réflexes. En ce moment à Buenos Aires, il y a cette espèce de restructuration brusque très en vogue et très casse-gueule, on veut de la cure express, du cadavre déterré à la va-vite, les « clients » souhaitent précipiter les choses et les psys cherchent du pognon. Moi, ça doit se voir tout de suite que je marche sur des œufs. Quand ils viennent au cabinet, mes patients n'en sont pas à tituber, la tête dans les épaules, les yeux rougis par le chagrin, je dis ça pour le contraste, ils ont même l'air heureux de se retrouver là. Ils savent que je procède d'une manière positive, que je ne cherche pas, coûte que coûte, à remuer la boue et rouvrir les plaies. Je sais que même les âmes les plus broyées parviennent à surmonter des choses terribles. Les gens, on pense qu'ils sont fichus, et finalement ils s'en sortent.

Je pense souvent à cette idée de Beckett qui termine *Premier Amour* : « Qu'est-ce que ça peut faire qu'un cri soit faible ou fort ? Ce qu'il faut, c'est qu'il s'arrête. Pendant des années, j'ai cru qu'ils allaient s'arrêter ; maintenant, je ne le crois plus. » L'intensité du « cri » dépend de chacun. Peut-être qu'il ne va jamais complètement s'arrêter, oui, mais vient un moment où la main face à moi se tend plus rarement vers la boîte carrée de mouchoirs, en cuir de vache, placée sur un coin du bureau.

Bon. C'est vrai que je prends rarement quelques minutes pour moi. Évidemment, c'est important d'insister sur ce point, car cette attitude aura des conséquences dans cette histoire. Si une certaine agilité m'est donnée par ma formation, j'ai tendance à balayer mes pensées, actes, émotions, sensations, sachant pourtant pertinemment que les thérapeutes qui vont mal sont beaucoup plus nombreux qu'on ne le croit. Jung affirmait que l'analyste doit d'abord s'examiner lui-même, savoir se soigner pour espérer soigner l'autre. C'est le concept du « guérisseur blessé », une représentation qu'ironiquement je m'applique à ne surtout pas mettre en pratique. C'est évidemment paradoxal dans mon cas, mais j'ai tendance à cacher la poussière sous le tapis et à m'accrocher au postulat du « tout va bien » ! Je fonctionne au déni, c'est certain, car me pencher sur ma petite personne, c'est juste quelque chose que je retarde sans cesse. La raison basique est peut-être à trouver dans le vilain secret qui se cache derrière ma pratique (et de façon plus globale avec ceux qui écoutent les problèmes des autres) : la souffrance des voisins console, ce que la sagesse populaire résume par le bon vieux « mieux vaut consoler qu'être consolé ».

À chaque introspection, donc, et j'insiste, avec moi on peut parler d'un excès de lucidité malhonnête, je laisse d'autres éléments interférer en vrac. Là, j'observe les dimensions de la place, les passants bons vivants. Puis je lève les yeux, concentre toute mon énergie mentale, et me demande si le soleil de mon enfance se retrouve dans celui de Buenos Aires. Non, bien sûr, les jours ensoleillés n'ont rien à voir ici, notre hacienda de Saucesito ne brillait pas de la même lumière. Sous un ciel métallique, ma province anémiée d'Entre Ríos s'étend sur de longues pistes de terre, parmi les lagunes grouillantes de fleurs aquatiques, la savane et les eaux boueuses du río Paraná. La masse des trois millions de Portègnes ne saurait partager le même dôme azuré sous lequel le bétail et les métayers plient l'échine. Ici, la délimitation stricte des *quadras* et des *barrios* impose sa géométrie jusqu'au ciel. Tous les quartiers sont soigneusement planifiés à Buenos Aires. Il y a peut-être une explication métaphysique à ce tracé si cartésien : face à l'immensité du territoire argentin, cet excès de plat, à l'infini, on quadrille pour ne pas sauter dans le vide.

Voilà, c'est fait, j'en soupire. Quelle fantastique minute d'introspection ! J'extirpe de mon sac un agenda et récapitule mentalement ma journée.

Comment la case de 9 heures s'est-elle remplie ?

Je ne sais plus, au juste, mais je me souviens que cet homme tenait à être le premier du matin. Les cinquante minutes proposées lui sont apparues à la fois trop courtes et trop longues, il n'imaginait pas forcément se lancer dans quelque chose de durable, il doutait même d'avoir quelque chose d'*intéressant* à raconter, il voulait connaître le *protocole.* « J'entre, je m'allonge, et je commence à parler, c'est ça ? » J'ai raccroché en le rassurant. Ce n'est que maintenant que je réalise que son nom me fait un drôle d'effet : François Lachance.

Quel est le problème ?

3

— J'ai un peu plus de 50 ans et je viens d'apprendre l'identité de mon géniteur, souffle François Lachance une quinzaine de minutes plus tard. Beaucoup le considèrent comme un héros. Je devrais, moi aussi ; enfin j'éprouve de l'admiration bien sûr, mais je ne peux m'empêcher de le haïr.

Dans la rue, je porte mes cheveux défaits. D'un geste machinal, je les ramène en chignon à l'entrée du cabinet, en même temps que j'affûte mon regard et relève le menton. C'est ainsi que j'observe l'entrée en matière de cet homme. Ses traits épais se sont légèrement déformés au verbe haïr, trahissant une forte émotion négative. Juste avant, affairée à mon bureau en érable, j'avais écouté ses pas lourds marteler les marches de l'escalier en me demandant de quoi il aurait l'air. J'en avais déduit une silhouette taurine qui aurait reçu des coups, qui laborieusement venait à moi. Je ne me suis pas trompée.

— Essayez de reprendre ce mot-là, « héros ».

J'ai cette façon de laisser flotter mes questions au-dessus des têtes, je pourrais attendre des heures une réponse sans me sentir gênée le moins du monde. Lors d'une première séance, je tente une exploration complète de la situation, je ne cours jamais le risque de m'enferrer dans une seule hypothèse, la discussion doit être la plus ouverte possible pour bien avancer. Sur son fauteuil, Lachance hoche la tête, réfléchit un petit moment, puis se lance, plein de sous-entendus.

— Ça vous dit quelque chose, l'OAS ?

D'un mouvement de la tête je fais signe que oui, en retour il semble un peu surpris. Je me penche sur mon carnet pour prendre des notes.

— Ça vous ennuie si je replace mon histoire familiale dans son contexte ? J'ai peur qu'elle ne soit incompréhensible sinon.

— Je vous en prie.

— Alors voilà : je viens d'un peuple, les pieds-noirs, persuadé qu'il n'allait jamais quitter sa terre natale, l'Algérie. Après une longue guerre entre la France et les nationalistes algériens, des accords de paix ont été signés à Évian, prévoyant l'indépendance. Pour renverser la situation et empêcher l'irréversible d'advenir, l'irréversible, oui, c'est comme ça qu'on disait, l'OAS s'est mise à attaquer à tout va, des musulmans, bien sûr, mais aussi la police et l'armée française, car, vers la fin, les troupes de la métropole faisaient de la figuration. Ma mère était l'amante d'un déserteur, il dirigeait un commando.

Il marque une pause et inspire profondément.

— On ne combat ni avec des enfants de chœur, ni avec des gens de salon vous savez, mais avec des hommes de main courageux. Dans les conflits, ce sont eux qui se cognent le sale boulot, les *actions* selon le vocabulaire de l'époque. L'OAS tuait des membres du FLN en priorité, mais aussi les personnalités molles qui tergiversaient. Vite fait bien fait, une balle dans la tête pour ceux qui œuvraient au rapprochement entre les communautés, aussi bien les facteurs que les médecins, les intellectuels que les maires socialistes.

Il doit voir mes yeux interloqués. Lorsqu'un patient démarre une thérapie, il a beaucoup de choses à dire et souvent il déballe tout ce qu'il a sur le cœur. J'ai bien sûr du mal avec sa version, mais mon métier ne consiste pas à modifier ce qui sort. Si nous continuons ensemble, mon travail sera de le guider pour améliorer son état. OAS ou pas.

— Un héros, donc ? Expliquez-moi.

Un instant, il cherche quelques phrases bien senties, puis le voilà à rouler des yeux pour montrer qu'il ne lâche rien. Quelques rougeurs se présentent sur ses joues.

— De nos jours c'est difficile à comprendre, mais oui ! Vous devez garder à l'esprit que l'Algérie française, eh bien, c'était notre pays. Tout plutôt que l'indépendance et le départ en métropole ! L'idée était de créer quelque chose de ressemblant à l'Afrique du Sud, un genre d'apartheid... Enfin, ce ne sont pas seulement ses coups d'éclat qui ont fait de mon géniteur un héros. Il en avait, du cran...

Qu'il parle de « coups d'éclat » pour évoquer les meurtres de tueurs à gages me laisse assez songeuse, mais je ne dois rien laisser paraître.

— J'imagine qu'il s'est enfui à l'indépendance ?

— Il n'a pas tenu jusque-là. Des gardes mobiles de la gendarmerie l'ont arrêté. Il se faisait passer pour un enseignant de l'académie d'Alger, c'est irréel cette couverture, je trouve. On l'a transféré en France. Sans surprise, la Cour militaire de justice l'a condamné à mort. Il s'est présenté face au peloton d'exécution en tenue léopard, brandissant le drapeau bleu, blanc, rouge et l'insigne du para. Le coup de grâce n'est venu qu'après la première salve, les soldats l'ont tous raté, admiratifs de son courage.

Je suis parfaitement hermétique à l'honneur militaire. Chez nous, en Argentine, l'armée, c'est trente mille disparus et l'horreur des vols de la mort, des innocents jetés vivants dans les airs, des dépouilles perdues à jamais dans l'Atlantique et le río de la Plata. Mais passons, j'élude la tirade de Lachance et intériorise son récit.

— D'accord, que je comprenne bien : quand votre mère a accouché, cet homme était encore libre ? Il vous a... connu, si je puis dire ?

— Je suis né en juin 1962, mon géniteur était emprisonné depuis deux mois. Ma mère n'a pas ébruité son secret, il n'y a pas lieu d'imaginer que sa famille ait été au courant. Sans doute que ce silence a bien facilité les choses, elle n'a pas eu à choisir ; son amant, mort de façon tragique, est resté un grand absent. Quant à mon père, j'imagine qu'il n'a jamais douté de sa paternité.

— Du coup, vous êtes né en Algérie ?

— Non, dans la clandestinité, en région parisienne. Mes parents ont cru jusqu'au bout qu'ils allaient saborder l'indépendance avec leurs camarades. Mon père poursuivait ses actions en Algérie, ma mère tâchait de faire libérer son amant. Ils se sont retrouvés en Espagne, Franco ouvrait grand ses bras. De là ils ont gagné l'Argentine. Ils ont toujours présenté leur nouvelle vie comme une résurrection dans un pays de concorde et de soleil. Cette fois-ci, ça allait marcher pour de bon, c'était pour eux la colonisation sans les *melons*, la joie de vivre parmi des catholiques plutôt que des musulmans.

Je plisse le front à ces souvenirs. Depuis que le mot OAS a été prononcé, j'ai commencé à relier les choses entre nous. La famille de Lachance a suivi exactement le même itinéraire que la mienne. Mais son nom ne me dit rien du tout. Sa présence à mon cabinet est une coïncidence. Me suis-je un jour retrouvée aux mêmes endroits que lui ?

Il a peu de chance d'avoir surgi un jour dans ma vie. Nous ne parlions jamais de l'Algérie française à la maison. On ne peut pas dire qu'on ressassait Bab El Oued et la colline de Bouzaréah chez moi, pas d'écho de la ville blanche, aucune nostalgie d'un temps béni, pas de chagrin, juste une photo de mes parents à leur départ sur le pont du bateau, visiblement heureux de ne plus se trouver à contresens des mouvements du monde, pressés même de se sortir d'un bourbier colonial. J'ai grandi dans l'idée d'un déménagement comme un autre, d'une nouvelle aventure, celle de colons européens, sans véritable pays d'origine. J'ai su un jour qu'autour de cent cinquante familles pieds-noirs, refusant ce mot douloureux de « rapatriés », avaient échoué presque directement de l'Algérie à l'immensité argentine, voilà tout.

Si je calcule large, aujourd'hui, avec leurs descendants, c'est un millier de personnes, dont lui et moi.

J'hésite énormément à sortir de ma neutralité, mais mon patient ne m'apparaît nullement désorienté. Je décide alors de jouer cartes sur table, ça nous rendra la tâche plus facile à tous les deux.

— Excusez-moi, au juste cela ne change rien à notre séance, mais la question de confiance est essentielle dans la relation que nous mettons en place. Je dois vous dire une chose : mes parents aussi viennent d'Algérie.

Lachance, un peu halluciné, parcourt des yeux ma pièce à la recherche d'un objet où poser son regard. Il s'attarde sur le buste en plâtre blanc d'une jeune fille, trouvé un dimanche aux puces de San Telmo. Amadéo me l'a offert quelques semaines avant sa mort, on chinait souvent ensemble, il était déjà très faible mais s'efforçait de sourire. J'ai gardé de cette journée des sensations et des images aussi tendres que joyeuses, matérialisées par cette œuvre.

— Ah, mais je l'ignorais, c'est prodigieux, ça ! J'ai su que votre famille avait des origines françaises avant de vous appeler, j'ai pensé que ce serait plus facile pour moi. En même temps, c'était un peu idiot de ma part. Les pieds-noirs ont été très mal reçus à leur arrivée en métropole, la plupart ne débarquaient qu'avec de simples valises, des albums photos, et on les jugeait comme de riches-colons-profiteurs... Mais là, quelle chance, si je m'attendais ! Vous êtes d'Alger, Oran, Mostaganem, Orléansville, Bône, Constantine, Philippeville, Sidi Bel Abbès ?

Il énumère, comme on enfile des perles précieuses, chaque ville, prononcée avec l'enthousiasme de celui qui découvre la soubressade. Je glisse « Alger » pour couper court.

— Simoni, reprend-il, ah, c'est logique, oui, un nom de chez nous. Il y avait un fleuriste au marché des Trois-Horloges qui s'appelait Simoni. Ah ça, je n'imaginais pas, non !

Un petit rire que j'ignore vient ponctuer sa découverte. J'aimerais qu'il revienne sur cette allusion, il a réussi à placer ça, il n'a pas pu s'empêcher : « la colonisation sans les *melons* », dévoilant un imaginaire parfaitement raciste, j'aimerais ajouter misogyne, mais il ne s'est pas trahi. Il a dit encore « c'est difficile à comprendre », il a ajouté qu'en gros les métropolitains n'ont vraiment pas été gentils avec les rapatriés. Mais il me semble qu'aujourd'hui la plupart des descendants de pieds-noirs sont comme moi : ils ont intégré l'anomalie de l'Algérie française. Nos ancêtres n'auraient pas dû exister là-bas, non ?

Si je lui balance ça, il fera logiquement la gueule. Et pourtant il le faudrait, car il n'y a plus vraiment de débat, finie la « nostalgérie » idéalisée, terminée la guerre mémorielle, maintenant c'est clair ; comme chez nous en Argentine et comme toujours dans l'histoire mondiale de la colonisation, cette histoire a commencé par une conquête atroce, puis des terres confisquées, elle s'est perpétuée dans une ségrégation et une humiliation permanentes. Pas étonnant que Lachance parle de l'Afrique du Sud, un régime blanc n'aurait pu se maintenir que sous la terreur en Algérie, c'était joué d'avance, avec l'augmentation massive de la population autochtone plus rapide que celle de leurs envahisseurs.

J'opte pour des pensées secrètes, bien sûr, mais une impression étrange, pas désagréable, me fait me sentir bien.

Quel drôle de bonhomme ! Tant d'années après, depuis Buenos Aires, peut-on vibrer d'une nostalgie coloniale (sans l'avoir vécue) ? Je me méfie toujours des déductions rapides. Je vais dévier le déroulement, disons, héroïque, de son récit. Et tâcher de maîtriser mes opinions tranchées par la même occasion. Je dois faire attention à ne pas m'égarer face à lui.

Mon cabinet n'est pas le lieu où je dois laisser libre cours à de tels raisonnements. Je lui souris et relance.

— Bien, vous avez dit : « mais je ne peux m'empêcher de le haïr ».

J'observe un instant ses doigts se promener sur le feutre des accoudoirs. Ses paumes humides glissent sur leur douceur, cette vision me dégoûte un peu ; en attendant sa réponse, j'y échappe en relisant les quelques notes prises depuis son arrivée. Finalement, il poursuit d'une voix atone :

— J'ai hérité de lui les gènes d'une résistance hors du commun. Je m'aperçois que je lui ressemble, nez, yeux, bouche... Sincèrement, je viens vous voir pour digérer. Je ne sais pas où j'en suis. Haïr l'amant de sa mère, c'est naturel, non ? Éprouver de l'admiration pour son géniteur l'est aussi, non ? Mes pensées se confondent.

Il ouvre les rideaux.

— C'est normal, François. Et votre mère, vous lui en voulez aussi ? Permettez-moi, est-elle vivante ?

— Nous venons de l'enterrer. J'ai découvert ma filiation le soir de sa mort : en rangeant ses affaires. C'est clairement écrit dans une lettre qu'elle conservait, j'imagine bien que mon père n'a jamais lu ces lignes, sinon... Son amant dépeint sa prochaine exécution dans un style exalté, il se décrit tel un martyr, l'exhorte à élever leur enfant dans la fidélité à leur idéal. J'avoue avoir opposé sa bravoure à la retenue de mon père, présenté en creux comme un lâche.

Freud l'a repéré très tôt, la famille est d'abord un mythe individuel. Il y a ce concept lacanien de *père-version*, le père comme symptôme. Je veux dès lors une description plus complète, *a minima* son roman familial, la constellation dans laquelle Lachance s'est construit.

— Vous pouvez me les présenter, tous les trois ?

— Catherine et Lucien pour mes parents. Lui, c'est Pierre Vandame. Maman était à la commande, à maints égards, elle assurait la fonction paternelle. C'était elle qui savait, elle qui avait raison, elle qui faisait régner l'ordre. Je suis l'aîné, ma sœur cadette a su se débrouiller pour vivre sans problème cette distribution des rôles. Moi, j'ai souffert. J'ai senti mon père souffrir une humiliation permanente, et je n'ai jamais accepté ses failles. C'était à lui, le capitaine chez les paras, le soldat de la bataille d'Alger, de faire la loi.

— Vous me précisez le cadre, où viviez-vous ?

— Sur la route 205. Nous y sommes toujours, ma femme et moi. La propriété s'appelle *La Vigie*. C'est encore un rappel d'Algérie. Nous possédions un de ces cabanons sur la corniche après Saint-Eugène. La plage du Ravin, la plage des Deux-Moulins, c'était à nous ! Et si commode pour fuir ceux qui s'agglutinaient au bain Padovani de Bab El Oued.

Il n'y a jamais mis les pieds, il en parle comme d'un paradis perdu. Après une pause, il poursuit.

— Enfin, *La Vigie* d'aujourd'hui c'est une belle hacienda où je produis essentiellement des légumes. Nous venons d'ouvrir un genre de salon de thé, avec des pâtisseries françaises au domaine.

Soit il a brusquement envie d'une sucrerie, soit une chape d'épuisement lui tombe littéralement dessus, Lachance baye soudain aux corneilles. Son horloge interne m'est d'un précieux secours, j'en profite pour lui signaler que la séance va se terminer.

— Eh bien, je crains que notre temps se soit écoulé. Nous nous retrouvons dans une semaine ? À vous de décider bien sûr. Je vous laisse réfléchir à notre échange, puis nous conviendrons du rythme de la thérapie.

— Euh, merci docteur, obtempère-t-il en se frottant le menton puis en se levant de tout son poids. J'ai cru comprendre que la première fois était un genre d'essai. J'ai donc réussi ?

On ne « réussit » pas, bien sûr, sa séance, mais voilà, si je fouille dans ma mémoire, je me souviens qu'elle se termine sur ces mots. J'accorde un sourire à mon patient avant de le raccompagner à la porte de sortie et après je reste un moment immobile, étonnée, respirant lentement pour étouffer un certain trouble. Comme le dirait mon thérapeute, c'est depuis que je suis toute petite que je me tiens en soutien des personnes fragiles, de ceux qui se fissurent. Ce n'est pas une posture, je ne cherche pas à être crédible derrière mon bureau, c'est comme ça. Les gens passent dans mon cabinet, appellent un chien un chat, ou pas, n'empêche que j'adore les écouter, rester impassible, depuis les tumultes les plus ordinaires aux flots de rage qui se déversent en vitriol fumant. Il m'est rare d'éprouver la moindre fatigue de compassion or, avec Lachance, j'ai vécu la moitié de la séance sur les nerfs. J'ai une impression d'efforts, comme si je m'étais ordonné la bienveillance, intriguée par la répétition d'idées reliées à l'Algérie française mais luttant pour rester impartiale. Ce n'est pas normal.

Lachance m'a prodigieusement agacée, et en même temps je me suis montrée impatiente d'installer une routine. Avec lui, serais-je capable de revenir à une écoute apaisée ?

Il m'apparaît d'un seul coup que mon cabinet me sépare totalement du monde extérieur. Dehors, une rencontre pareille, avec ces coïncidences, m'aurait totalement perturbée et projetée, telle Alice, de l'autre côté du miroir. Le rapatriement des pieds-noirs est une période que j'ai du mal à me représenter, ces événements ne sont pas clairs pour moi, mon histoire familiale est compliquée, et pourtant je n'en fais pas un plat. Ce n'est pas normal. Là aussi, ça vient bien de quelque part.

Je mens quand je prétends que rien ne m'a jamais rattachée à l'Algérie française. Car même si nous n'en parlions jamais, ce lieu est demeuré pour mes parents réellement obsédant, c'est un territoire qui se reformait au moindre rappel, inconsciemment, intimement, à croire que moi qui m'intéresse à tout ce que contient le cerveau, passionnée d'identité et de mémoire, je n'ai fait que négliger les failles mélancoliques qui s'ouvraient chez eux.

Et sans doute, alors, qu'une mélodie s'est transmise sans le moindre son, une musique lancinante, celle d'un pays, d'une ville, d'une langue.

Enfant, quand je pensais à leur départ d'Alger, il y avait un flash qui éclairait une scène pendant une fraction de seconde. Je voyais les valises de ceux qui attendaient sur le quai (deux seulement autorisées par passager). La masse d'un paquebot se confondait avec des vêtements. Pour les femmes, des foulards dans les cheveux et des robes à fleurs, pour les hommes, des costumes qui rappelaient plutôt les années 1940. Certains étaient partis en avion, mais moi j'imaginais plutôt une traversée maritime, la passerelle du bateau retirée de l'embarcadère, la sirène, les corps agglutinés au bastingage et, parmi tous les visages sur le pont, dressés face à la ville qui s'éloignait, visages exposés au soleil de Camus, j'apercevais ma mère chavirer dans le silence.

J'ai souvent observé ça dans ma pratique, on fantasme si bien les choses qu'on croit se souvenir, il n'y a pas que Lachance pour se voir dans un cabanon de Saint-Eugène. Le rêve prend le pas, car c'est presque impossible d'éprouver réellement son passé.

Alors cette jeune femme, ma mère, comment disait-on là-bas ?

Meskina, meskina...

Alger, mai 1962

Les étoiles commençaient à pâlir, une parfaite onctuosité enrobait le ciel, Adrien adorait ces minutes précédant l'embrasement du soleil. Les animaux de nuit s'endormaient et les animaux de jour n'étaient pas réveillés, le constat valait pour les humains aussi. Un instant, la nature et la ville se trouvaient complètement silencieuses. La lueur de l'immense phare octogonal se faisait moins cinglante. Il n'y aurait pas long avant que la masse noire pétrifiée de la Méditerranée craquelle et commence à réverbérer ses lueurs pailletées d'or. La clarté partait comme une flèche depuis l'Orient. Le front de mer, inondé d'une coulée vivante, étincellerait bientôt telle une lame de couteau.

Dès que ses yeux s'entrouvraient, Adrien se précipitait à la fenêtre. À peine émergeait-il de la nuit, l'esprit mal réveillé, qu'il se postait de longues minutes face au port guetter les premiers mouvements de la journée. Il vivait au dernier étage d'un appartement du boulevard de la République. Le loyer était déraisonnable, la mensualité d'un beau quartier : autour de lui se déployaient une suite de grandes et élégantes constructions Art déco, de bureaux, de vastes magasins, d'appartements fastueux. Au vrai, son espace sous les combles ne méritait même pas le nom de studio. C'était une pièce avec un lit simple, une cheminée, un tapis usé, une table de cuisine en formica plaquée contre le mur, les toilettes se trouvaient sur le palier. Des conditions de vie assez austères mais qui, pour lui, valaient le coup car elles représentaient un luxe de situation, l'endroit parfait à deux pas du palais consulaire. Son immeuble, semblable à ceux de Paris ou Marseille, dominait d'une quinzaine de mètres l'animation des quais. De là, Alger se déchiffrait à merveille : les arrivées, les départs, l'idée que la ville n'était pas juste une conquête coloniale, une cité champignon née d'hier, mais bien que s'interpénétraient dans le décor la part des Français, l'ancienne cité barbaresque et les batteries turques, que tout ce qui s'y passait pouvait se concevoir d'un regard forcément beau et profond, sur l'une des plus belles pièces d'architecture possible, une étendue de constructions, de cours, de galeries et de passages voûtés. Au juste, Adrien se sentait au centre l'univers.

La veille, ses parents l'avaient invité à dîner. Heureux de les revoir, il se trouvait dans cette phase de la vie où l'on cherche son équilibre entre le départ du foyer familial et les promesses du monde adulte. Il avait 23 ans et son service militaire derrière lui. Le corps noueux, il présentait une figure posée d'étudiant en droit, les traits intelligents et intègres d'un futur ténor du barreau algérois. En fait, il passait ses journées courbé en deux, gitane au bec, à travailler le bois. Il travaillait prodigieusement malgré son jeune âge et sans jamais avoir été compagnon, il comptait déjà parmi les meilleurs menuisiers d'Alger. Sa clientèle se trouvait dans les plus belles villas mauresques.

D'un abord réservé en public, il respirait la sérénité dans l'atelier. Son travail était tout ce qui l'intéressait vraiment. Le reste n'avait pas d'importance, notamment la situation politique de ce printemps 1962, du moment qu'il pouvait rester chez lui, à l'aube à sa fenêtre, au calme.

Ses parents ne pensaient pas comme lui, évidemment la conversation entre deux bouchées de loubia n'avait été encombrée que des événements. Fuyant la misère de Minorque, Pablo et Angela étaient arrivés surpris et enchantés, la rade qui les accueillait avait la proportion parfaite d'un demi-cercle, Alger la Blanche éblouissait avec ses petites maisons qui descendaient vers la mer. Leur bateau avait accosté quai des Chasseurs. Encombrés de ballots, ils étaient entrés en ville à pied, vaguement chancelants sur le trottoir de la rampe Magenta (le roulis de la traversée et celui du bonheur), puis avaient découvert le boulevard de mille cinq cents mètres étagé, l'élégance de ses arcades Napoléon III. Respirant à pleins poumons cette improbable odeur de friture, de paëlla fumante, de piments grillés et de goudron des calfats qui remontait toujours ici, les époux s'étaient pressés l'un contre l'autre, impressionnés et conquis : le paradis ! Trente-cinq années étaient passées et à présent c'était TERMINÉ, dans la voix de Pablo on entendait gronder les majuscules. À quelques années de sa retraite, lui ne pouvait faire abstraction des événements. Il vendait des assurances automobiles, sa réussite supposait un fort contingent d'Européens en Algérie. Déjà les cotisations encaissées et le coût des sinistres se trouvaient en perpétuelle augmentation, alors les résiliations liées aux départs en série... Roger, son responsable en métropole, avait promis monts et merveilles, la mutuelle fondée par et pour les artisans était une grande famille, des types comme lui allaient faire des miracles, c'était bien joli le siège social à Niort mais on avait besoin de correspondants régionaux pour solidifier le lien entre les sociétaires et les chambres des métiers, fallait voir le nombre de contrats souscrits par Pablo chaque année ; avec son bagout chaleureux, sans aucun doute il deviendrait rapidement le représentant le plus performant de la région sud. C'est ainsi que la famille s'installerait en juin à Montpellier : « Tu te rends compte, mon fils, quitter tout ça ! »

Carmen, la sœur d'Adrien, suivait ses parents. Au fond, le projet d'une nouvelle vie se résumait assez simplement pour elle : son père adorant renseigner les conducteurs qui demandaient leur chemin, se trouvaient en panne, ou étaient victimes d'un accident, pour peu bien sûr que leur pare-brise brandisse l'autocollant de la mutuelle (sur fond rouge, un enchevêtrement de lettres en chevron), eh bien, dans cette confrérie, il y aurait forcément à Montpellier un beau jeune homme, ou même un veuf. Adrien avait quitté ses parents sur cette idée malsaine, sans finir son lait frit ni trouver la force de sourire.

Pablo parlait fort, comme s'il ne craignait plus l'OAS qui interdisait aux Européens de s'enfuir d'Algérie. Deux semaines plus tôt, un premier contingent de rapatriés avait quitté Oran pour Marseille. Partis et arrivés sains et saufs. Ce n'était pas le discours officiel, mais on voyait bien que de jour en jour les départs s'accéléraient, dans des proportions sidérantes. Les pieds-noirs exécutés pour « désertion » et « trahison » appartenaient au monde d'avant, même si l'assassinat « pour l'exemple » d'un juif de Maison-Carrée continuait à secouer la ville. Pablo connaissait cet homme, Moïse, un client de la première heure ; après lui était venu le tour d'un libraire, au joli nom de Séraphin. Mais ça, c'était en décembre, on aurait dit il y a un siècle. Depuis, il y avait eu les accords à Évian avec le FLN ; l'OAS pouvait bien prétendre qu'elle frappait où elle voulait, quand elle voulait, Pablo et beaucoup d'autres ne prenaient plus ses menaces au sérieux.

Finalement, l'indépendance dans quelques semaines, Adrien voyait ça comme la fin des ennuis, de l'insécurité générale, une conclusion logique pour sortir de la peur.

Adrien scruta à nouveau le quai. Après tout, on avançait le chiffre de deux cent mille logements des quartiers européens libres d'un coup, pourquoi n'en profiterait-il pas pour se dégoter un vaste appartement ? Chaque mois il se faisait avoir, il ne tenait qu'à lui de saisir les opportunités après l'indépendance. Certes, le nouveau gouvernement de la République algérienne veillerait aux grains, mais il aurait aussi fort à faire avec les trafics et les filouteries de ceux qu'on appelait déjà les « marsiens », ces soldats et miliciens de la dernière heure qui enfilaient l'uniforme de l'Armée de libération nationale. Il s'en remettrait au système D. Il profiterait de l'anarchie ambiante, de la partie de billard qui, immanquablement, allait se jouer au sein de la nébuleuse militaire algérienne. C'était un raisonnement logique, tactique, nul besoin de lire les éditoriaux des journaux pour y parvenir, l'observation du cynisme dont les êtres humains sont capables suffisait. Adrien n'avait pas cet élan d'espérance dans la révolution observé chez de nombreux jeunes gens à cette époque. D'ailleurs au restaurant, hier soir, il avait sursauté au drôle de nom qui faisait son apparition, l'entendant pour la première fois dans le brouhaha d'une tablée voisine : pieds-rouges. C'est ainsi qu'on allait nommer la tribu hétéroclite de ceux qui restaient, médecins, instituteurs, agronomes, artistes, le cœur à gauche. Adrien n'aurait aucun lien avec eux, c'était sûr et certain, pas son monde. S'il se retrouvait vraiment seul, à serrer les dents parce que tous se taillaient, il irait plutôt chercher des amitiés du côté des bataillons de coopérants techniques envoyés par l'État français, ça aussi, c'était prévu dans les accords, des gens sans doute gentils et bien élevés comme lui.

Quoi qu'il en soit, se disait-il à sa fenêtre, il devait anticiper la ruée. Entre les nantis d'hier et les nouveaux maîtres du pays, ça allait être un sacré jeu de chaises musicales. Merci pour le diagnostic, pas question de rester dans ce studio comme un con, les ventes se faisaient en ce moment même à des prix très inférieurs à la valeur réelle.

Son largeot de velours noir et sa large chemise blanche retroussée aux manches se tenaient derrière lui, soigneusement repliés sur une chaise, c'était son costume de menuisier. Consultant sa montre, il évalua le temps qui lui restait pour s'habiller. Une voiture passait lentement sur le boulevard, des oiseaux se mettaient à chanter, il avait rendez-vous directement sur un chantier à 7 heures, il n'était pas pressé et alluma sa première cigarette.

Des dockers apparaissaient au point du jour. Bab Dzira, comme ils désignaient le port, était le dernier endroit de la ville où travaillaient les autochtones. Descendant de la ville arabe, ils se rassemblaient chaque matin dans l'espoir d'obtenir un jeton au bâtiment d'embauche. Un bon millier d'hommes tentaient leur chance quotidiennement, un gagne-pain de portefaix, ils déchargeaient des bateaux comme des fardeaux. Ils œuvraient sans peur en ville, ils ravitaillaient la population européenne, on se disait que personne ne s'en prendrait à eux, même la cruelle OAS ne ferait pas un calcul aussi bête. Tuer Alger, certes, redoubler de violence, tout détruire de ce décor splendide, brûler la terre comme ils disaient, mais qui aurait l'idée si imbécile d'abattre ses esclaves ? Grâce aux dockers, le port continuait de tourner ; s'ils s'arrêtaient, les colons seraient les premiers touchés.

Leur vie demeurait mystérieuse à Adrien. Il sentait bien que né arabe, c'était exactement le sort qui lui aurait été réservé. À leur place, oui, probablement qu'il aurait fait comme eux et rêvé d'une révolution. Ils nourrissaient leur famille, d'une certaine façon ils n'avaient pas le choix, ce n'était certainement pas un engagement pour la France.

La caresse d'une brise, simultanée au premier scintillement de la mer, lui fit espérer une journée banale dans les rues de son enfance, parmi les femmes vêtues de blanc, les vieux drapés dans leurs gandouras, les enfants cireurs de chaussures. C'était une pensée étrange, déraisonnable, car il se passait bien des choses à Alger, à tout instant le ciel chauffé à blanc vacillait, assassinats, chasses à l'homme, plastiquages, il y avait une quantité faramineuse d'informations et de rumeurs à gérer. Des scènes frénétiques surgissaient à tout moment mais là, espérait-il, personne n'allait lui voler la grâce d'un réveil sur la baie, pas si tôt. Sur son feu, le café passait à peine dans la tôle émaillée.

6 h 10. L'explosion d'une bombe. D'une violence extraordinaire, pareille à un tremblement de terre.

Comme atteint de plein fouet, Adrien balaie sans comprendre les trois hectares des docks. Il plisse les yeux depuis les deux grandes jetées, du fort Bab-Azzoun vers le bassin de l'Amirauté. Il se doute que des corps décapités, catapultés dans la poussière et le feu s'effondrent et se traînent par terre. Dans un large rayon, l'onde de choc a soufflé toutes les vitres. Les rues sont jonchées de débris, de briques, de pierres, de planches noircies. C'est une Simca truffée de ferraille qui vient d'exploser. Elle s'est élevée dans les airs. Elle a zébré le ciel. Le souffle a projeté son moteur et son train avant de l'autre côté du carrefour, rue de Challon, parcourant quatre-vingts mètres dans les airs.

L'espace et le temps se dilatent, pèsent d'un seul poids dans la fumée.

Dans une odeur de poudre et de crémation, les corps sanglants, démembrés, rougissent instantanément les pavés. Les dockers hurlent, ils ont les jambes coupées, le ventre criblé d'éclats, les yeux ouverts sur l'abîme.

Adrien n'a jamais entendu une bombe comme celle-là. Jamais.

Son premier réflexe consiste à dévaler les escaliers et se précipiter en avant sur le boulevard, un pas de géant après l'autre. Dans un autre automatisme, il recule brusquement. Les snipers embusqués finissent le travail depuis les fenêtres du boulevard, les survivants mais aussi les premiers secours tombent sous les balles : des commandos de l'OAS s'en donnent à cœur joie et les tirent comme des lapins.

Plus tard, il apprendra qu'Alger n'a jamais connu journée aussi tragique en huit ans de guerre, même des enfants ont été touchés, l'espoir s'est volatilisé. Sous ses yeux, cent dix morts et cent cinquante blessés.

Lui-même fait bien de reculer.

Ivres de rage, des dockers en transe interceptent la voiture d'un Européen qui passe par là, arrachent le chauffeur à son siège avant de le lyncher. Du coup, il remonte chez lui et se prépare sans réfléchir. Il part travailler sous un ciel noir de suie et c'est plus fort que lui, il finit par penser à des choses si décalées pour un pied-noir, si profondément contraire à son peuple, qu'il s'en trouve optimiste malgré les circonstances. Très bien, se dit-il, puisque les miens assassinent, cambriolent, s'associent aux truands, plastiquent, éructent « De Gaulle au poteau », menacent en toute impunité, c'est tout réfléchi, je les abandonne.

Je dépose dans un coin le folklore de mon enfance.

L'Algérie française, ce pays-là n'existe plus qu'entre deux dates, 1830-1962.

Ils panseront leurs plaies sans moi, me voilà algérien de souche européenne, et qu'est-ce que ça peut faire, après tout ?

Adrien avait bien raison. Vivre, c'est passer d'une géographie et d'une histoire à l'autre. Désormais, il semblait plus *juste* d'écouter les *Ta-hiya al-ja-za-'ir* ! Vive l'Algérie du FLN. Autour de lui, tellement de colons esclavagistes, tellement d'histoires désespérées, de femmes et d'hommes asservis que ça devenait vraiment beau à entendre, la libération de la douleur, de la faim, de la domination.

Qui pouvait en douter ? Certainement pas Madeleine, qui se tenait exactement là où Renoir plantait son chevalet.

Jardin d'essai

Madeleine contemplait un ciel de satin bleu. Sur le plus beau jardin du monde régnaient comme d'habitude le soleil et l'azur. Il y avait bien un microclimat au Hamma, la Méditerranée et les collines boisées tempéraient le sirocco meurtrier pour la végétation.

Dans un contraste saisissant, les végétaux exotiques inconnus à ces latitudes – arbres aux formes tortueuses, lianes exubérantes, agaves plus hauts qu'un homme, allées de bambous, cocos, palmiers – côtoyaient un jardin à la française symétrique où tout était mesuré, calculé, et un autre à l'anglaise aux chemins tortueux, bordé de bocages, irrégulier, à l'imitation d'une nature champêtre. Le Hamma tirait son nom des marais qui jadis faisaient pulluler les moustiques. *Hamma* veut dire fièvre en arabe. Depuis plus d'un siècle qu'ils remplaçaient les salines par un espace bien peigné, les Français préféraient l'appeler d'un autre nom : jardin d'essai. Dans les colonies, c'était généralement comme ça que l'on nommait les parcs botaniques imaginés pour nourrir les Européens, tenter d'acclimater des espèces, exporter des produits tropicaux. C'était bien connu, planter des arbres, par-delà ce plaisir sadique de forcer la nature, c'était prendre possession d'un lieu.

Madeleine appelait simplement l'endroit le jardin. Parce qu'il n'y en avait qu'un à Alger, tout le monde comprenait si elle lançait qu'elle partait au jardin. C'était mieux que s'encombrer d'essai, son parfum trop lourd de mission civilisatrice, son cortège de mots usés, à la Montherlant, qui n'y voyait pas un essai, mais « une fantastique réussite », ah, ah. Elle ne voulait pas choisir Hamma non plus, le palu, merci bien, jardin tout court suffisait, un lieu au calme, isolé, elle y lisait, parfois des jours entiers.

Elle s'y trouvait donc au saut du lit. Quelle chance, pensait-elle, trente-deux hectares d'une pureté sans nom, direct en tram de chez elle, un carré magnificent où la terre sentait bon, un sol irrigué par les sources de la montagne. Sous la rosée elle faisait sa botaniste, concentrée devant les tiges volubiles, les fleurs (ses préférées violet pourpre), emplie de gratitude face aux lauriers, aux hibiscus. Comme elle regretterait plus tard ces moments vertigineux ! Aurait-elle su d'ailleurs que l'Atlantique, moins d'une année plus tard, imposerait son magma d'écume entre elle et son oasis, les choses auraient peut-être tourné autrement. Enfin, pour le moment, après être arrivée par le chemin d'en bas, avoir franchi la porte grillagée, oui, Madeleine se tenait exactement où Renoir plantait son chevalet.

On le trouvait là en 1881, une année voyageuse, calquée sur la perpétuelle errance de Cézanne. Nerveux, fatigué, travaillant peu, mal, Renoir, qui n'aimait que l'été, craignait le froid (« Pourquoi peindre la neige, cette lèpre de la nature ? »), ressuscitait en mars sur les traces de Delacroix. La lumière éclatante de la Méditerranée, la casbah, la noblesse des Arabes drapés dans leurs burnous de laine, une végétation nouvelle, tout l'éblouissait, au point d'écrire : « La magie du soleil transmue les palmiers en or, l'eau roule des diamants et les hommes ressemblent à des rois mages. » Du spectacle, il tirait une série de toiles ; parmi quelques paysages sortis de sa boîte de couleurs se trouvait *Le Jardin d'essai à Alger*.

Le chemin existait encore plus ou moins comme il avait été peint, et maintenant que Madeleine examinait la perspective trouvée par l'artiste, l'impression d'un refus se confirmait. Devant elle, un feuillage dru, les feuilles des palmiers pareilles aux bouquets d'un feu d'artifice. Pourquoi cette luxuriance, qui ressemblait à la jungle et obturait le ciel ? Lu dans les études du maître : « Vous arrivez devant la nature avec des théories, et la nature flanque tout par terre. » Renoir, à Alger, faisait le point sur son art. À ce moment de sa vie, ses propres toiles le saisissaient de malaises, il jugeait que son impressionnisme éclatait comme un fruit mûr ; très bientôt, la période des bals, des guinguettes, des canotiers et autres déjeuners sur l'herbe serait close. Voilà, elle avait l'explication, sur ce sentier, un tout petit plus de quatre-vingts années plus tôt, Renoir recherchait de nouvelles sensations.

Ils se trouvaient exactement au même endroit, tous les deux, c'était un peu vertigineux, une bonne leçon à prendre : dans sa représentation pleine de lumière et de grâce, ce génie offrait à sa rétine quelque chose d'invisible, à elle d'imaginer ce qui se cachait derrière ses couleurs. Probablement des pensées sombres. Quand elle s'abandonnait au doute, Madeleine n'était pas loin de penser que l'enfer est plus certain que le paradis. Elle partageait avec Renoir un labyrinthe, une atmosphère de drame et d'abondance, même si à présent, comme lui dans cette peinture, elle avançait seule sans regret sur la piste, empruntant une perspective pour la guider hors du dédale.

Car elle pouvait dire qu'elle avait fait ses preuves au musée. Elle restaurait les œuvres abîmées, un métier de précision qui lui permettait de concilier ses talents d'artiste et l'impératif d'un salaire convenable. Dans les désordres de la guerre, tout le monde était dépassé, il n'y avait plus personne aux réserves pour la conservation des peintures, son recrutement s'était présenté comme une bénédiction. Si elle avait cru naïvement que l'enseignement reçu dans sa prime jeunesse aux Beaux-Arts suffisait, son premier tableau l'avait mise face à ses limites.

Elle s'appuyait fort heureusement sur divers ouvrages de la bibliothèque qui documentaient les techniques, principalement ceux de Cesare Brandi. Et à force d'essais, précisément depuis un an maintenant, elle parvenait avec adresse à protéger les œuvres. Lopez, sous-directeur et conservateur du musée, diagnostiquait, commandait d'intervenir. Retouches, *tratteggio*, mouchetage… « On n'y voit rien, il faut dissoudre » était le cri de guerre du sous-directeur. Il scrutait sans cesse les œuvres les plus anciennes, repérait l'apparition de microfissurations, prophétisait alors un décalage du seuil d'absorption, ça le mettait dans tous ses états. Irrémédiablement allaient suivre blanchiment et jaunissement, ces dégradations nécessitaient d'opérer dans l'urgence, à l'attaque Madeleine, la nécessité d'alléger les couches anciennes ne saurait attendre, direction les réserves strictement interdites au public.

Dans le petit espace dévolu à l'atelier, Lopez l'observait préparer ses mélanges d'acétone, d'ammoniaque et d'eau, imbiber les cotons des solvants ainsi créés, puis récolter au scalpel la pâte des vernis rongés. Ses mouvements étaient exécutés avec grâce, jugeait-il, ce qui détonnait des lourdauds auxquels il avait généralement à faire. Elle prenait constamment le temps de juger son travail, s'assurant sur ses tampons qu'elle ne s'attaquait précisément qu'à l'enduit, pas à la peinture. Il n'y avait aucune couleur sur le coton, alors elle poursuivait, minutieusement. Progressivement, elle faisait entrer la lumière, déchirait le voile sombre qui obscurcissait la toile, couche après couche. Elle « allégeait » les vernis, s'attardait sur les crêtes aussi bien que les creux, cherchait à diminuer la surface et le temps de contact entre les solvants et la peinture par essuyages successifs, usant de papiers absorbants sur la partie ramollie. L'écaillement de la peinture se modérait, la crasse s'évaporait, l'effet de transparence et les couleurs ressuscitaient, et Lopez criait au prodige.

Il réclamait toujours plus de brillance, de pimpant, on était au pays de Camus, bordel, du soleil, le fameux « jus de musée » n'avait pas sa place chez lui !

Le plus souvent, Madeleine résistait, plaidait pour la patine, l'irrégularité et les usures. Elle arguait qu'enlever trop d'épaisseur risquait d'abîmer les gammes chromatiques, d'épaissir les dégradés, c'était une position esthétique et éthique finalement partagée avec les maîtres eux-mêmes qui s'accordaient sur les effets bénéfiques du temps. L'influence du vernis sur l'apparence d'une œuvre, sa part optique, restait peut-être discutable, ajoutait-elle, cependant il fallait bien considérer leur intérêt dans sa protection sous ce climat. Une substance filmogène sur la couche picturale avait bel et bien son importance. Finalement ils s'accordaient, car elle commençait à bien connaître les marottes du conservateur. Elle savait qu'il agissait surtout pour imiter le Louvre, et préparer ses arrières. Là-bas, dans les sous-sols du plus beau musée du monde, une vaste campagne avait été lancée, les bras ne manquaient pas depuis le premier concours de restaurateurs de couche picturale organisé avant-guerre. Plus de six cents tableaux avaient été restaurés entre 1936 et 1950. L'entrée des scientifiques dans les musées changeait les perceptions, il n'était plus seulement question de chiffons, de solvants, et Lopez ne voulait pas rater le coche. Alger devait imposer des images colorées, facilement identifiables, qui accrochaient l'œil rapidement. Du reste, il savait bien que Madeleine n'était pas vraiment habilitée à fournir ce travail, mais son talent inné et sa relation aux œuvres lui suffisaient. Le cas échéant, elle réparait encore des pièces de mobilier, des éléments de sculpture. Il lui arrivait de nettoyer l'orfèvrerie et encore de procéder aux emballages, car certaines œuvres repartaient, empruntées à des fonds européens. Pleinement consciente de sa responsabilité, elle avait l'impression de sauver nombre d'œuvres du chaos, de la disparition.

Sa tâche n'en finirait jamais, souvent elle coopérait avec les artisans d'art qui gravitaient dans le beau monde des marchands, des antiquaires, des commissaires-priseurs. À ceux qui la sous-estimaient, il lui arrivait même d'expliquer combien une collection s'entretient, s'organise, se réfléchit. Entre les réserves et les pièces maîtresses exposées, ces blancs-becs n'avaient aucune idée de la valeur des trésors sur lesquels elle veillait.

Ce qui avait commencé comme un rôle de sous-fifre se transformait en rôle majeur, ce qui la réjouissait. D'ailleurs elle ne devait pas trop traîner non plus. À 9 heures, elle avait cet entretien sollicité dans l'urgence par le conservateur. Quelle mouche l'avait encore piqué ?

Quittant Renoir, elle remonta le sillage des palmiers, cette allée qu'il avait peinte, six cents mètres grandioses, la perspective de la mer d'un côté, le musée à flanc de colline de l'autre, éclatant dans un ruissellement de verdure. L'architecture Art déco blanchie à la chaux avait du mal à s'apprécier de loin, il fallait s'approcher pour découvrir les plans de Guion. Le gouverneur général lui avait alloué 7 millions de francs sur le budget du centenaire, c'était plutôt généreux. L'abondance se mesurait dans une succession de terrasses, plateformes, colonnades et hautes baies rectangulaires bordées de larges balcons aux rambardes de fer forgé. Au rez-de-chaussée était agencé l'art antique, au premier la collection de sculpture moderne, et à l'étage supérieur les trente-cinq salles de peintures.

L'ombre d'un défunt régnait sur les lieux, tétanisait les lieux. Personne n'avait remplacé le conservateur Jean Alazard, mort brusquement après un directorat de trente années. Historien d'art spécialiste de la Renaissance italienne et d'Ingres, doyen de la faculté de lettres d'Alger, Alazard avait joué le rôle principal dans la création et la construction d'une collection forte de huit mille œuvres – peintures, sculptures, objets d'art –, échafaudée à partir de presque rien, c'est-à-dire l'inventaire de peu d'importance du petit musée municipal installé dans les locaux de l'ancien campement militaire, aujourd'hui casino municipal, rue de Constantine, un amoncellement de médiocre qualité artistique que certains n'hésitaient pas à appeler dépotoir, malgré les efforts du conservateur Fritz Müller.

Son aisance de grand seigneur, Alazard la tenait d'une voix dominante, ponctuée d'un léger accent rocailleux du Sud-Ouest. La moustache, ombrant la lèvre supérieure, adoucissait un nez puissant, des yeux brillants et ce type de front large qui donne autorité à leur propriétaire. Toujours vêtu d'un costume en tweed, d'une chemise blanche, d'une cravate assortie à la veste, Alazard exsudait de tous ses pores une âme virile de lutteur. Et gare aux sceptiques, grâce à ses achats, ses visites incessantes de collections, d'expositions, il trônait sur un ensemble de premier ordre dont seulement quatre ou cinq musées français pouvaient se prévaloir.

La fin brutale de ce géant, on s'en doute, laissait l'institution décapitée. La direction des Musées de France, très inquiète, avait tenté de reprendre la main en nommant un conservateur de Carnavalet ; pas fou, il s'était dégonflé. Christian Lopez s'y collait. Et avec lui régnait le plus grand désordre.

Tout le monde disait à Madeleine qu'elle avait bien de la chance avec un supérieur pareil, le sous-directeur se révélant incapable de la moindre décision, cela lui laissait de l'espace pour autonomiser sa pratique, œuvrer selon sa vision du métier, expérimenter, prouver, obtenir un respect que d'autres gagnent en des années. Les choses retombaient souvent sur elle mais c'était gratifiant. Profondément abattu par l'actualité, le conservateur jugeait inutile de se démener, les choses étant ce qu'elles étaient, gardons en tête, répétait-il, que nous remettons les clefs dans quelques mois. Le musée survivrait-il aux soubresauts de l'indépendance ? Il faudrait bien du monde et du courage pour résister à la tutelle des nouveaux maîtres, prendre soin des collections, veiller aux « dépôts » dans des logements de futurs ministres collaborateurs ou des bureaux de fonctionnaires, on les voyait venir…

De fait, Madeleine laissait dire mais se demandait quand même quel serait son rôle dans *l'après*. Lopez souhaitait-il, aborder la suite de sa carrière lors de ce face-à-face ?

L’âne bleu

Le second étage du musée s’organisait autour de jardins suspendus en pergola. Il y avait ici la collection permanente, le cabinet des estampes, et la bibliothèque où Lopez l’attendait. Une salle magnifique, marquée par l’utilisation de bois aux murs, de la céramique au sol, cette catégorie d’espace qui n’en finit pas, ponctuée de bustes, tableaux, tables et fauteuils Art déco.

Madeleine entra en se dirigeant droit sur *L’Âne bleu*, une gouache de l’artiste Baya.

— Vous aimez ? s’enquit le sous-directeur d’une voix un peu aiguë. Vous savez qu’elle ne donne plus aucune nouvelle ? Elle enchaîne les enfants sans livrer la moindre toile depuis son mariage avec un musicien. Dire qu’à Paris, Breton, Camus, Sénac, le galeriste Maeght lui ont ouvert les bras. Même Picasso à Vallauris ! Quel gâchis, c’est incompréhensible.

Madeleine laissa passer un court silence. Elle aussi avait cessé de peindre, elle aussi avait abandonné les paysages, les portraits, les figures nues. Pas la moindre esquisse depuis plus d’un an ! Pour se perdre tout à fait, elle devait renoncer à ce qui la distinguait, un gâchis, mais elle n’allait pas mettre en péril tout ce qu’elle avait subtilement ordonné.

Elle se concentra sur les couleurs vibrantes de Baya, les figures féminines, les oiseaux colorés. Elle laissait Lopez pérorer. Car elle savait autre chose de l’histoire intime de

Baya, cette orpheline d'un douar éloigné de Fort-de-l'Eau, miraculeusement adoptée à Alger par la mécène Marguerite Caminat. Le mariage était un retour à la case départ. Dans ce monde d'hommes, elle ne pouvait pas s'arracher aux traditions, elle devait courber l'échine. Récemment, l'adolescente prodige avait confié à une amie commune : « Je suis dans la maison. Je dois rester à la maison, alors pourquoi peindre ? Je suis découragée. » Lopez, sans aucun doute, n'avait pas la moindre idée du joug qui asservissait les femmes de ce pays. Madeleine répondit donc avec des mots tout en retenue, pour elle seule lourds de sous-entendus :

— Baya est une personnalité discrète, les temps ne sont pas faits pour des artistes comme elle, laissez-la se frayer son chemin. Tôt ou tard, elle trouvera la force de reprendre son travail.

— Vous croyez ? Allez, asseyez-vous. Un verre d'eau ?

Elle fit signe que non, tout en ajustant gracieusement le nouveau bandeau vert qui laissait retomber jusqu'aux épaules sa chevelure ondulée. Quelle froideur dans les yeux, notait Lopez de son côté. Enfin, quel plaisir de converser avec elle, d'un coup Alger redevenait un lieu paisible, presque une villégiature d'été. Il tenait à lui renvoyer l'image d'un homme sage, vieux beau peut-être, frappé de nonchalance sans doute, à deux doigts de se caricaturer avec ses cheveux plaqués en arrière, ses montures Persol, ses chemisettes Lacoste, un peu play-boy, mais tout bien pesé le seul fauve dans cette maison qui avait « la classe », comme disaient les Algérois.

Il y avait entre eux une petite décennie. Depuis le temps qu'il l'avait embauchée, il ne s'était jamais trahi par le moindre sous-entendu, mais compte tenu de ce qu'il savait des trajectoires de l'amour, s'il l'embarquait à Paris, partageant là-bas le même élan pour l'art, qui savait ? Près du Louvre, la Seine incitait les amoureux à se promener main dans la main, là-bas peut-être que quelque chose se produirait entre eux. Ils se mêleraient à la jeunesse dorée des boîtes de Saint-Germain-des-Prés, ils croiseraient Juliette Greco et Richard Anthony, ils verraient danser Rudolf Noureev, ils fumeraient au ciné sur fond de Nouvelle Vague.

Il regardait Madeleine avec intensité. Attentif à ne rien dévoiler. Vraiment, elle était extrêmement séduisante, il lui trouvait un air de louve, ce serait une amante idéale, une de ces femmes dites de week-end. Il s'arrêta net dans ses élucubrations secrètes, décidant, comme à chaque fois qu'une interrogation intime se présentait à lui, de passer distraitement à autre chose. À l'essentiel plutôt, car il y avait du nouveau, la situation s'était enfin clarifiée.

— Alors voilà, Madeleine, nous y sommes. J'ai cartographié quelques endroits où nous pourrions cacher nos œuvres en cas de panique générale. La tactique de terre brûlée de l'OAS m'oblige à tout imaginer, à tout moment des commandos peuvent agir aveuglément, ce sont des terroristes, capables du pire.

Il y avait longtemps que Madeleine se détournait le plus possible de la politique. Elle ne pourrait rien changer à la gravité des événements. Chaque jour le fossé grandissait entre les communautés, elle se contentait d'un rôle de passe-muraille, c'était déjà beaucoup. Autant Lopez suintait l'agitation, parcourait son visage avec des yeux fiévreux, autant ses traits à elle restaient sereins. Il y aurait des gagnants et des perdants à l'indépendance ; dans ces conditions, osait-elle espérer malgré son jeune âge, lui reviendrait la mission de diriger les lieux.

— Vous imitez le Louvre à l'arrivée des Allemands ? fit-elle désinvolte.

Les nazis, le Louvre, le conservateur ne savait comment interpréter la remarque. Car même s'il savait vaguement où planquer les collections le cas échéant, la donne avait changé. Madeleine ignorait un point des accords de paix signés à Évian quelques mois plus tôt, et pour cause, il relevait de l'angle mort : l'Algérie française gérait son propre budget, financé par les revenus tirés des impôts, de l'exportation de produits agricoles, de ressources naturelles et de la perception des droits de douane. Comme les infrastructures se retrouvaient ainsi financées par le budget du gouverneur, économiquement autonomes vis-à-vis de la métropole donc, elles se retrouvaient logiquement transférées au futur État indépendant algérien. Madeleine n'était pas la seule, tant s'en fallait, à ignorer que les collections du musée passaient sous l'autorité du nouveau pouvoir, comme n'importe quelle école ou hôpital. Et ce n'était pas le FLN qui l'inquiétait. D'autant qu'un modéré présidait l'exécutif provisoire créé par les accords d'Évian, un gentil notaire, Abderrahmane Farès.

— Nous craignons surtout les ânes bâtés de Salan, dévia Lopez. En haut lieu, quelqu'un s'est réveillé avant qu'il ne soit trop tard. Depuis Évian, les deux belligérants s'entendent pour ne plus se tirer dessus, ça, c'est sûr et certain. Il y aura une coopération culturelle entre la France et l'Algérie, les achats d'Alazard vont rester sous expertise occidentale. La paix des armes, la paix des cœurs... À condition que l'OAS ne fasse pas tout dérailler. Déjà notre malheureux Bourdelle !

Quelques mois plus tôt, *La France* d'Antoine Bourdelle avait sauté au seuil du parvis d'honneur, neuf mètres de Pallas Athénée en bronze pulvérisés. À terre, la déesse de la Guerre pacifiée, le bras droit levé sur la lourde lance, le gauche en auvent sur des yeux scrutant l'horizon face à la mer et la métropole pour veiller sur les hommes. Le bouclier du droit et autres serpents de Gorgone sur son manteau invincible n'avaient rien pu faire non plus contre les explosifs. Les rameaux d'olivier comme tous les éléments gisaient au sol, arrachés du socle duquel s'obstinait une plaque en hommage aux anciens des Forces françaises libres, et ce détail donnait bien une idée du degré de saloperie de l'attentat. La haine pour de Gaulle conduisait ni plus ni moins les crétins d'extrême droite à s'attaquer aux morts de la Libération.

— L'OAS fait déjà tout dérailler, cingla Madeleine. La situation évolue de façon incontrôlable.

— Eh bien moi je crois en une fin heureuse. Je me vois « compatriote » des Arabes, pourquoi pas. Il reste deux mois avant l'indépendance, franchement on est dans la *rh'lah* jusqu'au cou, mais il faut croire en l'être humain, ma petite Madeleine.

Madeleine haussa les épaules. Après un temps d'arrêt consacré à nettoyer ses lunettes de soleil placées sur son bureau, Lopez poursuivit ses explications.

— Eh bien, en avant moussaillon, sauve qui peut, un ordre de déplacement m'est parvenu hier. Tricot, délégué du Haut-Commissaire, et Chentouf, membre de l'exécutif provisoire, se sont entendus : nous devons mettre à l'abri en métropole les tableaux les plus précieux du musée, fissa.

Madeleine n'était finalement pas si loin du compte avec son image de la débâcle parisienne. Faisant fi des détails, Lopez éluda :

— Les circonstances sont différentes, les limites de l'agressivité de l'OAS difficiles à cerner. Mais hélas ! Nous n'en sommes plus là, ajouta-t-il l'air mystérieux... Le cadre juridique est délimité par la convention de La Haye entrée en vigueur en 1956 portant sur la protection des biens culturels en cas de conflit armé... Je vous parlerai des détails, bien entendu, mais d'abord, je veux que vous compreniez à quel point le développement de notre présence dans l'Algérie indépendante est important.

Nouvelle pause. Cette fois-ci consacrée à caresser les bords de son panama. Depuis hier, les interprétations se perdaient l'une après l'autre dans la forêt de son cerveau. Des bruits circulaient depuis un an, le ministère français des

Affaires culturelles manœuvrait pour incorporer le musée dans le système français, le doux mot de nationalisation avait été prononcé, Malraux était pour, ça, il le savait, mais pourquoi avait-il tant tergiversé ? Bordel, de ce qu'il avait compris, il fallait changer le statut juridique, soumettre une requête au Conseil d'État, c'était trop complexe, il y avait un budget à prévoir, mais dans son passe-temps favori, le blocage, la Réunion des musées nationaux freinait. Pour les uns, il fallait éviter toute complication logistique ; pour les autres, les controverses politiques susceptibles de compromettre le cessez-le-feu ; on avait d'autres chats à fouetter et de guerre lasse on avait abandonné, autant déplacer les collections, du moins les œuvres de valeur. Cela laissait place, bien sûr, à la plus grande perplexité.

Car après, obligeamment, comme prévu, les peintures feraient-elles leur retour à Alger ?

Ça, c'était un autre petit jeu politique. On entre pour des raisons évidentes dans les dépôts du Louvre, mais quand il s'agit d'en sortir... Pour s'assurer l'aide de Madeleine, et motiver les équipes, Lopez avait besoin d'un tour de passe-passe, il donna libre cours à sa verve.

— Les tableaux vont partir, puis revenir quand tout sera en place. Je tiens à vous rassurer, la présence de la Mission culturelle française sera forte après l'indépendance, renforcée même. Les milieux intellectuels imprégnés de christianisme social, de marxisme-communisme et de tiers-mondisme se préparent déjà à s'installer à Alger.

Il hésitait quand même à jeter dans la discussion son opposition à tout ce cirque. Sans aucun doute, Alazard fulminait dans sa tombe. Mais ce qui lui crevait le cœur, il fallait l'avouer, c'était tout le boulot à abattre, le foutoir en perspective, ce rôle à tenir ! Était-ce seulement faisable, en si peu de temps, ce déménagement ? Les bureaucrates se rendaient-ils compte de la tâche à accomplir, longue et minutieuse, de la désinvolture avec laquelle ils donnaient cet ordre, par téléphone, on croit rêver, déjà qu'il avait tant de mal à se concentrer ?

Évidemment tout ça lui semblait déshonorant. L'*après* offrait une diversion, il poursuivit sur ce chemin.

— Nous maintiendrons les liens, compléta-t-il de plus en plus avachi et glissant légèrement de son fauteuil. Il y a ce joli mot de coopération. La grandeur du peuple français se mesurera au partenariat avec son ancien adversaire. Nous ne leur voulons aucun mal.

— Vous *nous* en avez déjà tant fait.

Un murmure porté par le cruel courant d'air du passé.

Une réplique qui aurait pu instantanément l'engloutir, comme la lave du volcan.

Heureusement, les paroles de Madeleine restèrent inaudibles. Elle avait eu cette pensée si fort que ses lèvres s'étaient mises à articuler les mots les uns après les autres, mais aucun son n'était vraiment sorti, les émotions souterraines restaient enfouies, le conservateur n'y avait même pas prêté attention.

Elle enchaîna, consciente d'avoir frôlé la catastrophe, sujette à une soudaine transpiration :

— Monsieur, si vous n'y voyez pas d'inconvénient, je préférerais qu'on ne tourne pas autour du pot. J'aime les conversations fluides, pas vous ?

Il en resta coi un instant. Mais après tout, ça lui plaisait cette audace inhabituelle, tel un plongeon direct dans la mer d'avril.

— Vous avez raison, Madeleine, certes, reprit-il plus professionnel et enfin décidé à raconter les choses. Oui, au but : en raison des attentats de *toutes sortes*, le haut-commissaire prend la décision de rapatrier nos plus belles œuvres en métropole. J'ai reçu hier un ordre d'évacuation. Elles seront entreposées au ministère des Affaires étrangères avant d'être déposées au Louvre.

Il ne le savait donc pas véritablement lui-même, jugea Madeleine. La lassitude dans sa voix trahissait surtout l'accablement, tout arrivait trop vite, il peinait à justifier sa place, elle avait l'habitude avec lui. Un court silence s'installa entre eux. Puis elle fut bien obligée de relancer :

— De toutes sortes, est-ce à dire... ? Ce ne serait pas que l'OAS ?

Lopez se dit qu'il pouvait trancher dans un registre complice, une version qui racontait un monde idéal, porté par l'amour de l'art, corde sensible pour Madeleine.

— Ah... fit-il sur un ton feutré de conspirateur. La mise à l'abri se justifierait aussi par la crainte que le peuple massacre nos œuvres dans la fièvre de l'indépendance. Le fond de l'affaire serait culturel, Madeleine, les nus, les scènes de conquête patriotique, cette matrice coloniale d'avant grand-papa seraient des toiles propres à heurter le caractère musulman. Moi je ne sais pas, et vous ? L'art n'est-il pas un substitut de religion ? Les autochtones sont trop attachés à leur croyance pour s'y intéresser, mais ce n'est pas à moi d'en juger, n'est-ce pas ?

Madeleine avait tellement l'habitude des stéréotypes qu'elle passa sans peine sur la fureur supposée des Algériens, des préjugés stupides, elle en était la preuve vivante. De toute façon il ne lui laissa pas le loisir de répondre, et tant mieux.

— Enfin, c'est ainsi, enchaîna-t-il. Parlons de transmission. Dès que la situation sera stabilisée, les œuvres feront leur retour. À quelle échéance, nous l'ignorons, mais il est clair que nous préservons les intérêts du gouvernement algérien, ne nous trompons pas de vocabulaire. Nous ne pensons pas à un rapatriement vers la France, le rapatriement connote cette idée de retour au pays d'origine. Il n'y a pas de changement de camp, nous agissons dans l'idée d'une protection, le droit à la propriété reste dominant et d'autorité dans la gestion institutionnelle.

— Monsieur, j'ai besoin d'une précision. Nous parlons des œuvres achetées avec les crédits du gouverneur et celles données au musée ? Les dépôts de l'État demeurent propriétés de la France ?

— Exactement ! approuva-t-il sans respirer, comme si la distinction était nouvelle pour lui. Il y a là un immense nœud administratif et logistique à démêler : qui est propriétaire de telle ou telle œuvre, lequel en est détenteur ? Dans nos trésors, voyez les vingt-neuf peintures spoliées par les Allemands pendant l'Occupation, récupérées par les Alliés, dont les possesseurs légitimes n'ont pu être identifiés. Elles figurent à notre catalogue depuis 1951. Mais sont-elles à nous ?

— Plutôt à leurs propriétaires, si je puis me permettre, ou à leurs descendants s'ils ont disparu. Nous ne faisons pas beaucoup d'efforts pour les identifier.

— Vous trouvez ? Ce n'est pas clair, mais passons, le plus important c'est de ne pas donner dans le butin de guerre. Je me répète, mais nous voulons maintenir des relations cordiales et limiter les erreurs, au besoin en retirant les cadres et les dos pour nous assurer des provenances. L'enlèvement des caisses est fixé au lundi 14 mai, à 9 h 30.

On était le 2 mai, il restait douze jours, calcula Madeleine fiévreusement.

— Admettons que ce soit faisable. Mais s'assurer des provenances, je ne comprends pas, il suffit de se référer au catalogue rédigé par Alazard, nous le faisons à chaque occasion.

— Eh bien, c'est le problème, siffla le conservateur. Il se peut que le catalogue ne soit pas exact. Alazard n'avait exercé que le métier universitaire d'historien de l'art avant de devenir notre conservateur. Je n'insinue rien, je ne veux pas minorer, mais disons qu'il était vu à Paris certes comme un savant, mais aussi tel un proconsul, imposant un pouvoir arbitraire et sans contrôle.

— Un musée au jardin d'essai, c'est son idée, dit-on, il y a consacré sa vie, je peux comprendre.

— Il cherchait un espace, oui, et le gouverneur général lui a signalé des terrains libres ici même, pensez-vous qu'il a sauté sur l'occasion. Il s'est tout de suite vu au milieu de la plus admirable végétation, sur ce site enchanteur de la baie d'Alger, un peu à l'image de la villa Borghèse. Il vivait dans l'idée qu'il faisait ce qu'il voulait, ne dépendait que du gouverneur. Il avait tort et raison à la fois, c'était quand même au Louvre que se réunissait chaque année la commission d'achats examinant les acquisitions. Le gouverneur payait, acquiesçait, mais Alazard n'a jamais pu *tout* acheter selon sa vision, négocier des dépôts selon ses envies. Son autorité, cette singularité administrative, plaisait au début, on faisait en sorte qu'un certain nombre de pièces provenant du Louvre et de Versailles entrent dans la collection en tant que prêts à long terme, et puis les années passant, sa frénésie d'acquisition a fini par indisposer et inquiéter à la fois.

Madeleine peinait à voir en quoi Paris avait son mot à dire. Certes, dans les bureaux et couloirs du musée, on parlait avec gourmandise d'un appartement de fonction au 10, rue du Pré-aux-Clercs. Elle avait une vue d'ensemble, mais de nombreuses subtilités administratives lui échappaient, le contrôle de la direction des Musées de France était difficile à évaluer. Son supérieur poursuivit en matant un rictus :

— À force ils en ont eu ras le bol, quoi, du catalogue Alazard ! J'ai lu un courrier confidentiel de mars 1956 : Bazin, le conservateur en chef du département des peintures du Louvre lui demande d'envisager des mesures de protection et d'évacuation. « La situation isolée du musée des Beaux-Arts d'Alger et son caractère spécialisé dans l'art occidental, propre à provoquer des attentats de la part d'éléments fanatiques, doivent certainement faire l'objet de vos soucis », tel quel ! C'est joliment dit d'ailleurs. Une façon de rappeler quand même une autorité de tutelle, de rappeler qui commande ! Or...

— Or ?

— Or Bazin et les autres ne disposent pas de documentation certaine et complète de nos collections, en particulier nos peintures et nos dessins. Alazard a fait un peu ce qu'il voulait, tout n'est pas recensé, c'est un secret de Polichinelle.

— Je l'ignorais.

— Il pouvait se montrer agaçant, vous savez. Très souvent, chez un marchand de tableaux, à la question « Que cherchez-vous ? », il répondait « Une belle œuvre ». Il se laissait porter, sans aucune idée en tête.

— Comme un bon collectionneur, sûr de lui.

— Si vous voulez... Sauf que le Louvre, dans cette transmission, ne sait pas exactement ce qu'il va recevoir. Le travail éblouissant d'Alazard, établissons-le ainsi, s'est encore enrichi des legs de nos mécènes, rien de plus noble ! Je songe particulièrement aux dons de grande valeur des industriels Louis Meley et Frédéric Lung. Primo, donc, Madeleine, je vous demande de constater l'inventaire. On se concentre sur les tableaux. Alazard veillait au grain, je ne peux imaginer que des œuvres se soient évaporées depuis sa disparition, mais des rumeurs circulent, vous savez bien, votre mission de recensement est ainsi de la plus haute importance ! Vous ferez taire les mauvaises langues, j'ai toute confiance. Grâce à vous, Madeleine, je peux garantir un départ des collections parfaitement réglementaire !

Un silence. Elle le dévisagea en hochant la tête pensivement. Le pays souffrait, les armes grondaient, du matin au soir on ne sentait que la guerre, son haleine de poudre, et dans cette atmosphère de fin du monde, sur ses épaules à elle la responsabilité d'inventorier, le poids de cataloguer, avec la légèreté d'une jeune femme qui compose son trousseau ?

Et s'il y avait un piège ?

Que le conservateur requière un simulacre d'inventaire, un geste pour la forme ? Imaginait-il que des œuvres oubliées, exportées se retrouvent frauduleusement un beau jour sur le marché européen ?

Madeleine avait un profil idéal, la main innocente que l'on sollicite pour les coups tordus. Si des choses lui échappaient à l'avenir, il s'en laverait les mains, ce serait facile, en haut lieu, de se tourner vers elle et lui reprocher une quelconque négligence.

Elle en avait le tournis. La bonne réponse consistait à refuser de s'impliquer, à ne pas rester trop loin, mais dans son périmètre des réserves. Elle pouvait aussi considérer, tout simplement, que son patron ne prenait pas les choses au sérieux. Tel qu'elle le connaissait, c'était même hautement probable. Il avait surtout besoin d'aide. En réalité, elle avait déjà entendu dire que les contours de la collection restaient flous, avec certaines conformités d'inscription aléatoires. En cas de mise en cause, on témoignerait pour elle. Et puis si tout se passait bien, elle marquerait des points avec cette « transmission », les postes de ce niveau étaient rares à Alger, l'argent aussi. Elle ne comptait plus ses dépenses, cette liberté nouvellement gagnée valait bien quelques risques. Dans une attitude propice à balayer les doutes, Lopez poursuivit en souriant.

— On se concentre sur nos peintures et nos dessins précieux, tels les fusains de Picasso. Il s'agit, disons, de distinguer les œuvres qui comptent vraiment. Nous connaissons les principales. Mais des merveilles sommeillent sûrement ici et là ; dans toutes les institutions, les inventaires réservent des surprises. La méthode, vous la connaissez : vous vous appuyez sur les registres réglementaires. Vous vérifiez sur pièce, sur place, à partir de leur numéro, les présences dans les collections, les localisations, les états.

Les volumes tenus par Alazard se présentent distinctement selon la nature des biens. Vous procéderez ainsi très facilement.

C'était vite dit ! D'accord pour les salles du musée mais, en si peu de temps, comment remettre la main sur les tableaux égarés dans les bureaux, les appartements, les réserves ? Comme s'il lisait dans ses pensées, Lopez compléta :

— Vous me signalerez les constats laborieux. Le cas échéant, nous compléterons à l'aide de nos archives, dossiers d'œuvre, catalogues. Le récolement est une étape essentielle, vous examinerez les revers avec le plus grand soin. Chez nous les numérotations sont variées, vous allez vous en rendre compte, tantôt écrites à la craie, parfois au feutre rouge, ou encore à l'encre sur une étiquette. La régularisation est essentielle, il nous faudra procéder à de nouveaux marquages. J'ai conscience de l'ampleur de la tâche, Madeleine, je vous fais confiance ; grâce à votre travail, nous éviterons les reproches éventuels.

À quoi faisait-il référence ? Elle se demanda à nouveau ce que cherchait Lopez avec cette conclusion. Qu'elle se retrouve en première ligne, face au Louvre, si d'aventure un trafic se mettait en place ? Mais à part une intuition, elle n'avait rien de vraiment concret, il ne s'était jamais montré déloyal, il lui soufflait plutôt qu'il n'était pas répréhensible de s'arracher à sa condition, que parfois dans la vie on n'a tout simplement pas le choix, qu'elle devait plutôt se sentir flattée, d'une certaine façon elle prenait la suite d'Alazard. Et il n'était pas impossible qu'elle doive sa carrière, plus tard, à ce fait d'armes. Elle eut envie de pleurer, juste une seconde. Et réussit à serrer les mâchoires pour répondre à un sourire qu'elle jugeait condescendant.

— Notre approche est scientifique, et c'est avec la même rigueur que je vous demande de désencadrer les tableaux que nous aurons choisis pour la métropole. Une tâche longue et minutieuse qui nécessitera des heures et des heures de travail. Ensuite, nous procéderons à l'emballage. Les bras manquent au musée, mes autres collaborateurs ne veulent pour rien au monde laisser seule leur famille en ces circonstances, les absences et désertions se multiplient. Douze jours avant que la Marine nationale ne convoie les conteneurs d'Alger à Marseille...

Le conservateur la fixait comme s'il s'amusait, heureux de sa trouvaille, balayant ce temps si réduit pour agir, la responsabilité qui passait de ses épaules à lui à ses épaules à elle. Il se racla la gorge, jeta un œil à la fenêtre pour lui faire comprendre que leur entrevue se terminait.

Madeleine ne trouva rien d'autre à dire que « Merci ». Il l'embarquait dans une aventure exténuante, mais d'une telle ampleur qu'elle s'offrait une porte de sortie. Elle ne songeait pas un instant à quitter Alger à l'indépendance, mais peut-être qu'elle n'aurait pas le choix. Il ne restait même pas deux mois avant que sa situation ne bascule en territoire inconnu. C'était bien joli de rêver à la direction, mais la nouvelle administration s'empresserait-elle de lui verser son salaire ? Et si le musée venait à fermer, que le FLN ne voyait aucun intérêt à exposer des œuvres européennes ? Une question de survie pour elle. Depuis sa fuite, elle ne pouvait compter sur l'aide de personne, elle plongerait dans la misère en un mois, sa sécurité financière était une obsession. Elle s'efforçait de ne pas trop y penser, la plupart du temps elle se sentait parfaitement heureuse, mais souvent l'angoisse lui tordait le ventre. « Adieu tristesse, bonjour tristesse », le vers de Paul Éluard frappait à ses tempes.

Elle rougit malgré elle en le dévisageant. Ce pouvait être une bouée de secours, ce type. Il avait des traits latins, et de beaux cheveux bruns. Son charme s'exprimait principalement par des yeux rieurs, une bouche bien dessinée, et un air protecteur. Elle ne pouvait pas dire qu'il lui plaisait, mais au moins correspondait-il à sa tranche d'âge. Madeleine fuyait plutôt les jeunes gens de sa génération, et elle voyait que cet éternel célibataire n'était pas insensible à ses airs de chat sauvage.

Shraq braq f sma zraq (« le soleil brille dans un ciel bleu »), disait sa mère pour exprimer l'idée qu'elle n'en attendait pas plus de la vie.

Oui, pourquoi en vouloir davantage ?

Lopez alluma une cigarette. Il la regardait l'air un peu troublé, comme s'il avait senti qu'elle posait un regard neuf sur lui. Bien conscient qu'il allait s'attirer les complications inhérentes aux amours rapides, car entre eux ce serait forcément passager, il s'offrit une fraction de seconde l'image d'une Madeleine à la plage, laissant derrière elle une odeur marine.

— Je dois vous laisser, Madeleine, mais j'y pense, et si on se tapait un bain en fin d'après-midi ? Saint-Eugène ? Je vous conduis. C'est le début de la saison, il n'y aura personne.

Elle le regardait, trop étonnée pour réagir. Elle était peu sensible aux idiomes pieds-noirs, c'est vrai que plutôt que « prendre un bain », on se « tapait » un bain, et plutôt que de « flirter », on « tapait » la paille. Pas tout à fait son univers, mais quoi qu'il advienne, elle demeurerait le plus calme possible. Voilà un an elle n'aspirait qu'à dessiner, pensait pouvoir vivre de sa peinture, et s'appelait Malika. Sa fuite du jour au lendemain, sa répudiation qui n'avait pas traîné avaient largement mis à l'épreuve son courage. Elle volait de ses propres ailes et à part les moments de larmes, elle se disait que chaque jour améliorait son sort. Au fond, ce n'était peut-être pas une si bonne idée de rester à Alger après l'indépendance. Avec une telle démonstration, un inventaire en douze jours, le conservateur ferait d'elle une rapatriée comme les autres et le Louvre lui ouvrirait ses portes. Pourquoi pas ?

Vivre à Paris une vie de *roumia* représentait une aventure en soi, la capitale des arts, la fréquentation des maîtres qui la passionnaient, l'exaltaient, ne manqueraient pas d'éteindre définitivement ce conflit intérieur qui la ravageait.

Mais d'abord il fallait répondre. Dans le registre de la maîtrise tranquille, elle n'avait plus rien à prouver.

— Un bain ? Si vous voulez, fit-elle sur un ton blasé.

4

Meskina, meskina... mi pobre Madeleine...

Cette longue journée sans bouger, derrière mon bureau, a raidi ma nuque et contracté mon dos. Six patients ont succédé à Lachance, j'ai l'impression d'une avalanche, c'était trop pour moi, je n'ai pas cessé de m'éparpiller et, pour contrebalancer, de m'épuiser dans un effort dingue de concentration. Au retour du cabinet, mon premier geste a été de récupérer une photo tirée d'un album, celui que je consacre à ma mère. Je l'ai déposée sur la table de la cuisine, je me suis servi un verre de blanc frais, je me suis assise puis, dans le léger courant d'air qui provient du patio, je me suis plantée devant son portrait, bouche bée.

Elle a dans les 15 ans. Elle trouve l'équilibre sur un rouleau de tissu, sourit à l'objectif, elle pose visiblement dans un atelier de confection.

Je la reconnais clairement à son visage un peu aigu, la forme ronde de ses yeux clairs et malicieux, ses sourcils déjà fournis, sa bouche bien dessinée, ses fossettes, sa longue chevelure agrémentée de deux petites fleurs, mais aussi, comme on ne peut tout avoir, à une imperfection physique : Madeleine tourne vers l'objectif un nez épaté, qu'elle qualifiait de disgracieux, il se présentait en effet un peu lourd avec ses narines ouvertes, il lui donnait un air légèrement adolescent et, quand elle se fâchait, quelque chose d'inquiétant. Autour du cou, elle porte un collier de perles orné d'un pendentif, des lettres en langue berbère. Je ne jurerai de rien mais je me rappelle ce bijou, débarrassé cependant de la calligraphie, remplacée par une pierre nue, topaze.

Voilà deux étés que Madeleine est partie pour de bon, par surprise. À 83 ans elle allait vraiment bien. Ça semble idiot de dire qu'à son âge je ne m'y attendais pas du tout, c'est pourtant exactement ce qui m'est arrivé, le ciel m'est tombé sur la tête, pas un instant je n'avais anticipé que l'on puisse mourir en pleine nuit d'une embolie cérébrale, je n'avais aucune raison de penser qu'elle était malade, qu'un caillot de sang se déplaçait lentement dans son cerveau, l'alertait par un mal de crâne épouvantable. Elle en avait vu d'autres, elle avait affronté plus d'un dragon, c'est ainsi que je m'explique ce départ sans message d'adieu, sans téléphoner à sa fille pour lui dire au moins qu'elle avait mal à la tête, une sorte de distraction alors qu'elle était mourante, pourquoi inquiéter les gens, appeler au secours, ça passerait comme ça passait toujours... Son aide à domicile l'a découverte inanimée au matin dans son lit, son cri d'effroi juste après sur mon portable m'a laissée anéantie.

On a tous besoin de se raccrocher à quelque chose dans des moments pareils. Mon obsession s'est fixée sur la Recoleta. J'ai rêvé pour elle de la nécropole nationale chantée par Borges. Mon père, décédé trois ans plus tôt, la rejoindrait là-bas dans un mausolée de marbre blanc, tous les deux reposeraient couverts de fleurs, parmi les chats errants et les vedettes du pays. Bien sûr, on m'a opposé tout un tas de raisons administratives. J'ai bataillé quelques jours, Luna m'a laissée faire, voyant bien qu'ainsi je m'occupais, que j'avais trouvé un moyen de retenir mes larmes ; à bout de forces, je me suis finalement rabattue sur la Chacarita où l'on enterre le commun des mortels. Finalement, c'est ma mère qui a rejoint mon père, un choix guidé par la logique dans cette ville tentaculaire, la Chacarita est le cimetière rattaché à son quartier.

Madeleine vivait calle Lafinur, à Palermo Chico, un plein ciel au dixième étage d'un immeuble moderne. Je lui avais forcé la main à la mort de papa, je la voulais près des espaces verts de la Rosedal, dans la sécurité d'un lieu cossu. Depuis notre départ de la pampa et notre installation à Buenos Aires, elle résidait dans le périmètre chaotique du Once, juste au-dessus des passages réservés aux grossistes en tissus. Je n'en pouvais plus de cet univers d'ateliers plus ou moins clandestins, des rouleaux déchargés directement des conteneurs, des ustensiles en plastique importés de Chine, de l'horrible papeterie, des boutiques innombrables de chaussures et sous-vêtements criards, de la maroquinerie cheap.

Notre appartement familial tenait à peine debout au-dessus des arcades de l'avenida Pueyrredón, l'en éloigner me paraissait une bonne idée, ça m'inquiétait de la savoir toute seule ici. Bâti sur un modèle niçois Art déco dans la période dorée de l'Argentine, très haut de plafond, habillé de boiseries aux murs, de tomettes au sol, il faisait son effet à notre arrivée mais s'était inexorablement dégradé. J'ai supervisé le déménagement et ce jour-là, je dois le reconnaître, j'ai éprouvé malgré moi un petit pincement au cœur à l'instant du dernier voyage dans la somptueuse cage en fer forgé de l'ascenseur. Dans le même ordre d'idée, au moment de ranger ses effets personnels dans les penderies de son nouveau foyer – tandis que je m'entendais répéter benoîtement « Maman, c'est formidable, cette vue, tu vas être si bien », quelle idiote, comme si là-haut sa vision allait s'élargir –, je me souviens encore du doute qui m'avait saisie, voyant dans mon attitude une stupide injonction. Je bousculais ses habitudes, au point de regretter déjà ma décision, de me dire que je frôlais l'abus de faiblesse à vouloir réinventer sa vie, car au premier instant loin du chaos du Once quelque chose lui avait définitivement manqué.

Et maintenant, avec mon vin blanc d'une main et sa photo en jeune fille de l'autre, j'ai de nouveau la même impression. Je réalise à quel point, par toutes sortes de subterfuges, notre famille s'est enfouie dans son terrier. Mon trouble s'enrichit d'autre chose depuis la séance avec Lachance : les mots d'Alger ont insidieusement réveillé des sensations oubliées.

Avec stupeur, je me rends compte que Madeleine aimait l'Once en miroir d'un autre endroit qu'elle avait dans sa tête, l'Oran cosmopolite de sa jeunesse : dans son esprit, les petites mains berbères et kabyles derrière les machines à coudre avaient été remplacées par les petites mains boliviennes ou paraguayennes.

Mais je vais trop vite, je sens que m'apparaissent des arcanes secrets, des choses enfouies que je ne parviens pas à nommer, qui affleurent, un peu comme ces sites archéologiques qui ressurgissent d'une empreinte dans les sables au Mexique, ou en Égypte. Tout semblait effacé, et pourtant.

Je sais que dans les vieilles légendes juives, des revenants font leur apparition dans les moments importants de la vie, ils sont appelés dibbouks, ils peuvent vouloir du mal ou du bien, ça dépend, quoi qu'il en soit ils s'accrochent à vos basques ; je croyais avoir fait le deuil de ma mère, mais soudain c'est comme s'il m'était donné de l'apercevoir, de vivre à nouveau avec elle deux années après sa mort, par la grâce de ce prénom qui épousait son cou, calligraphié en berbère.

Je dois dire que j'ai longtemps repoussé le tri des affaires, celles à donner, celles à conserver, comme si, oui, il y avait quelque part un petit génie qu'il fallait maintenir dans une bouteille égarée. Je ne pouvais me résoudre à son absence, sans états d'âme je laissais se figer l'appartement dans le ciel de Palermo Chico. Aucune hâte à vendre, Amadéo avait pris soin de régler pour longtemps les questions d'intendance, mes revenus sont confortables, je n'étais pas pressée.

Un dimanche, il y a seulement un an, j'ai enfin trouvé le courage qui me manquait. Je me suis lancée dans ce genre de rangement post-mortem, peut-être motivée par la découverte du *Swedish death cleaning* (*döstädning* en langue originale), méthode consistant à orchestrer un grand tri de son vivant, à la fois pour alléger le fardeau des autres et pour finir ses jours désencombré des choses. Je dois reconnaître que nous n'avions jamais été très suédois dans la famille, même si le déménagement du Once avait un peu simplifié le casse-tête du tri.

Enfin concentrée sur la garde-robe, intensément gênée à me voir débarrasser les tiroirs des commodes des chaussettes, culottes, soutiens-gorge, j'errais en automate dans les pièces et m'attardais pour reprendre mon souffle sur la profusion de livres d'art consacrés aux grands peintres (il me semblait d'ailleurs que les achats avaient considérablement augmenté les derniers temps). Madeleine ne possédait pas à proprement parler de bibliothèque, des centaines d'ouvrages se trouvaient dispersés dans l'appartement, parfois empilés les uns sur les autres, des biographies, des monographies, des in-folio remplis de gravures, autant que des catalogues d'exposition. J'avais toujours repoussé le moment de les transférer chez moi, je ne voulais en jeter aucun, c'était sans doute son legs le plus précieux. Toutes les périodes étaient représentées, mais d'évidence la Renaissance avait la part du lion. Sa grande joie était d'explorer les paysages, oubliant quand elle tournait les pages les doigts de sa main droite qui la faisaient tant souffrir. Elle détaillait les portraits mais s'abreuvait sans cesse aux montagnes, lacs et vallons fuyant à perte de vue pour se confondre avec le ciel. Sans limite de temps elle fouillait l'horizon, c'est ça, étudiait, rêvait, méditait, et savait parfaitement comment, des maîtres aux élèves, les perspectives avaient changé, s'étaient affinées.

Dans mon enfance, je l'ai vue se griser d'Italie, y décréter les débuts de la peinture, vanter Raphaël le dieu du dessin, Titien celui de la lumière, et revenir toujours à son adoration, au plus virtuose, celui auquel elle tenait comme à la prunelle de ses yeux : Giorgione.

Avec le temps, cependant, elle se cacha de l'aimer. Comme une amoureuse éternelle, recroquevillée en secret sur une passion de jeunesse.

Depuis longtemps ce nom n'avait pas été prononcé dans la famille. Le voir inscrit en toutes lettres sur la belle édition du catalogue raisonné répertorié par Jaynie Anderson m'avait arraché un sourire. Je me penchais pour le feuilleter, m'y plongeais un long moment, m'imprégnais des visages, des couleurs. Mais étrangement n'en tirais aucune conclusion.

J'avais l'occasion de voyager en ligne droite, sans zigzaguer ni tourner en rond. J'aurais pu aller très vite, mais sur l'instant je refusais inconsciemment d'aller plus loin. Je le répète, les deuils successifs me causaient quantité d'angoisses, peu importe la logique ; déboussolée, je n'étais pas capable du moindre effort, et donc il m'a fallu un an, que l'Algérie française ressuscite dans mon cabinet, pour digérer ce que contenait ce livre.

Une fois de plus c'était là, sous mes yeux. Un passage pour retrouver le vieux tableau de notre hacienda.

Décroché à notre départ de Saucesito, il n'avait jamais trouvé la moindre cimaise susceptible de l'exposer dans l'appartement du Once. Il eût été à sa place dans le salon ancien, probablement qu'à un moment ou à un autre j'ai même dû demander où il se trouvait, mais à l'âge que j'avais à notre arrivée à Buenos Aires, prête à entamer ma scolarité à l'école franco-argentine Jean-Mermoz, je concentrais toute mon attention sur les quartiers huppés du Nord ornés de rues-forêts, de parcs, flattée d'intégrer les lieux où vivait autrefois la bourgeoisie la plus riche d'Amérique latine. Notre *Judith* avait disparu, c'était dans mon esprit une copie sans valeur, l'idée de savoir où elle était ne m'avait pas perturbée.

Je n'y avais même pas songé en installant plus tard ma mère à Palermo Chico, et cette fois encore, feuilletant le fameux livre d'art aux pages consacrées à ce tableau si proche de Giorgione – le *Judith avec la tête d'Holopherne* de Saint-Pétersbourg –, j'avais juste appris qu'il s'agissait d'une huile séparée de son bois et adaptée à sa toile par un restaurateur russe, de belle taille, 144 × 68 cm, longtemps donnée à Raphaël, avant qu'un Français, notant la présence d'éléments coloristes et paysagistes typiquement giorgionesques, ne l'attribue à son auteur véritable. Ce *Judith*, lisait-on encore, acquis par Catherine II en 1772 par l'intermédiaire de Diderot, était de toute évidence inspiré par la Vénus tentatrice d'Albrecht Dürer. Avec les bleutés léonardesques des paysages, je me suis dit que cette quantité d'inspirations noyait encore les perceptions que j'avais eues, petite, de notre version aux couleurs plus ternes, le vieux tableau s'obscurcissait sous notre climat humide, plus le temps passait, plus sa santé se détériorait, la luminosité du visage, la tunique rose se retrouvaient brunis, les teintes qui apparaissaient autrefois dans le paysage à l'arrière-plan, verdâtres, semblaient surgir des ténèbres. Ce facteur de conservation explique sans doute que je sois passée à côté.

Rêvant autrefois devant *Judith*, j'avoue que le nom de Giorgione ne m'était pas familier non plus. J'aimais le vieux tableau, mais me désintéressais de son auteur. Je le sous-estimais, j'ignorais qu'Isabelle d'Este, la grande dame de la Renaissance, lui courait après. J'oubliais que ses contemporains le comparaient à Raphaël et Michel-Ange. Je ne savais pas que le célèbre biographe Georgio Vasari l'avait placé au même rang que Léonard de Vinci, que pour lui le Vénitien et le Toscan étaient les inventeurs de la peinture du XVe siècle, la *maniera moderna*. Giorgione optait pour un mélange chromatique toujours plus dégradé, vif au premier plan, assourdi dans les fonds, une révolution magistrale qui poussait ma mère à retrancher de Léonard, mort à 67 ans, les années d'écart de pratique entre eux. Elle arrivait à ce chiffre, trente-cinq années de différence, pour conclure que ça aurait pu être lui, le maître. Qui sait si avec tout ce temps à disposition, sa vie de James Dean, de

Rimbaud, il n'aurait pas produit sa Mona Lisa et gagné une renommée éternelle ! Génie en devenir, c'était Giorgione le plus grand de tous les temps. Plus encore, c'était lui la plus belle agonie, hautement romanesque : mourir en se contaminant d'un dernier baiser fougueux sur les lèvres de sa maîtresse malade de la peste, la passion amoureuse qui l'emporte dans les cieux, qui dit mieux ? C'était un amant charmant, nous disent d'ailleurs ses contemporains, un musicien raffiné, un poète subtil, ouvert aux thèmes humanistes, dont les cheveux bouclés tombaient sensuellement jusqu'aux épaules, traînant toutes les muses après lui.

C'est fou ce qu'on peut voir d'un tableau en passant du temps devant une reproduction. Ce jour-là, pour la première fois, j'ai senti que quelque chose reliait les deux œuvres entre elles. Je n'y connais rien et je n'allais certainement pas, d'un simple souvenir, à des décennies de distance, me dire que mon hacienda comme l'Ermitage renfermaient un authentique Giorgione, je n'allais évidemment pas placer le vieux tableau à un tel niveau, je voyais juste que les deux visages se ressemblaient parfaitement, on aurait dit deux sœurs jumelles. Si je cherchais bien, les récits de ma mère autour des versions de *Judith* ne valorisaient pas plus le Giorgione de 1506 que les autres peintres de la Renaissance. Son histoire d'un souvenir ramené d'Alger tenait bon, une toile était l'une des choses les plus faciles à glisser dans les deux valises autorisées, dommage qu'elle fût perdue, j'en restais là alors.

Sans même me dire que ce n'était pas seulement le vieux tableau qui remontait à la surface, il y avait une autre étourderie que je ne m'expliquerais jamais, pourquoi, non plus, n'avais-je pas été intriguée par le collier berbère qu'elle portait là, sur la photo de ses 15 ans ?

5

Il y a un an, donc, j'emballais les affaires de ma mère et refermais le magistral volume consacré à Giorgione. J'avais bien conscience de la similitude entre deux œuvres placées à des milliers de kilomètres l'une de l'autre, mais cette notion restait vague, je n'en mesurais pas l'importance. Je me sentais d'humeur bizarre, assombrie par un lieu dans le ciel tout à la fois vidé et occupé par son absente. Ce n'était pas vraiment hanté, tout semblait obsolète.

À un moment donné je vérifierais les choses, mais rien ne pressait. Je laissais en plan les deux *Judith*.

J'en étais là ce dimanche, à me dire que rien ne reste, qu'après les vêtements, les objets, qu'après sa vie matérielle, la voix et l'odeur de ma mère disparaîtraient de ma mémoire, j'allais partir et attraper mon sac à main quand, prise d'un doute, je décidai d'ouvrir une pochette en kraft grand format qui se trouvait, justement, dans la jaquette du Giorgione.

Je ne m'y étais pas intéressée au premier abord. Je n'allais pas fouiller tous les papiers. À la fois par ennui et respect de l'intimité d'une femme âgée. C'est là que je découvris, sans que je m'y attende, mélangé à l'acte de propriété de notre ancienne hacienda, parmi divers papiers d'assurances et de relevés bancaires, ce portrait de ma mère, que j'estimais photographié à ses 15 ans (15 ans, oui, dirons-nous finalement).

Je m'étais arrêtée à ce constat. Désireuse d'oublier le rangement macabre, il m'avait encore fallu des semaines pour m'interroger sur la dédicace en français inscrite au recto de la photo, libellée avec soin :

Sid Ahmed, suivi d'un *Affectueusement, ton oncle chéri.*

Le vent avait déjà tourné avec cette découverte, sans doute, mais j'étais loin de l'admettre, car les recherches qui suivirent ne m'avaient pas plus perturbée que ça. On croit rêver, oui, un comble pour mon métier, mais voilà, le cerveau d'une psy verrouille comme les autres, j'ai beau être suivie, il n'y avait pas de place pour vider mon sac sur ce sujet-là, Amadéo occupait tout l'espace. Pour aller vite, je pourrais servir ce poncif du cordonnier mal chaussé, chez nous en Argentine c'est le forgeron qui ne dispose que d'un couteau en bois chez lui, *en casa del herrero, cuchillo de palo.*

Sid Ahmed Soufi, son nom complet, découvrais-je alors, habillait la bourgeoisie musulmane d'Oran. Il possédait cinq ateliers de couture dans le quartier populaire du Plateau, c'était un homme d'affaires prospère, je l'avais percé à jour simplement car, derrière la jeune fille juchée sur un rouleau de tissu, un panneau annonçait le nom du propriétaire des lieux, le même qui signait au recto de l'image. Et ainsi il m'avait suffi de taper cette identité sur un moteur de recherche pour qu'il apparaisse, comme tombé du ciel, dans un article de *L'Écho d'Oran.*

Le prétexte était la première collection en janvier 1962 du juvénile couturier Yves Saint Laurent. Un événement à Paris, que le journaliste avait traité de façon locale en dressant le portrait de Sid Ahmed, cet érudit, tailleur si doué qu'il avait prodigué depuis son atelier de la rue Stora des conseils au jeune dauphin de Dior, jadis son voisin du 11 ; il conservait même des croquis de la nouvelle idole chez lui.

À Oran, les populations européennes et autochtones faisaient jeu égal en nombre, deux cent mille personnes des deux côtés. Les Soufi, apprenait-on, habitaient dans le quartier de Saint-Antoine, boulevard Paul-Doumer, non loin du musée des Beaux-Arts, dit musée Demaeght. La famille au complet vivait sous l'autorité d'un patriarche, Amar Soufi, Berbère élevé au rang de personnage illustre depuis ses exploits à Verdun ; Sid Ahmed l'évoquait avec dévotion : grâce à cet ancien du 2e régiment de tirailleurs algériens, la maisonnée recevait régulièrement les pontes de l'administration coloniale, notables ou militaires qu'elle mêlait aux intellectuels et réformistes qui feraient l'Algérie de demain. Les conversations se poursuivaient au Grand Café Richelieu, anis ou orangeade, Amar était un habitué, poursuivait le journaliste, il s'y présentait cigarette aux lèvres, au volant d'une voiture de luxe.

Les Soufi possédaient la nationalité française depuis 1944. Héros militaire, Amar entrait de fait dans une catégorie privilégiée, celle des « indigènes » déclarés français « à titre personnel ». Ses descendants, identifiés comme appartenant à la bonne société, bénéficiaient de la même citoyenneté, y compris la jeune fille qui illustrait l'article, la jeune Malika, dont on apprenait qu'elle courait depuis qu'elle était toute petite dans les travées de tissus, renversant parfois les rouleaux pour voir s'illuminer les couleurs chatoyantes, sans que même Sid Ahmed ne pense à la gronder. Le marchand racontait enfin que, puisqu'il n'avait pas de femme, ni d'enfants, son lien de parenté était si puissant avec sa nièce qu'il ne songeait qu'à lui faire plaisir, aussi bien en lui offrant des livres, une robe, que des souliers vernis. Il l'emmenait souvent dans les restaurants chics, perfectionnait son éducation au sein des belles demeures du quartier Gambetta, et si aujourd'hui il la prenait sous son aile, demain, si Yves Saint Laurent songeait à leur rendre visite, ce serait elle qui l'accueillerait, car il lui léguerait tous ses commerces. Pour le moment, après une scolarité à l'école des sœurs du Bon Secours, elle étudiait au lycée Ardaillon. Le musée était près, ils parlaient souvent peinture tous les deux.

Malika. Je découvrais bientôt que le nom calligraphié sur le cou de ma mère venait du berbère, que ce n'était pas un nom mais plutôt un prénom. *Malika* qui veut dire reine. Un pendentif comme la corde soutient le pendu. La légende pouvait commencer là et pourtant je m'étais arrêtée.

Un an ! C'est incroyable mais, toute une année, je me contentais d'imaginer Sid Ahmed heureux de recevoir par la poste le tirage auprès du journaliste de *L'Écho d'Oran*, ça se faisait comme ça à l'époque. Aucune idée d'enquêter, de retrouver une branche familiale, je sais c'est difficile à admettre, mais je trouvais sur le coup que ça ne me regardait pas, que je devais admettre les silences de Madeleine et, par ricochet, ceux de son mari. Il était facile de déduire qu'un couple mixte s'était formé à la toute fin de l'Algérie française. Il y avait eu un jour une petite Malika, élevée à Oran dans une bonne famille berbère, adorée de son oncle, et qui pour une raison ou une autre avait abordé le monde adulte sous le prénom de Madeleine, avant de rencontrer son Adrien pour la vie.

Au fond, cette découverte ne changeait rien à la représentation que je me faisais de mes parents. Vraiment, je n'avais pas eu besoin d'aller plus avant, je ne redoutais même pas que ces questions m'écrasent ou m'entraînent vers le fond, elles m'indifféraient plutôt, c'était si loin à la fois dans le temps et l'espace.

Je n'en parlais pas à ma fille. Je restais à la surface.

J'avais ma part de fantôme avec la mort d'Amadéo.

Et maintenant j'ai le souffle coupé. Qu'elle est mignonne !

Est-ce Gabriel qui relègue ailleurs ma perte inconsolable ? Ses mains nouées à mon bassin qui libèrent dans le même mouvement un nouveau revenant ? Certes, Lachance m'a plongée dans Alger, tout à l'heure, mais qu'est-ce qui me prend de sonder cette photo, de m'y perdre, sans rien faire d'autre que de descendre la bouteille de vin blanc ?

Comme si un nouveau cycle se présentait, je sens que l'histoire de Madeleine vient à moi, la tombe de la Chacarita s'ouvre en deux, il n'y a plus rien de figé dans son éternité de mère, au contraire, une voix me souffle : « Ohé ! Dis, toi ! Oui, toi ! La femme d'analyse et d'intuition, tu te décides enfin ? »

Repensant à Sid Ahmed, je me dis que s'il y a une personne au monde que Malika/Madeleine n'aurait jamais voulu décevoir, c'est bien lui, et donc, que si cet oncle chéri a disparu de sa biographie, ce vide est un signal fort : une grande catastrophe s'est produite à Oran.

Alger s'est présentée comme un refuge. Un mariage forcé ? C'est la première idée qui me traverse l'esprit. La fuite, la veille d'une noce inconcevable en Kabylie, ce genre de choses arrivaient, un vieux polygame, un notable avec lequel il s'agit de sceller une alliance, Sid Ahmed qui s'interpose mais se fait jeter, on le repousse toujours, l'homosexuel de la famille (je raconte ça pour le contraste), et pour déjouer cette infamie, le voilà qui s'implique dans la fuite de sa nièce, conçoit les moindres détails, finance transports, logement, faux papiers d'identité, jusqu'à la rencontre avec mon père.

Lorsque se présente le prince charmant, depuis combien de temps a-t-elle quitté Oran ?

Je me rappelle que ma mère restaurait les œuvres abîmées au musée des Beaux-Arts d'Alger. Elle avait abandonné à contrecœur cette activité car elle souffrait d'une paralysie à sa main droite, les branches terminales du nerf ulnaire, comprimées, déclenchaient ce que l'on nomme syndrome de la main en griffe. Mais le passé ne comptait pas pour elle. Elle n'y revenait pas, ne s'apitoyait jamais sur son sort, il faudra retenir pour plus tard cette citation de Frantz Fanon, « Je ne me fais l'homme d'aucun passé. »

D'aucun passé, c'est exactement ça ! Car c'est tout juste si ma mère m'a raconté l'apogée de sa carrière, le grand déménagement des chefs-d'œuvre au Louvre.

Et là, bien sûr, je fais soudain le lien.

Le cœur battant la chamade, je relie le collier berbère au vieux tableau. Aujourd'hui, les deux sont peut-être au même endroit.

J'ai d'ailleurs, brusquement, la conviction que *notre* Giorgione vient du musée d'Alger. Que parmi quantité de tableaux pouvait se trouver une peinture pas tout à fait attribuée à ce maître (sinon elle aurait été déplacée au Louvre) mais, disons, située dans une zone grise, hors catalogue raisonné. Une œuvre refusée par les historiens de l'art mais pas une copie non plus, une œuvre problématique pour diverses raisons, mais troublante. Et dans les derniers feux de l'Algérie française, ce trésor aurait discrètement quitté les réserves…

J'ai de l'imagination, et ma trame prend de l'épaisseur. Mais je dois avouer qu'un recel, un vol, ne colle pas avec l'image que je me fais de mes parents. Ils auraient vécu des années dans la crainte d'une descente de police ? Je passe sur l'éthique, le côté trafiquant d'art. C'étaient des gens droits, et si le vieux tableau leur avait été offert ? Qu'ils avaient dû s'en séparer à Buenos Aires ? Pas tellement par crainte d'un visiteur (personne n'entrait chez nous à l'hacienda), mais pour se renflouer : dans la grande ville ma scolarité avait un coût astronomique.

J'accueille cette idée en pensant immédiatement à mon père. Disons-le, c'était un timide, un homme prudent, après tout peut-être qu'il n'était pas dans le coup ?

C'est à l'occasion du déménagement au Louvre que mes parents sont tombés dans les bras l'un de l'autre. Si ses liens familiaux sont restés obscurs, ma mère s'est au moins montrée franche là-dessus. J'ai du mal à imaginer un coup de foudre au sens classique du terme, l'abandon, le lâcher-prise, le bonheur. C'est le cas de tous les enfants avec leur parent, un brouillard plutôt sain recouvre la chambre à coucher. Mais passons, j'en reviens au musée, j'abandonne Giorgione, pour me dire que ce cadre devait être bien compliqué, exigeant. Ma mère avançait masquée car, à cette époque, ce devait être impossible de confier un poste d'une telle responsabilité à une jeune Berbère.

L'angoisse, la peur de l'échec devait assaillir Malika qui faisait oui de la tête quand on l'appelait Madeleine. Je me doute que ses origines ajoutaient un niveau de difficulté qu'aucun Européen ne pouvait concevoir. Mais je l'imagine suffisamment déterminée et concentrée pour gérer ses émotions, tenir ses affects en respect.

Son sang-froid m'a toujours impressionnée. Elle ne devait pas en manquer, pour faire face à toutes les situations, se dire qu'elle allait réussir, même s'il y avait bien sûr des moments où elle craquait en trouvant sa situation si difficile, avec cette méchante impression d'être une traîtresse, une intruse, redoutant constamment qu'une maladresse vienne la trahir. À cheval entre deux mondes, au-dessus d'un gouffre, je la vois tout surveiller : attitudes, intonations, pilosité, couleur de sa peau au soleil. Mais sans jamais renoncer, je l'ai connue toute ma vie butée comme dix ânes.

À tous, j'en suis certaine, Madeleine s'employait à raconter un mensonge élaboré, je la devine capable de tout justifier en un clin d'œil. Ainsi, jamais depuis qu'elle avait sauté dans le vide elle n'avait regretté, *ni en pedo*, « jamais de la vie » restait son expression favorite. Après tout, elle avait triomphé du *mektoub*, le simple fait d'avoir remis en cause le dogme du mariage arrangé (si j'ai bon) la mettait de toute façon dans une position sans retour. Je spécule encore sur une situation financière plutôt nette ; avant son entrée au musée, le loyal Sid Ahmed approvisionnait son compte en cachette. Rapidement, depuis son départ d'Oran, ses conditions de vie s'étaient améliorées. Le défi était de taille mais c'était gagné.

Et puis était arrivé Adrien, et puis était arrivée l'indépendance. Les choses s'énonçaient plus précisément après car, concernant notre installation en Argentine, personne ne m'a jamais fait jouer aux devinettes. Notre petite famille s'est greffée sur une troupe d'aventuriers tentés par la colonisation en Amérique latine. Il existait un plan de l'État français pour défricher des terres bien volontiers offertes par le gouvernement argentin. Notre groupe s'était installé à six cents kilomètres au nord de Buenos Aires, dans la province d'Entre Ríos. Tous se voyaient pionniers au sens où l'étaient leurs ancêtres des environs de 1860. Une seconde chance tombait du ciel, on recommençait tout à zéro, Algérie et Argentine pouvaient même se confondre, deux pays à la nature généreuse, des terres d'abondance épargnées par les guerres mondiales, l'aspect débrouillard et bohème commun aux deux peuples, jusque-là personne n'avait remarqué cette ressemblance phonétique entre *argelino* et *argentino* puisqu'en espagnol Algérie se dit *Argelia*.

Je ne conserve pas vraiment de souvenirs de voisins, du moindre incident, ni entre nous ni avec ceux que notre installation privait de leurs terres. Je me souviens juste d'un endroit lugubre, peuplé d'habitants respectueux de leurs ouvriers agricoles, mais qui confessaient tout de même leur satisfaction d'entreprendre une « colonisation sans les melons », comme dirait Lachance.

Ma mère réagissait-elle à ce genre de réflexions ? Loyale à l'homme qu'elle aimait, lui avait-elle seulement révélé d'où elle venait ?

Pas forcément. Et ainsi avait-elle vécu dans la pampa une existence contraire, inversée, cachant que c'était étonnant pour elle de se trouver là, dans ce pays, à la suite de pieds-noirs arrachés de leur sol natal, une réalité qui n'avait aucun sens pour elle. Un Giorgione (ou pas) sous les yeux.

Sans parler du vieux tableau, je dois cesser d'extrapoler cette photo prise bien des années avant que ma mère n'ait fui sa famille. Enfin, si c'est le bon scénario. Car je sais bien que les apparences sont trompeuses, que depuis l'invention de la photographie nous nous confrontons sans cesse à des erreurs d'interprétation. Les images paraissent simples à comprendre alors qu'elles constituent souvent des mises en scène. J'établis par exemple que Malika se dresse sur des rouleaux chez Sid Ahmed, son atelier identifié par un morceau de métal marqué à la forge. Mais la petite fille, c'est bien Malika, la dédicace ne laisse planer aucun doute, pourrait n'avoir jamais changé d'identité. Malika resterait Malika et de son côté Madeleine Madeleine, elles partageaient simplement le même nez, le même regard, voilà tout, et une amitié si forte qu'au soir de sa vie ma mère aurait conservé son portrait en souvenir. Après tout, ce nez épaté pouvait se partager entre copines dans Oran…

Mais il faut savoir aussi se montrer inventif dans la vie, et pourquoi pas songer à un lieu de travail partagé entre un patron européen et Sid Ahmed, ça devait bien arriver des associés pareils, et ça va vite les coucheries dans les affaires. Imagine-t-on le père de Madeleine dans les bras d'une sœur Soufi, dans ce cas les deux gamines sont sœurs, ou alors, mieux, le voilà donc ce nez, c'est ma grand-mère maternelle qui succombe à l'aspect si aimable de Sid Ahmed, l'homo berbère pas si homo, elle cache sa grossesse, accouche en secret, se résout à placer son enfant dans la famille de son amant pour conserver un lien intime, on a déjà vu plus rocambolesque et, et, et…

Je ne sais pas, c'est brutal, inattendu, mais quelque chose s'affole et vient contrer l'histoire que j'élabore instinctivement. Sa logique apparente, soudain, m'échappe complètement. Je me lève en sortant de mes lèvres une espèce de sifflement continu. Heureusement, on sonne.

— C'est moi, Blanche !

La voix forte et caverneuse de Gabriel.

Il n'y a même pas vingt-quatre heures j'aurais pensé quel goujat, il ne s'est pas annoncé. Mais l'époque a changé, oui, j'aurais juré ne plus jamais pouvoir accueillir un homme en souriant, bouche en cœur, œil des grandes amoureuses. Il voit la bouteille de blanc presque terminée. Je lui sers un verre, je le regarde en aimant ses cheveux longs, ses mains que je trouve fragiles, son pantalon en toile couleur crème, sa chemise retroussée aux coudes, jusqu'à la forme de ses pieds s'échappant d'une jolie paire de sandales. J'ai tout fait pour ne plus connaître cette situation mais voilà, je frissonne en découvrant que j'ai tout de suite envie de le faire là, n'importe où.

Mais comme Luna peut rentrer, nous filons dans la chambre.

Un Puvis de Chavannes

Giaour traversant un oued à la poursuite des ravisseurs de sa fiancée, disait le cartel.

Retirée de la bibliothèque, plantée à l'étage des peintures face à un Delacroix, Madeleine jugeait qu'elle n'aurait pas de travail sur ce tableau, tout y était, bien mis en abîme : date d'exécution, d'achat, numéro d'inventaire, explication de l'œuvre formulée avec clarté et concision.

Alazard avait acquis la scène trente années plus tôt à Paris, de loin le plus cher des achats réalisés pour constituer *sa* collection. Le cavalier au turban noir (devenu un timbre-poste rosé de 15 francs au bénéfice des œuvres sociales de l'armée) ne la touchait guère pour autant. L'intensité de l'expression dramatique sonnait creux, jugeait-elle, un sentiment qu'elle élargissait à l'ensemble de la peinture orientaliste, on comprend facilement pourquoi, l'érotisation exotique des corps féminins soumis à l'ordre colonial, cette ambiguïté savamment composée entre les plaisirs de l'amour et la rigueur des principes musulmans. Violence sexuelle, aussi symbolique que réelle, voyait Madeleine, la vérité si faussée des caravanes dans le désert, des casbahs, des vêtements colorés et des bijoux scintillants comme un amoncellement d'âneries pour les gogos et admirateurs de l'ordre colonial, en lieu et place de la misère qui s'abattait sur les autochtones.

Mais tous dans le même sac ? C'est le miracle des œuvres d'apporter au fond plus de questions que de réponses.

Car il y avait évidemment Gustave Guillaumet dont elle restaurait un toile, un homme à l'écoute des drames, qui savait montrer la misère, le désespoir, un génie dont l'un des tableaux avait pour elle l'étoffe d'un chef-d'œuvre : *Le Sahara* ouvrait mille pistes, il avait sidéré le public au Salon de 1868, au point que cette composition désolée d'un désert où gît le cadavre d'un dromadaire, annonçait pour Madeleine l'abstraction, le surréalisme, et même la photo avec cette graduation sublime vers la ligne d'horizon, cette capture de la beauté du paysage et de sa brutalité, cette économie de moyen, enfin elle exagérait peut-être. À Guillaumet elle ajoutait Joseph Sintès, ainsi que l'incandescent Étienne Nasreddine Dinet, tous les deux exempts du reproche d'exotisme, des fins connaisseurs qui, sous les mêmes teintes pourpres, or et azur, savaient parler de violence tout autant que de joie, de courage et de dignité.

Mais si les sujets, chez Delacroix, heurtaient Madeleine, l'exécution lui plaisait toujours, elle l'aimait en coloriste vibrant et harmonieux. Lumière et pénombre inversant les lois de la peinture, touches violettes dans l'ombre d'un jaune, addition de bleu dans un rouge à vif, division des teintes, ce pinceau technique et vigoureux à la fois savait l'émouvoir, lui prodiguait des leçons qu'elle retrouvait aussi chez Théodore Chassériau. Ce dernier captait à présent son attention dans la salle, lui aussi valait la peine d'être détaillé. Elle le scrutait maintenant, tout étonnée d'apprendre, donc, que ce tableau, comme les autres, n'appartenait plus à la France, qu'en un tour de main il était devenu la propriété officielle du futur État algérien, qu'il serait parmi les premiers rapatriés bien sûr, la valise plutôt que le cercueil, et si la France ne tenait pas sa parole, advienne que pourra.

Qu'en aurait pensé cette *Femme de Constantine*, qui la fixait droit dans les yeux ?

Chassériau l'avait peinte en 1846, elle était juive, voyait-on aux détails du drapé. Madeleine pouvait relier son visage à un legs de 1935, le dessin *Tête de femme, de trois quarts vers la droite*, dont la note au verso établissait l'esquisse au portrait de la tragédienne Rachel, une tout autre histoire à laquelle elle préférait ne pas songer, même si elle adorait ces jeux de piste qui rendaient si magique sa profession. En tout, elle se souvenait qu'il y avait quatre Chassériau à répertorier, dont un *Portrait de jeune homme* et une très belle *Étude de vêtements orientaux*.

Le soleil qui chutait de la pergola lui fit plisser les yeux sur un jeu d'ombres, comme si des spectres rampaient sous les toiles. Elle se trouvait dans une sorte de salon carré, les yeux dans la peinture, à pivoter de cadre en cadre. De loin c'était somme toute assez répétitif, la mort, la sauvagerie, l'amour, les paysages, il fallait s'avancer et regarder attentivement formes et couleurs pour que des images inattendues remontent. Elle resta un moment immobile à scruter les périodes, dans la relation la plus neutre possible, loin de ses lectures, de la recherche académique, des experts, de sorte que sa ferveur et sa vérité, uniquement elles, déterminent ce qui méritait la dénomination d'œuvre majeure ou pas.

Ainsi s'étonnait-elle du *Panthéon* (ou *Vue du quai du Louvre*) peint par Robert Delaunay. Paris avait vraiment cet air de village ? Et pourquoi ces tons volages à *La Barrière de Vanves* de Johann Barthold Jongkind ? L'espace qui glisse sur une capitale campagnarde, la rue dite étrangement de San Francisco, trois chevaux et un estaminet, quelques femmes attablées, c'était décevant, car l'impressionniste batave ne semblait avoir aucune imagination. Peignait-il au constat, se bornait-il à restituer sans aucun désir d'aller au-delà de ce que sa main pouvait toucher, comme Élie Faure le disait de Vermeer ?

Un échange mystérieux le faisait dialoguer avec un Sisley, *Le Canal du Loing en hiver*, une peinture sévère, couleur cendre, où tout semblait gris. Ce n'était pas seulement la saison, la nature dénudée, les vieux murs et les eaux sales enveloppaient le spectateur dans un frisson de deuil. Oui, à force, ce nord, ces ciels bas, ces nuages épais, voguant comme de sinistres barques, c'était frigorifiant. On dit souvent que les tableaux ont une présence, Madeleine leur accordait même un certain magnétisme, ils l'aimantaient, l'envoûtaient, elle voyageait avec eux, et n'avait pas envie de se retrouver au bord d'un canal frigorifié.

Elle avança et gagna la salle suivante. Dans une certaine unité de style, là encore, jaillissaient les portraits. Fureur, beauté, un tourbillon de visages, de tous les âges, dont elle scrutait la vie secrète depuis son arrivée, s'étonnant de la force des peintres à sonder l'âme humaine. Que se passait-il sous ces crânes ?

Dans un recoin se trouvait son préféré, celui qui la renversait, un Puvis de Chavannes finalement assez lugubre, signé et daté de 1852.

Cette femme aux grands yeux clairs caverneux faisait l'effet d'une intruse. Sa petite bouche dorée, son nez légèrement arrondi sur un visage triangulaire, sa chevelure auburn, ses boucles d'oreilles, la longueur de son cou, le vert tendre de la robe, sa fragilité, tout lui faisait penser à une héroïne russe. Pour ne pas la déranger, elle aurait voulu l'observer à la bougie et non à la flamme du soleil d'Alger. Elle s'approcha de la notice rédigée probablement par Alazard, qu'elle lut en quelques battements de cils :

À la fois douce et affolante, émouvante avec son regard noyé, pleine de chagrin et d'innocence, cette femme inconnue très tôt datée dans l'œuvre de Puvis de Chavannes (1852) réfute l'idée d'une éclosion stylistique tardive, l'influence de Chassériau ne fait aucun doute, la gravité du moment contrastant avec la liberté du vêtement.

Madeleine fixa son attention sur la date manuscrite par le peintre, c'est ainsi qu'Alazard, arc-bouté sur son savoir encyclopédique, l'avait identifiée comme Marie-Antoinette de Vaugelas, sœur de l'artiste. On se repassait d'autant plus la découverte au musée que ce troublant petit visage restait inconnu ailleurs. Cent dix années les séparaient toutes les deux ; dans un miroir, Madeleine savait imiter à la perfection l'angoisse de Marie-Antoinette, donner l'illusion de passer d'un souffle d'une époque à l'autre, car pour elle l'art avait cette puissance infinie, il figeait le temps et le monde.

À chaque étage, le musée fascinait pour son immensité. Il lui donnait l'impression d'un palais qui n'en finissait pas, avec un univers caché, parallèle à celui qu'elle connaissait, fait de trappes où personne n'avait jamais mis les pieds. C'était chez elle, elle adorait s'y perdre, errer comme dans un labyrinthe avec la sensation de planer sur les siècles, à la rencontre de génies, de la grâce, de la beauté, les personnages déferlaient, amis, ennemis. Parfois, il avait même des objets qu'elle découvrait pour la première fois.

Elle n'en revenait pas, elle était là pour de vrai.

Ici, à la section des peintures, on voyait bien depuis l'allée centrale comment s'organisaient les quinze salles divisées par des cloisons en bois et un bâti en arches. Placée au beau milieu du couloir, elle avait en perspective une vue incomparable sur la baie d'Alger. Au-dessus d'elle, les plafonds inclinés sectionnaient la lumière naturelle, les flots entrants du soleil se retrouvaient comme capturés sur les côtés dans une lumière diffuse, mais nette, préservant ainsi les contours des tableaux. L'architecte, selon les dernières techniques muséographiques, avait aussi favorisé une aération optimale, de fait une légère brise s'attardait sur sa longue chevelure brune.

Elle replaça une mèche derrière l'oreille et hésita. Elle éprouvait toujours le même plaisir à défiler ici, d'un air gracieux, jugeait les hommes qui la toisaient sans gêne. Elle était toute menue, favorisée par un joli visage, des traits sensuels et en même temps ce nez qui intriguait, à la fois lourd et curieux, qu'importe, elle avançait et se postait devant les toiles, écarquillant les yeux et levant un sourcil presque comiquement, l'air très concentré, comme si depuis sa tombe Alazard lui soufflait des secrets, lui racontait l'histoire qui se jouait devant elle, tantôt grandiloquente, tantôt ennuyeuse.

La constitution des collections suivait une logique : à pays jeune, art jeune. « Les jeunes Français d'Afrique y trouveront de quoi éduquer leur goût », disait le maître, « ils pourront ainsi se tenir en contact permanent avec ce qui fait la grandeur et la beauté de notre civilisation. »

Madeleine était arrivée un an après sa mort, suffisamment tôt pour que chacun porte encore sa bonne parole, ses principes éclectiques autant que son ambition de puiser large, jeter ses filets depuis l'Antiquité jusqu'au XXe siècle. Aux peintures, Alazard avait opté pour quelques exemples bien choisis des XVIe, XVIIe et XVIIIe siècles, il ne jugeait pas opportun de s'étendre davantage, à vrai dire ce n'était pas ces périodes que l'on venait chercher chez lui, des tableaux rares faisaient un peu figuration, une *Vénus pleurant la mort d'Adonis* de l'École de Fontainebleau, un Simon Vouet de 1625 au succès retentissant car des copies existaient jusqu'à Riga, œuvre de sa période romaine qui, elle le savait, poserait un problème (à son acquisition en 1935, Alazard avait reconnu saint Guillaume d'Aquitaine, elle penchait prudemment pour une autre dénomination, le sujet pouvait être profane, du genre *Jeune homme en armure*), un Bourdon, un Le Brun (Charles), une somptueuse réplique en dépôt de *L'Eucharistie* de Nicolas Poussin, un beau dessin de Carle van Loo, un de Lafosse, un Monnoyer, un saint François de Paule d'Alonzo Cano, un bûcheron de Georges Michel, etc.

Quelques œuvres encore d'Italie, de Hollande, des turqueries, mais c'était tout, car on comprenait que la galerie moderne méritait tous les efforts, près des Delacroix et des

Chassériau, les peintres impressionnistes et d'avant-garde avaient dans ce musée une espèce de prééminence. Alazard avait réuni les tableaux par lesquels se jugeaient l'évolution et les diverses tendances de la peinture française, l'audace des rapprochements et les pattes puissantes entremêlaient David, Dufy, Fantin-Latour, Matisse, Courbet, Géricault, Monet, Degas, Caillebotte, Seurat, Signac, Renoir donc, Berthe Morisot, Bonnard, Gauguin, et encore d'autres maîtres bien connus de Madeleine, bonne élève qui retenait tout et illustrait jusqu'à la caricature ce cas classique de la jeune fille qui, pour échapper à la médiocrité ambiante, trouve refuge dans l'art ou la littérature.

Étrangement, plus les peintres se trouvaient sans rapport avec sa situation, éloignés de sa personnalité, plus elle les stockait dans sa mémoire, les virtuoses aussi bien que les moins renommés tels Théodore Rousseau, Constantin Guys, Gustave Ricard, « de beaux morceaux de peinture », comme disait Alazard. Les collections picturales consacrées à son pays demeuraient plus flottantes. Elle les esquivait et ne voulait pas faire leur apprentissage, elle passait rapidement sur les deux salles ankylosées consacrées au vieil Alger et à l'Algérie depuis 1830, elle fuyait, préférant se dire que ça ne l'intéressait pas puisque, ici, étaient les modernes algériens, et que les œuvres d'Hacène Benaboura (Grand Prix artistique d'Algérie en 1957), Azouaou Mammeri, Abdallah Benanteur, Mohamed Issiakhem, Mohammed Racim, Mohammed Khadda méritaient mille fois de sortir de leur trou d'artistes colonisés, sans parler de Baya cantonnée à la bibliothèque.

Il n'y avait pas que l'oubli de peintres autochtones, peut-être que cette distance lui était imposée, qu'elle éteignait sa mémoire dans un réflexe de survie. Madeleine vivait dans une véritable trahison de la réalité, pas étonnant, alors, qu'elle se sente incapable d'apprécier, même quelques instants, les gorges de l'Aurès, les montagnes et villages de Kabylie, le Sud, le désert et les sables, des souvenirs qu'il n'était pas question de laisser renaître. Elle avait déjà suffisamment de mal à savoir où elle en était psychiquement pour en rajouter, tiraillée entre sa réussite évidente et cette négativité vertigineuse qui la secouait sans crier gare. Elle combattait sans cesse pour ne pas sombrer dans des gouffres.

L'idée qu'elle contribuait à étouffer ses origines revenait souvent, car le musée des Beaux-Arts trouvait sa source dans le cadre du Centenaire de la conquête de l'Algérie, les tableaux et les murs qui l'entouraient charriaient des mensonges très anciens, des rêves brisés. Et pourtant, bonne petite soldate, elle brillait à soutenir l'administration coloniale, elle ne faisait pas que gagner sa vie, quelle surprise, découvrait-elle une nouvelle fois, oui, elle participait activement à la négation de l'existence d'une histoire autre que celle qui avait été élaborée depuis les premiers jours de la colonisation, la sienne et celle de ses ancêtres.

Mais à quoi bon se lamenter, puisque de toute façon elle ne pouvait reculer ? Et maintenant il s'agissait de retourner à ses obligations. Il n'y avait pas que sa compétence ; depuis son arrivée, elle savait bien que pour se rendre indispensable, elle n'avait pas d'autre choix que de sceller avec le conservateur une reconnaissance mutuelle, pas d'autre choix que produire chaque jour un effet, ou presque, comme une héroïne tirée d'un Puvis de Chavannes.

De retour à son bureau, elle trouva sur la table le catalogue des peintures rédigé par Alazard. Jusqu'en début d'après-midi, elle en lut et relut les pages, franchement la tâche lui était simplifiée. Il suffisait de diviser les collections en trois catégories, décida-t-elle, elle avait en tête l'inspection un an plus tôt d'un conservateur des musées de province, le jeune Michel Laclotte promis à un bel avenir, elle se souvenait parfaitement de l'agencement logique entre peinture française jusqu'aux impressionnistes, peinture contemporaine et peinture étrangère. En quelques heures, elle cochait ainsi cent quatre-vingt-huit tableaux ; avec les trois prêtés pour l'exposition d'art français à Tokyo qui se trouvaient en transit à Paris, ça faisait cent quatre-vingt-onze, on verrait bien si son supérieur suivrait sa recommandation. Quant aux dessins anciens et modernes, elle voyait aussi large, dans les cent cinquante à peu près. Voilà pour les registres réglementaires, car ils s'attendaient tous les deux à ce que la « transmission » s'enrichisse des surprises et autres oublis de son inventaire, une tâche qui l'occuperait les jours suivants.

Elle avait besoin d'une pause et récupéra dans son sac le flan aux pois chiches, la fameuse *calentica* née à Oran qu'un marchand ambulant coupait devant elle chaque matin. Des fruits secs aussi, qu'elle picora en lisant l'édition du jour de *La Dépêche d'Algérie.* C'était un des privilèges de l'institution, presse et magazine livrés par porteur. Généralement les actualités l'indifféraient, elle passa très vite sur les nouvelles locales, s'attacha plutôt aux échos de Paris, et parvenue aux annonces immobilières fixa son attention sur cette offre singulière : *Échange trois pièces bains inst., très bien, quartier musulman, contre identique quartier européen. Écrire HAVAS 6.392.*

À qui pouvait bien s'adresser cet « échange » ? Jamais un Européen n'irait en ce moment quitter la sécurité de son enclave homogène. Elle n'avait rien à échanger mais l'idée de s'agrandir lui plaisait, et s'il y avait bien une certitude pour les mois à venir, c'était celle de bonnes affaires. Mais pourquoi retournerait-elle dans « un quartier musulman » ?

Elle habitait un genre de studio rue d'Isly, l'entrée de son immeuble se signalait par deux cariatides de bronze, les propriétaires meublaient leur intérieur dans le style Louis-Philippe, d'instinct elle avait fui les escaliers des quartiers populaires qui sentaient le barbouche, elle pensait rester dans l'anonymat ici. Ses voisins la prenaient pour une Espagnole, issue de ces familles qui avaient fui Franco, une histoire normale, la concierge qui passait sans arrêt la serpillière pour sortir de sa loge, qui voyait tout, commentait tout, lui lâchait de temps en temps des expressions catalanes. À chaque fois c'était une épreuve avant de s'engouffrer dans la magnifique cage d'ascenseur et d'appuyer sur le bouton du sixième étage. Elle réfléchissait à cette annonce, bouche pleine, quand elle alluma le petit transistor et apprit la nouvelle : une bombe sur le port.

Elle replia le journal et écouta Radio Monte-Carlo, ébranlée, écœurée, prête à quitter cette ville maudite dans le sillage des tableaux, tout ce sang, ces cris, ces destructions, hier dans un fracas immense, elle avait entendu ses voisins du cinquième éventrer les matelas avant de fermer définitivement les volets, briser les meubles, casser la vaisselle, et finir par arracher les tomettes au burin et briser les tuyauteries. Sans savoir pourquoi, elle se mit à penser à ces personnages de Goya contractés par d'affreux ricanements.

Bien sûr, un peu plus tard, Lopez annula la baignade, trop dangereux de se déplacer aujourd'hui, les autochtones couraient partout si nerveusement. « Voulait-elle qu'on la raccompagne chez elle, le tram pouvait rencontrer des problèmes lui aussi ? » Elle assura d'un ton tranquille qu'elle se sentait en sécurité, vraiment, elle vivait assez loin du port et de son agitation, rentrer à pied ne lui prendrait pas plus d'une heure, seulement cinq kilomètres la séparaient de la rue d'Isly, des camions militaires sillonnaient son trajet, ce n'était vraiment pas une épreuve.

Elle quitta le musée en fin d'après-midi, hésitant à s'éloigner de la rue de Lyon trop fréquentée pour la rue Chopin ou le boulevard Cervantes. Belcourt et sa colline aux pentes dures s'annoncèrent peu après les palmiers du cimetière musulman et l'école. Comme elle s'y attendait, il y avait du monde, du monde à pied, en voiture, surtout du côté des usines Berliet, mais elle marchait vite et se tenait sur ses gardes. Au-dessus d'elle, le bourdonnement des rotors signalait l'incessante présence des hélicoptères dans le ciel d'Alger. Elle ne levait même pas la tête, au contraire de certains mâles européens qu'elle croisait et qui se rinçaient l'œil, excités par la force qui se déployait, l'armée, l'uniforme, ou au contraire qui insultaient les pious-pious, accusés depuis les accords de détourner la tête ou pire, faire ami-ami avec les fellaghas, heureusement l'OAS tenait bon.

Des commerçants, mais pas tous, avaient baissé leurs rideaux de fer dans la crainte des saccages. Ceux-là, dans l'effroi, redoutaient l'onde de choc du massacre, connaissaient la puissance du cycle infernal : en une fraction de seconde les victimes devenaient bourreaux à leur tour, comme si les gens, des plaies partout, étaient à bout, de part en part de la ligne de tram (au nord vivaient plutôt les autochtones, au sud les Français). L'heure ne semblait pas à la curée, les premiers avaient gagné la partie, le FLN était bien le patron, sous une odeur de beignets et de *zalabias*, les cœurs se refermaient sans effervescence ni razzia.

Sur le chemin travail-maison, Madeleine était à même d'identifier le 93, là où vivait Camus. Elle passa cette fois sous le balcon sans y songer, fonça vers le centre-ville, ses hautes façades blanches aux fenêtres et volets outremer. La vue embrassait un dénivelé splendide de toits et terrasses vers la mer. Madeleine ne s'en émut guère. Pas l'esprit à ça. Au niveau de l'hôpital Mustafa, elle obliqua sur les hauteurs de Sadi-Carnot puis le boulevard Baudin, direction Alger-la-moderne. Les appartements haussmanniens jetaient une étrange impression d'un Paris chaud et iodé. Avant de contourner le bâtiment néo-mauresque, comme tout le monde, elle se sentit aspirée par l'horreur de la fusillade qui s'était déclenchée un mois plus tôt au seuil de la Grande

Poste. La panique entre insurgés et gendarmes avait causé la mort de quarante-six à soixante-deux personnes selon les sources, des victimes prises entre deux feux, ça avait été un sacré tournant. Les Français d'Algérie tenaient désormais pour acquis que la métropole n'interviendrait plus pour les protéger, la France avait bien déposé les armes.

Après avoir hésité entre s'engouffrer dans une salle de cinéma et boire un verre à la brasserie Novelty qu'elle appréciait pour son côté café d'artiste, elle eut brusquement la sensation d'être suivie, qu'elle tombait dans un piège. L'habitude avait dissous la peur, mais il suffisait d'une alerte pour que son cœur bondisse dans sa poitrine. Elle habitait au 16, ce serait dangereux de conduire cette ombre directement chez elle. Peut-être qu'elle se faisait des idées, ou pas, personne ne la guettait aux abords du musée, ça, elle l'aurait juré, mais à Belcourt on avait pu la reconnaître et lui emboîter le pas. Ses mains tremblaient, un frisson d'horreur lui parcourait l'échine, mais en réalité ne se faisait-elle pas du cinéma ? Crispée, elle essaya de retrouver son calme et accéléra vers l'opéra. Elle décida ensuite de poursuivre rue de la Lyre, puis passa devant cette pâtisserie qu'elle aimait tant. Mentalement, elle se préparait déjà à grimper les marches de la cathédrale Saint-Philippe, elle connaissait bien les lieux, les entrées et sorties s'enchevêtraient en arabesques, c'est là qu'elle sèmerait son fantôme.

Impression, soleil levant

— Mademoiselle, s'il vous plaît ?

L'agent d'accueil l'interrogeait d'une voix aimable. À chaque fois qu'elle se trouvait face à lui, elle se sentait mal à l'aise, la considération qu'il lui témoignait apparaissait en total décalage avec son âge, c'était exagéré. Elle lui sourit et se leva d'un bond. Avant de quitter son bureau, elle jeta un œil au miroir en pied près du portemanteau et se considéra avec soin. Elle était vêtue d'une robe légère qui dessinait bien sa poitrine et ses hanches, ses cheveux presque à l'anglaise faisaient des petites boucles autour de ses yeux clairs ; bon il y avait ce nez mais, lissant sa coiffure, elle se trouvait pour une fois ravissante. Toute sa vie elle se souviendrait de cette confiance immodérée qui l'avait assaillie juste avant de rencontrer Adrien. Elle descendit à l'accueil d'une allure alerte.

— Madame, je suis...

Elle tendit la main au visiteur et l'interrompit.

— Je sais Monsieur, mon directeur m'a prévenue, suivez-moi à la grande réserve.

Adrien se sentit examiné des pieds à la tête, elle avait baissé la voix avant de lui tourner le dos et de quitter le hall en trottinant.

Maintenant Madeleine avançait comme dans une longue plaine blanche luisante de givre et de soleil. Percée par de hautes fenêtres aux carreaux opaques, la galerie des sculptures ruisselait d'une lumière un peu tamisée, éclairage qui flattait aussi sa silhouette. Adrien s'efforçait de ne pas fixer ses formes sensuelles, il tournait la tête sur la collection parfaitement agencée en enfilade, ouvrant grand ses yeux sur les notices. Il découvrait Bourdelle, Jane Poupelet, Maillol et tant d'autres.

Toujours en avance, Madeleine regardait droit devant elle, tandis qu'Adrien replaçait d'un geste automatique sa casquette sur sa tignasse. À la dernière statue, un Belmondo, il sentit ses paupières trembler, sa gêne était perceptible jusqu'à ses mains, qu'il inspectait comme avant de se mettre à table. Arrivait-il propre à ce rendez-vous ? Il avait fallu traverser tout Alger depuis l'atelier, verrait-elle ses ongles sales s'il était amené à sortir son carnet et prendre des notes ?

— C'est magnifique, je n'étais jamais entré, fit-il alors que Madeleine consentait à ralentir.

— Un rassemblement d'excellents morceaux de sculpture, oui, répliqua-t-elle en dévissant un instant son cou tendu.

Comme elle allait, légère ! Par-delà les années, ce qui resterait de ce matin-là, ce serait cet air de triomphe. Elle se sentait forte, car elle avait relégué l'ombre de Belcourt au rang des impressions paranoïaques, elle avait réussi à se persuader que personne ne l'avait suivie dans Alger.

Heureuse, elle ne voyait que les signes du bonheur, et là il y en avait deux, un beau brun en apparition, et les compliments de son supérieur : grâce au travail minutieux qu'elle avait accompli, ils respecteraient les délais imposés, elle s'en sortait avec les honneurs, en une semaine, sur pièces et sur place elle était parvenue à produire une liste de récolement, que Lopez venait de valider.

Madeleine retrouvait l'insouciance de sa prime jeunesse, elle ressentait ce que les hommes berbères de son enfance nommaient *redjla*, une fierté virile qu'on attribuait un peu à tout, à la religion, la noblesse des ancêtres, la tribu ou encore la lutte pour l'indépendance.

En tout cas, sa rapidité avait pris de court Lopez, lequel s'était aperçu que ces fameuses caisses à regrouper au port, eh bien, il fallait les créer de toutes pièces. Dans l'urgence, il s'était mis en quête d'un menuisier de confiance, après quelques couillonnades on l'avait orienté sur Adrien Simoni, son atelier dans une cour de Bab El Oued, à deux pas de la grande brasserie, rue Barras. Par un ami inspecteur au commissariat central, il s'était assuré de sa loyauté, sa discrétion, son silence, et surtout qu'il ne frayait pas avec les bas du front de l'OAS.

Adrien Simoni était là pour les instructions, les mesures. À présent Madeleine lui indiquait l'escalier qui descendait au sous-sol de la grande réserve : « C'est par ici. »

Complémentaire aux salles d'exposition, l'endroit servait autant d'espace de stockage que d'espace d'étude, de restauration, dépoussiérage, marquage, espace photographique, emballage et déballage des œuvres en transit. L'aménagement faisait presque penser à un laboratoire, avec suffisamment de place pour permettre les mouvements des collections et les évolutions de la muséographie. C'était propre et suffisamment bien éclairé aux néons pour éviter les erreurs lors des manipulations, déjouer les risques d'infestation. Alazard avait pensé à tous les détails, plancher, parois, encombrement et surface d'accrochage, jusqu'au passage des tuyaux de chauffage et de canalisation pour éviter les inondations.

Loin des échos du grand hall d'entrée, l'endroit baignait dans un calme à peine troublé par le courant d'air du filtrage conçu pour la stabilité des températures et de l'hygrométrie. Il semblait sinueux à Adrien, qui frissonna à son arrivée dans l'aire de stockage. Un effet de déformation professionnelle l'amenait à considérer la pièce dans son ensemble, à la recherche des solutions trouvées par ses concepteurs.

La méthode d'emmagasinage, repérait-il, reposait sur des râteliers (il en avait fabriqué des semblables pour sécher les poissons), des gros bureaux ou armoires à tiroirs, des systèmes de penderies mobiles, et surtout des étagères aux rayonnages en métal, leurs plateaux ouverts hébergeant toutes sortes de rangements, bannettes, corbeilles, bocaux, certains accessibles au moyen d'échelles. Les objets et bustes apparaissaient à nu ou recouverts d'une pellicule de polyéthylène, les boîtes se taillaient la part du lion. Près de lui, un format adapté aux gravures et dessins rangeait des cartons à la forme aplatie, dans une géométrie peu espacée, jugeait-il, dix centimètres environ de haut sur un mètre vingt de large. Des pancartes figuraient de grands numéros, sans doute pour faciliter la recherche à partir des registres, somme toute c'était aussi bien agencé que les pages d'un dictionnaire, fléché comme un chemin de grande randonnée, le flâneur pouvait s'y perdre mais pas le randonneur. Les facteurs en vogue de conservation, de sécurité et d'efficacité des mises en réserve des collections d'un musée étaient tous respectés. On ne s'attendait pas forcément à trouver ça dans une ville en guerre, c'était quand même un défi.

Les arrivées et départs étant consignés sur un registre, Madeleine inscrivit leurs noms et l'heure, surprise que le conservateur n'ait pas indiqué le sien aujourd'hui ; elle l'avait pourtant vu descendre au sous-sol ce matin en arrivant. Elle ne s'étendit pas sur ce manquement au règlement, car un bruit sourd retentit derrière eux, là où se faisait la restauration. Elle blêmit aussitôt, comprenant que de tout son poids, de toute sa monumentalité, la toile et le châssis de Guillaumet venaient de s'effondrer. Elle réprima un gloussement, en se disant que c'était nerveux. « Venez, quelque chose est tombé, vous m'aidez ? » dit-elle avec évidence, mais d'une voix hachée.

L'atelier de restauration se trouvait à l'extrémité de la grande réserve, sous une belle hauteur de plafond, équipé de quelques chevalets, une longue table, des meubles de rangement, du matériel de peinture, des plumeaux, des brosses, un bureau et une statue romaine en marbre en attente d'embellissement. Elle saisit en arrivant la blouse et les gants dont elle s'équipait avant toute intervention et se figea : devant elle, comme brutalisée, gisait *La Famine*, ses 320 × 234 cm retournés sur les carreaux de ciment. Avant que ne l'occupe l'inventaire, elle avait repris les déformations de la toile, consolidé les bords très abîmés, protégé les revers. Elle venait de s'attaquer à la couche picturale, l'enlèvement des vernis était nécessaire pour débarrasser l'œuvre de son aspect jaunâtre d'oxydation qui gommait les nuances.

Ils s'agenouillèrent chacun d'un côté puis, précautionneusement, replacèrent l'œuvre sur le grand chevalet. Quelqu'un avait décroché la manivelle. C'était étrange, jamais elle n'aurait oublié de fixer le châssis, un coup de vent avait suffi, peut-être le courant d'air provoqué par leur arrivée. Après avoir scruté le tableau d'un peu trop près, Adrien se recula pour l'observer dans son ensemble. C'était totalement à rebrousse-poil de ce qu'on montrait de la conquête. Un tiers environ de la population algérienne avait péri alors, Guillaumet témoignait d'une catastrophe tel un littérateur, témoignant presque en temps réel. La peau sur les os, des mourants se battaient dans une ruelle pour une galette de pain alors qu'au point focal des figures peintes à échelle humaine renonçaient à la vie ; au sein de sa mère décharnée, défunte, un enfant rendait son dernier souffle.

Adrien observait un silence respectueux. La scène était en effet saisissante. Une expression de tension animait son visage, mais il ne se livra pas au moindre commentaire.

— Celui-ci part aussi ? fit-il, concentré sur sa nouvelle mission. On attendait de lui un emballage tout terrain, voilà tout ce qu'il savait.

— Guillaumet reste, je ne sais pas très bien pourquoi, sans doute des raisons...

— Des raisons... ?

— À vous de voir. Enfin, ne traînons pas, pour l'heure nous avons d'autres préoccupations, la liste finale comprend cent quatre-vingt-huit tableaux, vingt-deux dessins modernes et cent douze dessins anciens.

— Monsieur Lopez vous a bien précisé que je ne suis pas layetier ?

— On vous décrit comme un menuisier assidu, sérieux, c'est suffisant. Nous nous occupons de la mise en caisse des œuvres quand nous sommes prêteurs à l'étranger ou en métropole. La tâche est à réaliser en quelques jours, mais emballer avec sûreté les objets les plus fragiles ne doit pas vous poser de problème. L'Algérie indépendante, on s'en doute, s'attend à retrouver ses biens intacts.

— Oui, bien sûr.

— Nous réclamons solidité et légèreté. Les caisses doivent résister aux chocs, aux déformations, perforations, à l'humidité.

— J'ai à ma disposition les bois adéquats.

— Et vous vous y connaissez en œuvres d'art ?

— Pas le moins du monde.

C'était la bonne réponse. Pour qu'un layetier manipule sans trembler des toiles souvent inestimables, des sculptures, des dessins, on dit qu'il vaut mieux qu'il ignore leur valeur. Lopez avait lâché que les peintures, à elles seules, étaient estimées à 28 millions de nouveaux francs.

— Alors inutile d'allonger un suspens qui n'existe pas, abrégea Madeleine tout feu tout flamme. Allons-y.

Ils partirent en sens inverse, direction les rayonnages métalliques.

Adrien avait ravalé sa salive, il se demandait pourquoi, au juste, cette jeune femme lui faisait penser à une actrice. Pas besoin de forcer son imagination pour la voir sur les planches, mettons en tragédienne, oui, c'était ça, elle lui faisait l'effet d'une grande dame, son port et son menton levé lui donnaient une grâce particulière, elle ressemblait un peu à Maria Casarès. Ils avaient le même âge, jaugeait-il encore, la voix lui plaisait, une mélodie un peu étrangère, à quoi ressemblait sa vie, son petit ami ?

Ils étaient à présent devant le rayonnage des grilles de réserve. Adrien en comptait une vingtaine, alignées les unes derrière les autres, chacune suspendait son lot compact de tableaux, on aurait dit un classeur métallique géant refermé sur lui-même, si bien que les toiles formaient des rectangles noirs rassemblés dans une chambre des ténèbres. Grâce à un système coulissant, Madeleine tira vers eux le premier panneau, une trentaine de mètres carrés qui se déplacèrent en grinçant. Ramenées à la lumière, les compositions, splendides, s'éclairèrent. Aussitôt, Adrien éprouva cette impression qu'il avait enfant quand, sortant des placards, costumes et robes anciennes paraissaient ressusciter. Dans un musée, chacun reconnaît que la lumière donne de la vie, un objet plongé dans la pénombre des réserves est un astre mort.

— Les œuvres magistrales méritent chacune une caisse, pour les autres, il s'agit de regrouper les petits et moyens formats. Vous travaillerez ici en toute discrétion, vous livrez vous-même les fournitures. Qu'en pensez-vous ?

— D'accord. Pour chaque caisse, deux planches de bois massif d'une épaisseur de dix millimètres traitées par fumigation. Quatre tasseaux de bois, largeur trois centimètres, épaisseur cinq centimètres. Les serre-joints, vis...

— J'assurerai moi-même la protection antichoc des intérieurs, ça vous va ? Et maintenant je vous laisse prendre les mesures.

Les jours suivants, Madeleine fut très étonnée de ressentir un plaisir grandissant à côtoyer Adrien. Ils étaient ensemble du matin au soir dans la grande réserve. Ils limitaient leur complicité à un strict cadre professionnel, et pourtant une alchimie se faisait palpable entre eux. Elle trouvait franchement agréable d'être en sa compagnie, elle le sentait troublé en arrivant, puis à mesure des heures, il prenait de l'assurance, décidé à se montrer sous son meilleur jour.

Qu'y avait-il de condamnable à plaire à un jeune homme comme Adrien, si bien éduqué, de si bonne humeur, et d'une gentillesse à toute épreuve ?

Elle ne pouvait dire qu'il lui plaisait, non, c'était autrement qu'elle se représentait un homme qui lui ferait la cour, plus intellectuel. D'abord, elle n'aimait que les blonds, et les grands, Adrien s'avérait plutôt petit. Ce qui l'attirait dans son visage, c'étaient ses yeux intenses, émotifs et noirs comme du charbon, ainsi que ses sourcils épais, aussi denses que ses lèvres étrangement rouges, en contraste avec son nez aquilin. Il semblait que la figure, bonne bouille, n'appartenait pas à ce corps un peu bizarre, mal proportionné, avec un buste tout en longueur sur des pattes un peu trop courtes. « Vous avez tout l'air d'un Espagnol », lui avait-elle dit, visant juste. Mais qu'est-ce que ça pouvait bien lui faire, après tout, le physique de ce jeune homme ? Le hasard seul les avait mis face à face.

Oui, Adrien était extrêmement agréable à entendre, narrant sur un ton enjoué sa vie simple et tranquille. Pour lui, il n'y avait pas au monde d'endroit plus agréable qu'Alger, d'ailleurs jamais il ne quitterait la ville. De fil en aiguille, elle se disait qu'il méritait à être connu, sous ses airs de parfait francaoui. Pas facile à deviner, il allumait des petits feux de joie, heureux et gai à tout moment. Sa discrétion valait aussi son pesant d'or, car il avait beau saisir un Matisse, un Renoir ou un Degas, son œil glissait sur la signature, il reposait le tableau en silence dans sa caisse, précautionneusement, dans une sorte de révérence muette, comme il eût fait pour un nouveau-né au berceau.

Une fois quand même, mille sabords, il n'avait pu s'empêcher, reconnaissant le Sisley (*Le Canal du Loing en hiver*) dans une peinture que le capitaine Haddock avait accrochée à Moulinsart. C'était absolument plausible qu'Hergé s'en soit inspiré commenta Madeleine, il y avait deux versions de cette majestueuse rangée de peupliers dénudés qui se cambraient jusqu'à se perdre dans l'horizon, l'une au musée du Luxembourg et l'autre ici même.

À vrai dire, les mots n'avaient pas tant d'importance. Ils se frôlaient dans cet espace réduit, exposaient une intimité de gestes, d'odeurs, d'haleines et de sueur qui finit par se court-circuiter en sensualité. Madeleine tenait à distance les êtres humains, elle y parvenait même dans la cohue du tram, et tandis qu'Adrien s'appliquait, sciait, cloutait, elle commença à se sentir attirée. L'entente charnelle avec un homme, Malika n'y songeait même plus, elle avait eu quelques aventures, mais son changement d'identité ne laissait guère de place au plaisir, au désir, c'était presque impensable, la sommation ne-plus-coucher allait avec ne-plus-peindre.

Elle n'avait pas le luxe de se faire remarquer, l'important c'était ce musée où il lui semblait que toute l'existence devait s'écouler.

Elle avait passé des jours à imaginer ce départ vers le Louvre, l'envol des pièces qu'elle chérissait et voilà on y était, 14 mai 1962. Des gendarmes patientaient chemin des Arcades pour escorter les caisses au port, lesquelles se refermaient dans les réserves sur un Lopez s'interrogeant à voix haute :

— Madeleine, nos trésors s'en vont, mais pensez-vous vraiment que les nouveaux maîtres vont demander la restitution des nus orientalistes, des paysages de la campagne française, des tableaux chrétiens de la Renaissance, d'autres de la conquête ? Ces toiles sont bien de nature à heurter le caractère musulman.

Elle jugea que la remarque n'appelait aucune réponse. À 9 h 30, le conteneur SNCF de dix-huit mètres carrés

portant le numéro 522611895 quittait le musée sur son semi-remorque. L'itinéraire ne souffrait pas de discussion : par la route moutonnière.

La mission du conservateur n'était terminée que sur le quai Fedala, en zone militaire. Il retrouva l'escorte avec un temps de retard, longeant dans sa décapotable les rails et la mer qui se fracassait sur d'énormes rochers noirs. La circulation était dense comme d'habitude, le semi-remorque se faufilait parmi les camions-citernes, les *half-tracks* militaires.

Il ne fallait pas manquer ce miroitement à un point très précis du boulevard maritime, quand la ville s'offrait d'un coup sur les collines, et pourtant, perdu dans ses pensées, Lopez rata cette occasion, voilà, c'était fini, il en avait ras le burnous de cette pression, plus que les plombs à sceller et le procès-verbal à signer, il avait mené l'opération à son terme, enfin surtout Madeleine car jusqu'au bout il avait craint de perdre pied.

Comme souvent au volant, ses pensées s'envolaient. La lettre qu'il adresserait dans l'après-midi au haut fonctionnaire chargé de la question du rapatriement des archives d'Algérie en France, celui auquel il devait rendre compte, l'occupait. Il ne mâcherait pas ses mots pour se couvrir, les neurones agités sous son crâne écrivaient tout haut :

« Les opérations dont j'avais la charge ont été parfaitement menées à leur terme. En ce qui me concerne et sous réserve de nouveaux ordres, je considère donc que mon rôle est terminé et ma responsabilité déchargée, plus spécialement dans le cas où les plombs du conteneur seraient rompus. »

Ainsi l'administration ne lui ferait pas de gambettes, allez, tchao ! *Et que le Bon Dieu y te l'allonge bien*, comme on disait en pataouète.

Le vent se levait, qu'importe, dans une heure il serait bien peinard. Pour clore cet épisode en beauté, il avait décidé de déjeuner au vivier de Sidi-Ferruch, un port qui ressemblait pour lui à la Bretagne, l'air marin et les pins lui feraient du bien, et vas-y la soubressade, vas-y l'escabèche, vas-y les brochettes, vas-y l'anisette. Oui, il fallait décompresser car il les connaissait, les fonctionnaires auxquels il rendait des comptes, tout le monde se connaît dans les vieilles familles coloniales, Alger est une ville de province, en cas de pépin il se retrouverait en slip. Argh… Tout foutait le camp… Et plus il y songeait, moins il y croyait, à cette histoire de coopération culturelle. Saperlipopette, comment espérer cette circulation artistique entre deux nations hostiles, ce patrimoine partagé en modalité symbolique de la sortie de guerre et d'empire ?

Passé la rampe Poirel, les quais et môles de la zone portuaire se présentaient sur des kilomètres comme une version trompe-l'œil. À voir l'activité florissante des docks, on pouvait s'imaginer en plein succès économique. Avec la débandade et l'activité militaire, les milieux des transports maritimes s'en mettaient plein les poches, les navires abordaient de tous les coins, portiques et grues pavoisaient. Rue de Compiègne, rue de Béziers, rue d'Angkor… Quand le cortège arriva à la zone militaire, Lopez sourit malicieusement.

La barrière s'ouvrit pour eux sur une cale où, parmi les bruits de pont, les cris de mouette et les moteurs de jeep, se mélangeaient dockers et uniformes militaires. Il bouillait d'impatience, il avança sur le béton et prit soin de se garer devant une darse, comme s'il craignait que son véhicule tombât à la mer. Vingt-huit millions de tableaux sur les quais mais le haut-commissaire ne s'était même pas déplacé en personne ! Son envoyé lui serra la main, l'air pressé. Le métier de cet homme consistait à convoyer les conteneurs officiels d'Alger à Marseille sur les navires de la Marine nationale.

On signa les papiers. Dès lors, l'autorité militaire prit les choses en main. Déchargé du camion, le conteneur fut plombé en sa présence puis, en attendant l'embarquement, placé sous bonne garde dans un hangar rongé de rouille. Sa mission était bel et bien terminée. Comme prévu, il s'engagea sur la route de Sidi-Ferruch.

De leur côté, Madeleine et Adrien repoussaient la séparation dans un sourire timide. Sans doute se disaient-ils qu'il n'y avait pas que les inventaires qui présentent des surprises, la vie en réserve aussi là où on ne les attend pas.

Ils avaient eux-mêmes arrangé la disposition des caisses à l'intérieur du conteneur, lequel s'offrait comme une pièce propre, sécurisée. C'était rassurant avec tout ce chemin vers le Louvre. Les craintes de ne pas y arriver s'évanouissaient, franchement ils se félicitaient l'un l'autre, et dans le feu de l'action se promettaient de travailler encore ensemble.

Finalement, Madeleine éprouvait un soulagement de joie depuis le démarrage du semi-remorque. À cet instant, bizarrement, le départ des chefs-d'œuvre ne lui faisait plus rien. La liste des peintures, établie par classement numérique des caisses, pouvait bien s'évaporer, de tous les tableaux il n'en restait qu'un seul, c'était bien sûr le Puvis de Chavannes auquel elle s'accrochait. Maintenant qu'il disparaissait, elle percevait encore plus fort la correspondance mystérieuse entre elle et ce portrait, se sentant liée au sort de cette femme « douce et affolante, émouvante avec son regard noyé ».

Elle aussi, allait-elle s'enfuir un jour ou l'autre d'Algérie ? Un doute s'insinuait à présent. Cependant Adrien lui souriait toujours, la gratifiant d'un regard tendre et amusé.

Elle ne sut jamais quelle mouche l'avait piquée, mais pour chasser l'idée noire d'un départ, elle ne voulait pas quitter Alger, elle ajouta : « Vous connaissez le Hamma ? Certainement pas comme moi ! Venez, suivez le guide. »

6

Je n'avance pas. C'est-à-dire que je ne connais aucun moyen d'en savoir davantage. C'est peut-être avec cette intuition qu'il y a un an j'ai refoulé le plus loin possible des révélations instables qui, à bien y réfléchir, sont plutôt de simples soupçons. J'ai besoin de témoins, sauf à un voyage en Algérie (et encore, là-bas les traces sont probablement effacées depuis longtemps), je ne vois pas comment faire. Sinon laisser venir, différer mes recherches, au risque de renoncer un jour. Les mystères impossibles à percer, je vois ça quotidiennement dans mon cabinet. À moins qu'avec Lachance je suive un fil inconscient. On rencontre ça aussi tous les jours dans mon cabinet.

D'autant que lui en semble dépourvu, de chance. Les feux qui sillonnent le pays ont touché *La Vigie*, les flammes sont arrivées depuis une pinède voisine, heureusement la maison n'a pas été touchée. Il vient de m'avertir par téléphone, cependant il tient à honorer son rendez-vous aujourd'hui. Je raccroche sans trop m'appesantir, avec dans la tête l'empreinte acoustique de ce nom en français ; par-delà les problèmes de traduction, ce patronyme ne dit pas grand-chose à l'oreille espagnole, il ne s'appelle pas *Lasuerte* non plus. Mais Lachance, c'est quand même d'une telle connotation positive, d'une telle précision ! Qu'en déduire, rôle, représentation ? Me revient l'expression de Lacan, l'analyste est ce « partenaire qui a la chance de répondre ». Enfin, je ne devrais pas le citer, d'autres s'en chargent très bien à ma place, les épigones de l'homme aux nœuds papillon et aux cigares tordus sont si nombreux à Buenos Aires. Je mets ça de côté. On a beau dire, les mots ne sont pas toujours si fiables, la seule chose de bien, c'est qu'ils donnent une direction, de là à tout prendre au pied de la lettre.

Lachance veut toujours être le premier de la matinée. En partant le retrouver, je croise calle Julián-Álvarez un type qui arrache une à une les pages d'un livre. Je le vois faire de loin, il invective les clients qui sortent du supermarché Coco, et quand je parviens à sa hauteur il se met à m'insulter moi aussi, il me jette des feuilles froissées à la figure en tendant le poing, puis l'index, qu'est-ce que cela peut bien signifier ? Un psy ne se refait pas, j'essaie de gratter à la surface de ce curieux comportement, je pense à des trucs du genre « je suis mon propre livre, j'ai la faculté de réécrire mon existence, d'arracher les pages ». Alors que je croise son visage, je vois qu'il s'y dessine un air de joie. J'interprète alors un plaisir sensoriel, c'est presque drôle au fond. L'importance de la lecture est une donnée incontestable, dans la vie il y a un avant et un après cette découverte, sans retour possible en arrière. Une société, une civilisation peut se juger par son nombre de lecteurs, je le pense sincèrement, et lui, il balaie ça, un genre d'expiation qui n'a sans doute rien d'idéologique, juste un dé-lire, un refus de s'égarer et s'embarquer pour une *terra incognita.* Ça me rappelle d'ailleurs une nouvelle de Borges, *Le Livre de sable,* un texte monstrueux qui n'a ni commencement ni fin, comme le sable. Les pages jaillissent à l'infini, aucune n'est la première, aucune n'est la dernière, le narrateur, bibliothécaire à la retraite, en devient vite fou car il le feuillette jour et nuit. Et si c'était lui, son propriétaire ? Qui tient entre ses mains ce livre qui renferme tous les livres, pensé-je en m'amusant.

Avant de presser le pas et d'oublier très vite. Mes patients ont besoin de moi.

— Racontez-moi...

— Je dois me battre pour sauvegarder la ferme. Une grange est détruite, avec tout le matériel à l'intérieur, c'est même un miracle d'avoir encore un toit. Oui, je vais me battre pour ça, reconstruire, planter à nouveau. Nous survivrons, sinon, pourquoi tout ce travail ? J'aurais l'impression que les efforts de mes parents ont été vains, ils n'ont pas passé leur vie à se démener pour que tout soit réduit en cendres, ça n'en aurait pas valu la peine, vraiment pas.

— Et pour vous, François ?

Il ferme un instant les yeux. Il est à bout de forces, à se demander depuis trois jours pourquoi les pompiers ont été dépassés.

— Les choses auraient pu être différentes, les haciendas voisines ont été épargnées. J'ai l'impression de toujours subir le cours des événements. À partir de maintenant, j'aimerais décider de ce qui va arriver. Docteur, c'est pareil avec mon géniteur, il jaillit de nulle part. J'ai passé mon existence dans une grande souffrance intérieure, avec tout le temps des idées suicidaires... J'ai même fait deux tentatives assez sérieuses, pas du genre appel au secours. J'ai vu des thérapeutes dans ma jeunesse, le cœur ça allait pas, des palpitations cardiaques sans arrêt, je ne pensais qu'à me foutre une balle, là justement, en plein cœur. Il semble que cette douleur est partie depuis ma découverte. C'est une sacrée coïncidence, vous ne trouvez pas ?

— On dit souvent qu'il n'y a pas de hasard.

— Et vous en pensez quoi ?

— Je n'en suis pas certaine. Il y a souvent une explication : votre mère cachait les choses par exemple, ce n'est donc pas un hasard, si...

— Je ne suis pas là pour vous parler de ma mère.

— Vous seriez bien le premier. Alors de quoi voulez-vous parler ?

— De cet homme, Pierre Vandame, mon géniteur. Je me suis signalé auprès des résistants de l'Algérie française sur internet, il y a tout un tas de sites, c'est une traînée de poudre. Je croule sous les messages, je suis le fils du héros, ils me racontent leur version des commandos, ils veulent que je vienne honorer sa tombe. Ils se voient comme une grande famille et me demandent d'intégrer le cercle.

Hum, *résistants*. J'ai envie de corriger mais j'ignore.

Après un temps d'arrêt, il prend appui sur l'accoudoir, se soulève avec effort. Il me tend une photo. Sur ce portrait, je découvre un visage très viril et par là même assez beau, yeux clairs, cheveux châtain coupés très court, nez fort et menton volontaire. Voici donc Vandame, le géniteur, splendide jusqu'au peloton d'exécution. J'aurais pu me documenter sur ce chef de commando après la première séance, mais ça ne fonctionne pas comme ça dans mon cabinet, je ne suis pas journaliste, ni magistrate.

— Il en impose, hein ? Sa biographie est exemplaire : naissance dans une famille ouvrière du Sud de la France, maquis FTP à 17 ans. Il s'est engagé dans la Légion après la guerre, il a fait l'Indochine, puis Diên Biên Phu. Dans leurs récits, les soldats comme lui parlent d'une « blessure jaune » : la France s'était engagée à protéger un peuple qu'elle a finalement abandonné. Quand il s'est retrouvé chez les paras en Algérie, il n'était pas question de recommencer, c'est la clé pour comprendre son ralliement aux putschistes d'Alger. L'armée au pouvoir, c'était le rêve, avec d'ailleurs le soutien de la population. Cette fois-ci, les gars comme lui voulaient aller jusqu'au bout, sous les cris de joie des pieds-noirs, car avec des types comme ça, ils retrouvaient espoir.

J'ai déjà eu le couplet sur l'impossibilité du déshonneur, la mort bravache au cri de « Vive la France », le genre d'héroïsme qui me laisse de marbre.

— Vous disiez le haïr, à notre dernière séance.

— C'est vrai, j'ai dit ça ? C'est probablement en lien avec le comportement de ma mère.

— Ah, vous voyez, votre mère.

J'ai souri légèrement, je n'aurais pas dû.

— Elle a projeté une évasion à la condamnation à mort de son amant. Elle a eu très peu de temps, l'exécution devait avoir lieu quelques jours plus tard au fort d'Ivry, alors elle a planifié un attentat contre de Gaulle, imaginant que c'était la seule façon d'obtenir une grâce, c'est assez délirant. Tuer la grande Zohra, comme l'appelait l'OAS, lui semblait plus facile que jouer au passe-muraille. L'opération Chamois, son code, a échoué bien entendu, je n'entre pas dans les détails, croyez-moi les anciens radotent ça bien assez, mais ça lui a valu une condamnation par contumace à quinze ans de prison. Cet épisode a radicalement changé sa vie. Et la mienne, d'où ce sentiment, oui, je pourrais le haïr.

— La haine est un sentiment destructeur très puissant. « Haïr, c'est assassiner sans relâche », je ne sais plus où j'ai lu ça. Il ne faut pas confondre la haine avec une autre configuration, je ne sais pas, la jalousie, par exemple ?

Sur le paquebot qui traversait l'Atlantique, Freud dit à Jung et Ferenczi en parlant des Américains : « Je leur apporte la peste. » J'y vais doucement, je ne veux pas m'approcher trop vite de la zone de turbulence. Vandame occupe toutes les pensées de Lachance, il piédestalise ses parents sans même imaginer remettre en cause leur façon d'agir. Le refoulement à l'œuvre est puissant, pour y voir clair j'ai besoin de plus d'éléments.

— Lors de notre dernière séance, vous avez évoqué le chemin de vos parents pour gagner l'Argentine. Mais vous, si j'ai bien compris, vous êtes né en région parisienne.

— Oui, j'ai renoué avec les sympathisants d'Algérie française qui m'ont recueilli à Paris. D'après eux, j'ai passé clandestinement les Pyrénées, dans les bagages d'un légionnaire. Le père de ma mère, le général, un chef de l'OAS condamné à mort par contumace, se trouvait déjà en exil en Argentine. Il a tout organisé, notre arrivée à Buenos Aires, puis notre voyage, à mille cinq cents kilomètres au nord. Nous n'avons pas été envoyés dans le meilleur endroit.

Je note : primo, la naissance dans la clandestinité. Nourrisson, c'est comme si Lachance n'existait pas. Secundo, le père, bien que capitaine, est effacé par sa femme. Dans l'ensemble du récit, le nombre de victimes de l'OAS n'a pas d'importance non plus, mille six cent vingt-deux morts, mais passons. Capital encore : apparition du grand-père en la personne d'un général condamné à mort.

Ça sort très vite, beaucoup d'informations. J'enchaîne :

— Mille cinq cents kilomètres ? Attendez, n'allez pas trop vite. À son arrivée, votre famille ne s'installe pas à *La Vigie* ?

— Non, nous vivons sur des terres données par le gouvernement argentin à Misión Tacaaglé, en pleine forêt subtropicale. Les Indiens tobas ne sont soumis que depuis la fin du XIXe, la région porte encore ce surnom *impénétrable.* Formosa, la ville la plus proche, se trouve à trois heures de voiture, nous nous y rendons une fois par mois dans une petite Renault cabossée. C'est ici, d'ailleurs, que ma mère finit par me déclarer à l'état civil, j'étais comme un bébé volé, elle va à la police, donne une date un peu au hasard.

— C'est intéressant, vous vous rendez compte que vous n'avez pas été déclaré à votre naissance ?

— Je situe ma naissance à Paris en juin 1962 quand ma mère, justement, prépare l'évasion de son amant. Elle accouche en cachette de son mari.

Au moins c'est clair, dossier suivant. J'imagine qu'autour du grand-père s'est formé un groupe de soldats perdus, je n'ai jamais entendu parler de Misión Tacaaglé mais je vois le coin, la jungle, la route 86 qui longe la frontière, ses trafics, ses bars, ses bordels, ça ressemble à un trou pour se camoufler.

— Ça fait beaucoup de cachettes, vous ne trouvez pas ?

— Je ne sais pas si tous fuyaient les tribunaux militaires, mais ils coupaient bel et bien les ponts avec la France. Notre groupe se composait d'une dizaine de familles, la vie était dure, au rythme des récoltes gâchées, des années perdues avec des périodes épouvantables de sécheresse. Il n'y avait pas d'eau potable ni d'électricité bien sûr, mais j'ai eu une enfance très heureuse, je jouais avec les petits Indiens. Leurs parents étaient nos *peónes*, nos ouvriers agricoles. J'ai vraiment poussé comme un enfant sauvage, tout nu, pieds nus.

— Revenons à votre père. Un capitaine, vous m'avez dit ? Un condamné lui aussi ?

— Il a écopé de deux ans avec sursis pour sa participation au putsch, oui. Même sa peine n'est pas très...

— Très ?

— Glorieuse.

— C'était un pied-noir ?

— Non, un Toulonnais, fils d'un officier de marine. Maman est née à Sousse, en Tunisie, mon grand-père commandait alors le 1er escadron des chasseurs d'Afrique.

Bien, je comprends que l'aventure algérienne est d'abord une colère militaire et politique dans sa famille. On n'est pas exactement dans la nostalgie pied-noir. Mais je ne peux être si directe.

— Arrêtons-nous sur cette idée, guerre = Algérie, Algérie = guerre. Vous notez quelque chose de particulier ?

— Probablement que les enjeux et les sentiments ne sont pas les mêmes quand il ne s'agit pas de sa terre, de celle de ses ancêtres. Techniquement, nous ne sommes pas pieds-noirs, c'est vrai. De tempérament, nous sommes même parfaitement éloignés du folklore pied-noir.

Le clinicien doit savoir résister à l'attrait de suggérer ses propres interprétations, mais sa réponse peut témoigner d'une avancée. Le problème n'est pas l'Algérie française. Je pousse mes pions.

— J'ai envie de vous demander une chose, alors. Vous me suivez si je vous dis que j'analyse dans vos réponses la fabrique d'un malentendu.

— Non. Je ne vous suis pas du tout.

— L'armée induit un fort taux d'endogamie par la transmission de ses valeurs aux enfants de militaires. Votre père est le fils d'un officier de marine. Vous avez rêvé un jour d'être soldat, vous, François ?

— Non ! Ce legs ne s'est pas fait, pas du tout. Je me suis arrangé pour ne pas servir. J'ai même fui l'Argentine.

Déserteur, c'est inattendu de sa part. Travailler à la fois sur la psychanalyse et l'armée reste un défi, mais disons que dans un système extrêmement hiérarchisé, l'officier supérieur incarne la stabilité et la sécurité comme un père, une figure paternelle elle-même soumise à une chaîne de commandement. Je pense, hum, que ceux qui se sont retrouvés à Misión Tacaaglé présentaient un profil psychologique de gens détruits. Ils étaient prêts pour les horreurs de la guerre, le sang versé, mettons, mais pas du tout armés pour faire face à une condamnation militaire. Quand tout s'est effondré, ça les a rattrapés. Plutôt qu'une nouvelle liberté, dans ce lieu reculé où il n'y avait plus de salut, j'imagine que sans « re-pères », hum-hum, ils se comportaient comme des sales gosses, en proie à une agressivité narcissique, un besoin de haïr, justement, de détruire la France, et du coup leur vie n'avait plus aucun sens. Le militaire ne donne-t-il pas sa vie pour son pays ?

Je garde mes réflexions pour moi et je le vois sonné. Déjà qu'il n'était pas bien en début de séance…

Moi aussi, d'ailleurs, j'ai besoin d'en finir. C'est vraiment inattendu, car il ne m'est jamais arrivé d'éprouver les limites de mon empathie naturelle. Certes, parfois, je trouve que certains font à peine ce qu'ils peuvent, ils me déçoivent, au point que je n'ai plus envie de comprendre, d'encaisser, de me laisser aspirer par une négativité sans espoir. Avec eux je me dis un instant que je ne sers strictement à rien, mais arrive instantanément le réflexe d'un retour passionné à ma pratique, je me reprends, je me dis soudain qu'ils font quand même ce qu'ils peuvent, dans les limites de leur capacité, et c'est reparti. Avec Lachance, maintenant je dois l'admettre, oui, c'est une certitude : je ne suis vraiment pas douée.

— Un dernier mot, François ? Je crains que notre temps se soit écoulé.

Un silence glacial. Il réfléchit, semble hésiter, puis se lance :

— Je pense à mon petit frère Esteban tout à coup. Il est né à Misión Tacaaglé. J'ai survécu, mais lui est mort. Autour de la maison, les *peónes* arrosaient les champs de coton d'un pesticide affreux : le parathion. Cette saloperie l'a empoisonné. Il repose là-bas, la tombe à côté de mon grand-père.

La place du mort. Je note.

Poussière lente

Comme toujours solitaire, Hamid œuvrait auprès d'un bassin ombragé de platanes. La fontaine arabe berçait ses gestes, il s'ennuyait un peu, de temps à autre ses yeux s'élevaient du sol pour suivre les allées et venues, puis il reprenait son labeur, comme ça toute la journée. Auprès de sa famille il se prétendait jardinier, ce n'était pas un balayeur de rues, il travaillait au Hamma, il n'y avait que des petits détritus à ramasser, des mégots et des sachets en papier, qu'il plaçait en se courbant dans son roule-sac, parmi les feuilles desséchées.

Hamid était un travailleur méticuleux, consciencieux, avec son long balai, rien n'échappait à son vidoir ou au caniveau si un filet d'eau miroitait à ses pieds. Ici, il parvenait à oublier la guerre, cette pression que lui mettait l'OAS, chaque jour ses recrues assassinaient des « ratons », tous les petits métiers y passaient, hier sept femmes avaient été abattues d'une balle dans la nuque alors qu'elles rejoignaient les foyers où elles faisaient le ménage.

Désormais, la plupart des hommes comme Hamid parcouraient Alger avec une cible dans le dos et refusaient de travailler. Les étudiants européens dont la fac restait close depuis un mois prenaient sur les marchés la place des vendeurs et même celle des éboueurs qui avaient déserté la ville après le massacre contre les dockers.

Hamid, lui, restait fidèle au poste, à sa devise de propreté : il faut que ça brille. Il passait le plus clair de son temps à espérer trouver quelque chose par terre. Théoriquement, la biffe était interdite dans son métier, le règlement précisait bien qu'il ne devait rien mettre dans sa poche, il n'avait rien d'un chiffonnier, c'était direct aux objets trouvés, sauf que, bien sûr... Sa première biffe avait été une bague ; souvent il découvrait des pièces, des billets, des clés, des cartes de loterie, et des boucles d'oreilles bien entendu. Des photos d'identité aussi, bizarrement, qui s'échappaient souvent des sacs, des poches.

Le matin, au Hamma, la lumière durcissait d'un coup après 10 heures. Aujourd'hui, une forte odeur de fumée venait à sa rencontre, un grand feu de broussailles que les jardiniers allumaient avant l'apparition du vent. Il n'y avait pas foule avec les attentats, mais quand même, certains promeneurs s'obstinaient : en ces heures dramatiques, le jardin d'essai restait un lieu de paix, de calme. Depuis son arrivée, il avait bien croisé une dizaine de personnes, comme d'habitude personne ne lui disait bonjour, il ne s'en étonnait jamais, partageant la sourde hostilité que la plupart de ses frères éprouvaient en direction des Européens jugés comme des gens durs, privés de sentiment, intelligents mais peu humains somme toute.

Et maintenant s'avançaient vers lui deux jeunes gens.

La femme parlait joyeusement, l'homme l'écoutait avec une étrange fascination, des yeux sombres et attentifs, nota-t-il à deux mètres. À l'instant de les croiser, il saisit sa voix à lui qui disait avec vivacité : « Je peux vous retrouver demain. » Cela semblait surprendre la femme, elle faisait la délicate et répliquait d'un ton imperceptiblement dédaigneux : « Déjà, je veux dire, on vient à peine de se quitter. »

Les deux l'avaient dépassé à présent, mais il pouvait encore entendre l'homme s'obstiner, et réussir à placer avec un grand naturel : « J'ai très envie de vous embrasser. »

Ils passaient pour un couple mais ce n'étaient pas des amants, récapitula Hamid. Les mains restaient tranquilles, même s'il avait cette impression que l'homme, avec son obstination, voulait changer le cours de leur relation, ça se voyait souvent. Et maintenant qu'ils se trouvaient à cinq mètres, qu'après un court silence la femme gloussait, remerciait d'un sourire et finissait par répondre « Mais vous êtes fou », Hamid passa en une seconde d'une expression amusée à la stupéfaction la plus totale.

Le souffle coupé, il réalisa que c'était elle, la fille de la photo d'identité !

Elle ! La *khayin*, la traîtresse, portant une tenue d'Européenne.

Il l'avait déjà reconnue, un mois plus tôt, égarée sous un banc, ou plutôt son portrait échoué au sol, une photo d'identité dont il avait aussitôt perçu la logique, prise pour se fabriquer de nouveaux papiers. Oui, il avait bel et bien retrouvé le visage de Malika Soufi, des traits gravés dans sa mémoire, et juré alors de se tenir aux aguets : elle était par ici, elle repasserait par là.

Cette fois sa voix l'avait trahie. Vous avez beau fuir le plus loin possible, on vous rattrape quand même. C'était une telle chance pour lui et une telle malchance pour elle.

Puisqu'ils accéléraient le pas, remontaient l'allée des Platanes vers l'École ménagère et l'Institut Pasteur, Hamid comprit qu'ils sortaient du Hamma. Il décida qu'il pousserait son roule-sac aussi loin qu'il le faudrait, jamais bien sûr il n'avait pris quiconque en filature, il se lançait donc à leur poursuite sans rien prévoir, les nerfs à vif, il lui suffisait d'une adresse pour gagner le gros lot. Sa vision était pleine des promesses et menaces du caïd. Par lui, le caïd laverait le *nnif*, le déshonneur qui souillait la famille. Au fil du temps, le fils avait pardonné, recouvert sa blessure d'une poussière lente. Mais le père, lui, recherchait toujours la *khayin*, il avait ses hommes, il irait jusqu'en France s'il le fallait.

Il s'arrêta et les laissa s'éloigner un peu pour ne pas se faire remarquer. Tout remontait dans son cerveau. C'est bien simple, il avait été là du début à la fin.

Le caïd Mohamed battait ses femmes, le caïd l'avait battu, lui, Hamid, depuis qu'il était enfant. C'était un homme puissant, qui régnait sur Aïn Beïda, à l'est d'Oran, un monde tout proche de la ville et pourtant aux antipodes, un douar marqué par sa demeure imposante, d'une blancheur éclatante, à la porte en bois cloutée, avec à l'intérieur des domestiques en habits traditionnels berbères qui parlaient à voix basse et quelques pur-sang qui hennissaient trop fort dans l'écurie. Tout ce qui se trouvait ici lui appartenait, le pouvoir, les champs, les figuiers, les oliviers, les animaux, les coussins, les tapis, la force et une fierté qu'on aurait dit de cuivre. Et donc Malika, promise à Menad, *menad* qui signifiait promesse en berbère. Au départ le serment d'une union délicate mais certainement pas conforme aux mâles espoirs du caïd, car disons que Menad préférait les fées et tapait surtout dans l'œil de l'oncle Sid Ahmed, et que c'était réciproque.

Malika et Menad avaient étudié ensemble au lycée Ardaillon.

Leur chemin s'était séparé au bac, lui avait choisi le droit, elle était entrée à l'école municipale des Beaux-Arts.

Depuis qu'elle était toute petite, Malika dessinait partout où elle allait, on s'extasiait, elle avait la main sûre ; depuis son plus jeune âge, elle suivait aux Beaux-Arts les cours du jeudi après-midi ouverts à un groupe de cinquante enfants. Logiquement, son parcours s'était avéré prometteur au département peinture, ses professeurs vantaient la finesse et l'élégance de son trait, elle avait terminé troisième du concours d'Alger, un classement rarissime pour un Oranais, alors une Oranaise ! La première place accordait une bourse d'études à Paris, l'événement aurait changé le cours de sa vie, si bien que le directeur Albert Mulphin (qui avait précisément accompli ce parcours, jusqu'à lorgner le prix de Rome) l'incitait à rejoindre tel et tel maître, ou alors à s'enquérir de ses chances auprès de son ancien élève Yves Mathieu-Saint-Laurent.

Sa famille, bien entendu, avait freiné des quatre fers, on était déjà bien gentil d'accepter ses études artistiques sans considérer qu'elle serait irrémédiablement perdue à Paris. La capitale n'avait jamais été un but en soi pour Malika, les Beaux-Arts lui ouvraient le cercle de la vie culturelle oranaise, notamment les ateliers des peintres espagnols installés depuis la victoire du franquisme. Eux n'avaient jamais goûté l'orientalisme « pittoresque », ils s'intéressaient à la vie et au développement du pays dans leurs représentations. Le jour où elle serait prête, il y aurait nombre de lieux où exposer, la galerie Colline de Robert Martin ou la galerie Pozalo de Marica Allée par exemple, des artistes peintres féminins comme Simone Mercadier, Odette Ayme-Belmonte, Amélie Delacoste, Madeleine Scali qui avaient ouvert la voie. C'était prometteur, mais tout avait déraillé avec Menad.

Élève plus charmeur que brillant, Menad ressemblait à ces jeunes gens fuyants dont on se demande s'il faut vraiment leur faire confiance. Un gentil diable pour les uns, une anguille pour les autres. Quoi qu'il en soit, Malika lui accordait son amitié, il la faisait rire, ils bavardaient tous les deux sans relâche, elle voyait dans ses yeux une admiration agréable, quand ils dansaient ensemble il n'y avait pas la moindre tension. Chaque jeudi, ils dévoraient *Vogue*, lui lisant d'une voix snob les comptes rendus des premières, elle s'attardant longuement sur les dessins de mode et les pages où Paris s'offrait dans de belles aquarelles. Oran n'était pas Paris coiffé de son nuage doré, Oran ressemblait bel et bien à une cité poussiéreuse, ennuyeuse, et dans la vingtaine, à force de traîner rue d'Arzew, au stand Basquet, au kiosque de glace Carmen, à force de séance sur la corniche au Neptune Ciné, d'observer les clientes se ruer chez Promoé Couture, rue d'Alsace-Lorraine, chacun des deux se demandait quand et comment partir. Sous un vernis latin, la ville était prude, à tout bout de champ Menad se prenait des bordées de *mariquita* (tapette). Ce fut ainsi que, repéré de tous les points du Murdjadjo, à rêver de rencontres dans les jardins luxuriants de Trouville, las de sa double vie, du qu'en-dira-t-on, des sanglots étouffés, Menad avait eu cette idée singulière : le temps passait, tout compte fait, pourquoi ne pas songer à des noces pour rire ?

Les eaux dormantes du mariage les laisseraient tranquilles en ville, elle à sa passion pour la peinture, en short, en décolleté si ça lui chantait, lui à une vie indolente. Se présenter en surface comme dans les récits d'amour publiés chaque semaine dans *Elle* et qu'ils dévoraient l'un et l'autre avait ses avantages. Mais ils avaient sous-estimé le caïd, et les noces s'étaient transformées en cauchemar.

Hamid savait, tout le monde savait pour le fils du caïd, c'était un pédéraste, disaient les colons. Tant que la plaisanterie courait dans l'enceinte des Beaux-Arts, ça n'avait pas d'importance, mais justement parce que les colons et leurs enfants avec eux ne protégeaient plus rien du tout, Menad était devenu l'exemple édifiant d'une *hchouma* qui rejaillissait sur tout le clan. Ne pas réagir à cette honte, c'était pour le caïd comme voir sa propre mère danser le twist les fesses à l'air, cigarette d'une main et gin tonic de l'autre, et ainsi, stupéfait par les rumeurs, avait-il imaginé l'alliance entre deux familles puissantes ; celle de ce bon vieil Amar Soufi, ancien du 2e régiment de tirailleurs algériens, semblait prometteuse. Sous le paravent d'un commode *mektoub*, l'ancien, bien sûr, avait dit oui.

Malika et Menad, eux, avaient cru qu'ils pouvaient se foutre du monde.

Malika avait été livrée d'un coup, sans préavis. Le cortège avait quitté discrètement le boulevard Paul-Doumer et le quartier de Saint-Antoine. La mère de Malika pleurait, l'oncle Sid Ahmed sanglotait, leur refus était réel mais après tout Malika était une Française de 25 ans, majeure, elle voulait épouser Menad, qui irait contester quoi que ce soit, cette chose arrivait même chez les plus libéraux. Malika savait qu'elle devait se plier un instant à la tradition, disons cinq jours au maximum, qu'après l'offrande du lait, des dattes et du miel sur le plateau de bronze, qu'après les chants traditionnels, le rituel de l'*Alaakissa* et les youyous reconnaissants, elle et son fiancé allaient rentrer en ville.

Elle n'avait pas prévu que Menad prenne tout ça au sérieux, qu'il tombe si vite le masque, avec le toupet incroyable de se présenter comme un valeureux guerrier berbère.

Des grands-mères pareilles à de vieilles chèvres avaient couvert ses cheveux de henné jusqu'à vernir ses tempes. On en était au stade des préparatifs, la fête en vue, les deux familles accueillaient les villageois descendus de la montagne, les anciens combattants, les voisins, on préparait les plats de couscous, le méchoui, les moutons entiers, et mieux vaut tard que jamais, face à toutes les épines qui lui entraient dans le cœur, Malika avait enfin senti l'ambiance changer. Non, les choses ne se dérouleraient pas comme elle l'avait prévu. Le douar allait se refermer sur elle et tous ses rêves de femme libre. Elle s'était enfuie sans trembler, la nuit avant la cérémonie, le teint blême sous son khôl, alors que s'allumaient les torches et les lampes en fer forgé, sans même embrasser son oncle ni sa mère.

Et de ce jour elle avait cessé de peindre.

Hamid ne savait ni que faire ni que penser. À hauteur de l'École ménagère, les deux jeunes se séparèrent, le garçon quittant le Hamma par la rue de Lyon, la fille stoppant à l'orée du chemin des Arcades agréablement ombragé. Allait-elle escalader la colline vers le hameau de Montplaisir, le fort ?

Avant de se quitter, ils avaient échangé un baiser sur la joue, ce qui semblait donner au jeune homme une démarche plus joyeuse, dansante d'un pied à l'autre pour célébrer une affaire qui roule. Malika, un temps immobile, finit par se retourner et fouiller des yeux autour d'elle, comme si elle craignait d'être vue.

Hamid plongea dans son roule-sac, faisant mine d'y loger des détritus, la *khayin* pouvait le reconnaître, sa mère servait le caïd ; le jour des préparatifs, il œuvrait à l'installation des tentes. Enfin il faudrait à sa proie une vue d'aigle et une mémoire d'éléphant. Il se rassura, Malika, au fond, n'avait passé qu'une seule journée au douar. Lui tournant le dos, elle prit la direction du Belvédère pour se retrouver par l'allée de la mer au guichet du jardin. Passé la grille aux deux battants, elle traversa la rue au pied du musée. Il put alors l'observer grimper les quelques marches vers la terrasse, puis saluer un gardien à l'entrée. Son attitude le fascinait, le musée était un lieu inconnu, il n'avait fait que frôler ses marches sans la moindre idée de ce qui se déroulait à l'intérieur. La *khayin*, elle, semblait entrer chez elle.

Qu'est-ce que ça veut dire ? marmonna Hamid pour lui-même. Il résolut d'attendre qu'elle sorte de là, la découverte de tableaux et sculptures ne devait pas prendre tant de temps que ça. Il se souvint alors qu'on refoulait les visiteurs depuis quelques semaines. La *khayin* se rendait-elle à un rendez-vous insondable ? Ça, il savait combien la jeune femme avait été une élève remarquable ; au douar, sa réputation d'intello l'avait précédée. Et puis au bout de deux heures, une idée chassant l'autre, il commença à comprendre : Malika Soufi travaillait au musée des Beaux-Arts d'Alger.

Il courut téléphoner au caïd.

Au contraire

Débarquées à Marseille, les onze caisses fabriquées par Adrien avaient été chargées dans un train, brièvement entreposées huit cents kilomètres plus tard à Paris au ministère des Affaires étrangères, avant d'être versées aux dépôts du Louvre. L'inventaire des œuvres reçues pouvait commencer, il revenait au conservateur du département des peintures d'établir un constat. Ici tout le monde considérait qu'il serait laborieux, les circonstances du départ et cette croyance selon laquelle les numéros d'inventaire correspondant au musée d'Alger demeuraient ignorés de la direction des Services des musées de France n'incitaient pas à l'optimisme.

L'incertitude n'était pas si grande en réalité. Remédiant à l'absence d'archives, de catalogues complets de part et d'autre de la Méditerranée, Madeleine s'était certes parfois arraché les cheveux, mais bien aidée par les notes d'Alazard, elle avait été en mesure d'accomplir un travail remarquable. Sur le plan du droit à la propriété, l'essentiel des identifications permettait maintenant de rattacher les œuvres qui appartenaient à la France et celles, découlant des accords, qu'il faudrait restituer à l'Algérie indépendante. Oui, le compte était bon, cent quatre-vingt-huit tableaux et les dessins, d'autant que les trois œuvres prêtées à Tokyo se trouvaient déjà là, le Renoir (*Paysage de printemps*), le néo-impressionniste et sous-estimé Henri-Edmond Cross

(*Nu dans un jardin*), l'impressionnant Frédéric Bazille (*Pierre Auguste Renoir)*, adossés aux vingt-neuf peintures spoliées par les Allemands.

Madeleine se doutait que ce qu'elle considérait finalement comme *son* catalogue serait étudié avec des pincettes. Elle espérait bien que, caisse après caisse, son talent soit reconnu, qu'ainsi la République honore sa promesse, renvoie sur ses terres le dépôt d'Alger sitôt l'indépendance (avec pourquoi pas l'échange de tableaux rares : des œuvres courantes dans les musées français contre d'autres importantes à Alger). Dans cette perspective, son plan variait d'un jour à l'autre : voulait-elle s'imposer au départ du conservateur ou, dans son sillage, postuler au reclassement des fonctionnaires rapatriés d'Algérie par un simple changement d'affectation ? Son contrat local serait bien sûr discuté, mais elle avait triomphé de bien d'autres obstacles.

Comme pour hâter ce choix, son supérieur rôdait autour d'elle, revenait à la charge. À mesure que l'échéance approchait, il multipliait les regards et sous-entendus égrillards. C'était franchement gênant, mais par une étrange déviation, son esprit accueillait d'autant mieux ces saillies qu'elles lui permettaient de s'éloigner d'Adrien. Elle avait bien conscience de se gâcher la vie, leur promenade l'avait autant troublée qu'amusée, elle venait conclure des jours heureux à travailler ensemble, mais un flirt mettrait en péril sa situation, pensait-elle, sa fuite du douar la condamnait à une vie de vieille fille, seule elle pensait échapper au caïd, en couple elle s'imaginait décupler sa fureur. Lopez, ce n'était pas pareil, elle était certaine de ne pas tomber amoureuse. Ses yeux aguicheurs, coquins, étaient bien pitoyables, il l'aurait, son bain de mer. Bon, il faudrait écouter ces élucubrations : « Madeleine, vous savez, le risque est grand de voir ces œuvres, si elles font leur retour à Alger, expédiées en Tchécoslovaquie ou dans des pays de l'Est pour acheter des armes, soit pour combler un déficit commercial, voyez les sujets chrétiens de nos Poussin, Le Brun, Chassériau, les musulmans vont les rejeter, aucun doute. »

Madeleine n'avait aucune garantie non plus, simplement elle croyait à un avenir radieux pour son pays indépendant ; avec la France et les Européens, le fossé n'était peut-être pas si définitif, bloc communiste ou pas.

La baignade, donc, fut planifiée – Madeleine presque à poil, quelle joie, se grisa Lopez ! –, mais soumise à la fièvre des attentats et la crainte des véhicules piégés. Et cette fois-ci encore, on annula. La faute à un camion-citerne piégé sur la route qui mène à El Biar, seize mille litres d'essence déversés et un incendie au long de l'avenue du Maréchal-de-Bourmont, trois morts hélas, mais une catastrophe évitée de justesse par un incident technique : le conducteur avait bloqué la direction de l'énorme véhicule avec une chaîne de bicyclette, il devait dévaler la pente et répandre son chargement en feu au moment de l'explosion en contrebas dans le ravin de Fontaine-Fraîche où se trouvaient des villas habitées par des musulmans aisés, deux à trois mille personnes étaient visées. Heureusement, les roues avant du camion qui avait commencé à descendre la pente avaient été bloquées contre un trottoir, l'OAS n'était pas à l'abri d'un simple incident technique.

Comme la fois précédente, Lopez se présenta au bureau de Madeleine pour l'avertir de l'épisode et proposer de la raccompagner chez elle. Là encore, elle assura qu'elle pouvait rentrer à pied, et une fois que la silhouette de son supérieur s'effaça de sa vue, elle prit conscience d'une vérité que décidément elle ne parviendrait pas à enfouir : Adrien lui plaisait, pensait-elle une fois de plus ; sans qu'elle n'y puisse quoi que ce soit, ses lèvres ne demandaient qu'à se pencher vers lui pour l'embrasser. Ce faisant, elle lui téléphona à l'atelier de Bab El Oued. Adrien sut parfaitement feindre la surprise à l'autre bout du fil, et même jouer une forme d'indifférence qui renforça ses sentiments.

Comme ils étaient pratiquement voisins, ils convinrent de se retrouver le lendemain à la brasserie Novelty. La terrasse était charmante, mais l'intérieur conviendrait mieux.

À l'angle de place d'Isly et face à la statue de Bugeaud, le Novelty conservait ses airs des années fastes. Depuis Renoir, l'enseigne exposait des peintres dans l'arrière-salle, tous les orientalistes gravitaient là, le point culminant avait sans doute été atteint dans les années 1950 avec le nouveau propriétaire, changement d'ambiance mais toujours du beau monde : Eddy Constantine et ses petites pépées, Dalida en robe noire moulante, Dario Moreno, le fameux travesti Coccinelle, et surtout Reinette l'Oranaise déployant ses longs *haouzi* arabo-andalous, parfois accompagnée du pianiste Mustapha Skandrani. Comme une *Caravelle*, le Novelty se divisait en classe économique et première, les stars à l'avant, les étudiants en soute relégués vers les toilettes. Le patron se tenait généralement à la caisse, stoïque, fumant son maïs, répétant à qui voulait l'entendre que le couvre-feu à 20 heures n'était qu'un mauvais moment à passer. Avec son épouse, ils avaient décidé de rester après l'indépendance.

Dans une salle vide à l'exception de quelques joueurs de cartes, Adrien était en avance. Il hésitait entre un rosé et un plat de poissons. Sa tenue ne trahissait aucune solennité, il se doutait que sur son trente et un il ferait plutôt fuir Madeleine, aucune pression, son seul luxe était un pli à son pantalon en toile, qu'il obtenait en l'étalant à plat sous son matelas, ainsi que des mocassins en daim, cadeau de ses parents à Noël.

Elle apparut à 18 heures, silhouette en pantalon également, allure qu'elle féminisait avec un chandail noir, léger et moulant. Ce sens de l'élégance et du chic était assez nouveau à l'époque, elle apparaissait ainsi toute fragile et pleine de force. Adrien aurait été incapable de le noter, mais au visage elle s'était mise à ressembler au portrait qu'elle aimait tant, celui de Marie-Antoinette, la sœur de Puvis de Chavannes. Le dessin triangulaire de son visage s'ornait des mêmes boucles d'oreilles à perles. Elles les avaient trouvées chez un bijoutier juif au port altier, où elle passait souvent. Maurice, 50 ans, la beauté intacte, s'adressait à elle en ladino, signe qu'il la prenait lui aussi pour une judéo-espagnole. Il lui faisait essayer pendentifs anciens, bracelets, bagues et colliers, un miroir ancien en bois sculpté accueillait ses poses. Il la trouvait bon modèle, à force ils s'étaient attachés l'un à l'autre et avaient flirté joyeusement ensemble. Madeleine tendait aussi un peu le cou comme Marie-Antoinette ; d'ailleurs avec un prénom pareil, celle-ci dissimulait sans doute une crainte avec ses yeux songeurs et un peu tristes. Mais définitivement Madeleine se sentait meilleure mine que sa lointaine amie. Elle sourit à Adrien au moment de s'asseoir.

— Nous avons de la chance, c'est calme, fit-elle comme si Lopez provoquait les attentats mais qu'autour d'eux s'organisait plutôt un monde pacifié.

— Oui, il ne faut jamais voir les choses en noir, sourit-il, réfrénant l'idée que la chasse aux Arabes battait son plein, qu'un illuminé pouvait surgir à tout moment et liquider le serveur musulman.

Il marqua une pause. Il savait que ce n'était pas une bonne idée de commencer par la « situation ». Mais comment faire autrement ? Tout au long de la fabrication des caisses, leur mémoire hoquetait, au sens où la guerre revenait toujours par à-coups dans leur conversation. Pas de doute, tous les Européens d'Algérie avaient cette arête coincée dans la gorge. Si Mozart avait été parmi eux, ils lui auraient commandé un requiem, à moins qu'avec des notes de sang ils l'écrivent pour eux-mêmes… L'enjeu, ce soir, était de mettre la fin d'un monde de côté, ça en valait la peine.

Ils commandèrent une bouteille de rosé, une bonne *kemia* avec des olives aux piments et des petites fèves au cumin. À la première gorgée, il changea d'avis, dans un premier temps c'était bien de tenir ses distances, la fin de l'Algérie française lui permettrait de prendre de la hauteur.

— Chacun se demande comment cela va finir, fit-il d'un air impénétrable. Bien, je pense.

— Vous êtes un optimiste ? C'est un compliment dans ma bouche...

— Ce pays est magnifique, il faut croire aux belles choses. Voyez ce serveur, c'est vrai qu'il a un courage fou de venir travailler. Mais peut-être qu'il est comme moi, qu'il croit à des idéaux fraternels, qu'il sait qu'on le protégera.

— Ou peut-être qu'il n'a pas le choix. Sa famille aurait faim, tout simplement.

— Certes, mais l'OAS n'oserait pas s'attaquer au Novelty.

— Vous en êtes sûr ? Vous les voyez, ces jeunes de l'OAS qui paradent dans les rues ? Ils tuent jusqu'à soixante personnes par jour, à bout pourtant. On dirait des jeunes fauves, presque à se lécher les babines. Et ils font toute une réclame de leurs assassinats, sans aucun respect de la vie humaine. Vous imaginez ça, tuer ? C'est horrible, ce goût du sang ! Je ne comprends pas, ça dépasse même le droit, la justice. La valeur de la vie est sacrée.

— « Tu ne tueras point », cinquième commandement. Mais ces jeunes, voyez-vous, c'est plutôt le quatrième commandement : « honore ton père et ta mère »... et si je me souviens bien de mon catéchisme, « afin que tes jours se prolongent dans le pays que l'Éternel, ton Dieu, te donne ». Ils agissent au nom d'un peuple pied-noir qui n'a connu que des victoires. Nous avons créé des routes, aménagé le territoire, des chemins de fer, des écoles, des hôpitaux, ce n'est pas rien. Je comprends ce sentiment d'injustice, même si je condamne bien sûr la loi du Talion, œil pour œil, dent pour dent. Les fellaghas ont eux aussi le goût du sang, ils répliquent meurtre pour meurtre, hélas. Il y a des enlèvements, des disparus, qui s'évanouissent sur les barrages...

— Peu nombreux en comparaison. Lors des actions visant des militants de l'OAS, les fellaghas luttent pour... s'essaya Madeleine avant de s'interrompre.

Un silence. Elle poursuivit d'un débit un peu haché :

— Enfin, c'est plus grand que ça, la France. Vous ne croyez pas ? Sa vocation est bien plus haute depuis les Lumières. Je passe mes journées en compagnie de tableaux. Qu'est-ce que nous disent les peintres, au juste ? C'est bien simple : face à la violence, ils nous offrent le beau, un déferlement d'amour et de fraternité.

— C'est beau, mais hors de portée des plastiqueurs, croyez-moi. Enfin, ces gars sont surtout crédules, ils bouillonnent d'un sang chaud de Méditerranéens. Je les connais bien ! Ils savent qu'ils vont tout perdre. Dans quelques semaines. Alors ils se sentent les rois, l'arme à la main. À Bab El Oued, les petites gens logent pour la plupart dans des appartements insalubres. Ils n'ont pas de terre, ni de biens, ils sont venus, poussés par la faim, chassés de leur pays pour chercher fortune, rien à voir avec les grands propriétaires qui vont rebondir quoi qu'il arrive. Vous savez ce que vient de dire de Gaulle ? « L'intérêt de la France a cessé de se confondre avec celui des pieds-noirs. » Nous sommes un boulet, chère Madeleine. Comprenez que certains pensent qu'ils n'ont plus rien à perdre. L'avenir tracé par les accords ne leur offre aucun espoir. Ils se disent qu'ils peuvent faire dérailler l'accession à l'indépendance et *in fine* créer une Algérie française sans la France.

— Ce n'est pas vrai ! Ça ne leur traverse pas l'esprit, aux gens modestes de Bab El Oued, qu'ils ont tout intérêt à vivre dans une Algérie socialiste ? Il suffirait de s'assimiler à la population majoritaire pour que tout se passe bien. Abderrhamane Farès ne cesse de tendre la main, ce n'est pas rien, sa formule de « compatriotes européens ».

— Ils sont sincères, honnêtes dans leur genre et bourrés d'orgueil. Posez-vous à la terrasse d'Alexandre, vous verrez : à Bab El Oued, on prend tout au tragique et à la rigolade, ils ont la main sur le cœur, et le cœur sur la main.

— Les accords sont clairs. On voit des militants FLN qui rassurent, redonnent confiance. Il faut laisser les politiques trouver des solutions, mais quoi qu'il arrive, nous devons tous rester ensemble, à l'évidence.

Au fond tout le monde était paumé dans cette période transitoire. On vivait dans un *no man's land* chronologique entre le cessez-le-feu des accords et l'indépendance. Sur fond d'humour, de sentiments, le monde pied-noir se désagrégeait, il y avait bien du désespoir, mais aussi un mélange de gangstérisme et de stupidité. Parmi les fabulations autour de l'eau du robinet empoisonnée ou des épidémies de typhus, une histoire de sang volé circulait, exactement comme celle du Moyen Âge accusant les juifs de kidnapper les enfants chrétiens pour les saigner lors de rituels. Remise au goût du jour, la rumeur prétendait que les Européens enlevés étaient saignés à blanc, leur sang transfusé aux blessés musulmans des attentats, si, si, ça se passait dans les bains maures et les cliniques de fortune du FLN…

Madeleine prit un instant pour réfléchir à ce désarroi.

— On peut espérer l'interaction, non ? S'engager vers l'algérianité et s'assumer en petit peuple minoritaire, ce serait logique, vous ne trouvez pas ?

— Ceux de Bab El Oued se battent contre leur intérêt c'est évident, soupira Adrien. Avant l'arrivée de de Gaulle, 80 % d'entre eux votaient communiste, la plupart descendent de républicains espagnols ayant fui Franco. Travailleurs de tous les pays, unissez-vous ! Ce serait trop beau, car au contraire, quand on est dans la misère, on ne se soucie pas de la misère des autres. Surtout quand ils parlent une autre langue, participent une autre religion, c'est perdu d'avance.

Ils descendaient la bouteille de rosé. Madeleine piochait régulièrement dans son paquet distinctif de Craven A. Lui était aux Bastos. Elle en eut marre, soudain.

— Bon, Adrien, on écoute et on commente en boucle les mêmes choses. Je n'en peux plus des assassinats, de ceux qui gâchent tout, de cette atmosphère oppressante, cent mille personnes ont déjà quitté le pays, pas nous apparemment. Ça ne vous dérange pas si on change de sujet ?

— Faire comme si tout était fini ? Qu'il ne restait plus que nous deux ?

Elle sourit avec les yeux. Un léger strabisme apparut, charmant.

Ils discutaient d'égale à égal, de jeune Européenne à jeune Européen, aux anges tous les deux. Ce n'était pas qu'elle comprenait vite, que Malika cédait la place à Madeleine, plutôt qu'avec lui, encore une autre identité émergeait, une troisième personne, celle que forme un couple en fusionnant.

Elle n'affichait jamais ses sentiments, mais levant les yeux sur Adrien, elle semblait étonnée. Dans ce café, elle se sentait touchée, émue par sa simple présence. Elle regarda autour d'elle comme pour refroidir le flamboiement qui empourprait son visage.

— Et puis hors du musée on peut se dire tu, enchaîna-t-elle. Dis-moi, fit-elle pour revenir sur son terrain, Sauveur Galliéro, ça te dit quelque chose ?

— Bien sûr, tout le monde le connaît à Bab El Oued ! Il peint partout, sans cesse, tout ce qu'il voit : des hommes, des cafés, la mer, une maison. C'est une espèce de force de la nature, on dirait qu'il a la rage.

— Tu sais qu'il a servi de modèle pour le personnage de Meursault dans *L'Étranger* ? Ils ont fait leurs études ensemble au lycée Bugeaud. Pendant des mois, le peintre fauché a vécu chez l'écrivain ; à la fin, Galliéro s'est senti terriblement redevable, Camus lui a dit que pas du tout, qu'il l'avait regardé vivre tout ce temps et qu'il lui avait fourni la matière d'un livre.

— Ça alors, Meursault en vrai !

— Le musée conserve trois de ses tableaux, *Portrait de Hadj, Figure 1949, Intérieur de maison mauresque.*

— Tu te souviens de tout par cœur ?

— C'est mon métier. Pour Galliéro c'est assez facile, il appartient à la génération avant-gardiste et politisée « du Môle d'Alger », le port et la plage ne sont pas ses seules sources d'inspiration, les pêcheurs, les cafés maures, les baigneurs, les soldats et les prostituées.

Elle l'impressionnait. Adrien s'imaginait soupirant parmi d'autres soupirants, une belle plante pareille, quelle chance qu'elle ne soit pas fiancée ! Plutôt bavard dans les réserves, il avait beaucoup dit de sa vie somme toute banale, elle connaissait l'existence de ses parents, de sa sœur Carmen, sa piaule boulevard de la République, son atelier à Bab El Oued. Elle avait paru intéressée par ses descriptions des ruelles du ghetto espagnol de la Basseta.

Mais elle ?

Il était temps de briser un peu le mystère, elle n'avait lâché qu'une ville, Oran, où elle avait grandi. Avant de se lancer, il jeta un œil à la rue. À travers la baie vitrée de la devanture, Alger était vide, telle une version post-atomique d'elle-même. Il revint à la table exiguë, cœur battant et prêt à prendre ses mains dans les siennes.

— Tu m'intrigues, Madeleine. Je te raconte tout, mais finalement je ne te connais qu'à travers le musée. Je ne sais rien de personnel.

— Comment ça, personnel ? dit-elle en haussant les épaules.

— Ben, ta famille, tes amis, tes études ?

— Ça a de l'importance ? Ce n'est pas vraiment intéressant, tu sais. Mes parents viennent d'Espagne, je suis fille unique, mon père à la Poste, je pense qu'ils seraient repartis s'installer à Gérone si... moi je veux rester, m'occuper des tableaux.

Une version féminine de lui-même, avec néanmoins un si...

— Si quoi ?

Une idée nouvelle traversa l'esprit de Madeleine.

— Ils sont morts dans un accident de la route il y a cinq ans, fit-elle d'une voix nouée. J'ai coupé les ponts avec Oran, le reste de ma famille et toutes mes connaissances. C'était trop lourd, j'aime la liberté, et surtout qu'on me fiche la paix, c'est sans doute ça, la chose la plus personnelle.

Madeleine regarda tristement la bague du bijoutier de Belcourt comme si elle avait appartenu à sa mère. Orpheline, cela réglait une bonne fois pour toutes la question des origines. Pas question de lui parler de Fella qui l'avait mise au monde, des Soufi en général, du douar qui engendrait des hommes, des femmes, durs et secs comme des sarments. Elle se remémora la distance avec Oran, un peu plus de quatre cents kilomètres ; chaque centimètre entre le monde qui lui était promis, ce *mektoub* de malheur, et cette salle du Novelty marquait sa victoire. Elle avait été assez forte pour choisir son destin. Si elle était restée, elle aurait fini par devenir une femme soumise, cassée. Puisqu'un autre Menad avait surgi des noces, qui sait ce dont il aurait été capable ? Face au caïd, l'oncle Sid Ahmed n'aurait pas fait le poids pour la défendre. Elle aurait été capable d'amour avec ses enfants dans un minuscule univers mais voilà tout, cette Malika-là se serait fondue dans le paysage, travaillant pour les hommes à s'en briser le dos, sans plus rien dire, n'accordant aucune attention à la peinture. Elle serait devenue vieille en quelques années, avec des rides de plus en plus profondes en attendant la mort. Aujourd'hui, elle ne peignait plus, mais dans cette vie-là elle n'aurait jamais touché un pinceau.

Alors pourquoi ne pas accueillir ce retournement, aussi vite qu'un sucre se dissout dans le thé brûlant ?

Ils échangèrent un long regard. Adrien, dont les jambes s'agitaient sous la table, servit une nouvelle lampée de rosé. D'un geste un peu solennel, il craqua une allumette Caussemille dans une odeur de soufre incandescent.

— Je veux dire… fit Madeleine en tendant ses lèvres au feu. Pour ma part, je crois que vivre en solitaire offre bien des avantages… Et puis j'ai toujours voulu quitter Oran. Enfant, je regardais les navires qui mouillaient dans le port, je me renseignais sur leurs destinations, rêvant d'embarquer, de découvrir l'autre côté de la mer.

Elle retrouvait tout son sang-froid, mais ne voulait plus réfréner le moindre mouvement de tendresse. Pourquoi rater une occasion pareille ? Il était bon, séduisant avec ses yeux rieurs, rassurant avec sa façon de savoir où il allait. D'une voix délicate, il parlait avec son cœur. Elle imaginait bien l'effet que ses mains de menuisier lui feraient si elles la caressaient. Le faux dilemme de la pudibonderie n'avait jamais freiné ses pensées. L'époque lui permettait ce qui aurait été inimaginable pour sa mère. Françoise Sagan, qu'elle adorait, résumait tout : « Le sexe sans l'amour c'est pas le paradis, mais l'amour sans le sexe c'est l'enfer. » Elle sentait qu'avec Adrien elle aurait les deux. C'était le genre d'homme qui pouvait la rendre heureuse.

La fumée montait, s'enroulait autour d'eux. Dans la clarté douce de la brasserie, Madeleine gardait le silence depuis ce souvenir de traversée, de découverte du vaste monde. Elle goûtait langoureusement au parfum boisé du tabac de Virginie, convoquant ses rêves d'Ulysse, consciente d'appartenir à cette Méditerranée fraternelle, impossible à réduire à cette distinction entre « musulman » et « non-musulman ». Les documents administratifs lui donnaient raison. Elle-même se sentait née comme une pied-noir, des noces de la mer et du soleil.

Un éclat d'insolence passa finalement dans les yeux d'Adrien. Le patron aimait le *Come prima* de Tony Dallara, passait *Rock Around the Clock* de Bill Haley, des slows comme *Only You* des Platters, des airs de Paul Anka, des choses sucrées donc, mais pour une fois un jeune homme à la voix grave chantait, une nouveauté, tous deux perçurent une strophe :

« Nos deux ombres étonnées, que c'est beau, c'est beau la vie. »

La nuit tombait dans un parfum boisé de tabac. Alentour, les martinets filaient en tous sens à la recherche d'insectes.

Temps suspendu. Ils n'oublieraient jamais ce moment où la chance, en un éclair, les unissait. Ici, dans ce moment solennel, qui commença à s'avancer ? Ils ne sauraient jamais répondre à cette interrogation. D'un même mouvement pour s'embrasser, Madeleine et Adrien s'avancèrent et penchèrent légèrement la tête.

Pendant ce temps, le caïd dressait ses plans pour laver son honneur. « Va t'occuper d'elle », ordonnait-il à Hamid. « Après son viol, tu l'asperges d'essence. Elle brûlera vive, cette chienne. Hamid, c'est toi qui vas montrer l'exemple. »

7

Je rumine mon Ferenczi. Chez lui tout est là, déjà. Quand la communauté psychanalytique soudée autour de Freud ne voulait pas en entendre parler, Ferenczi pensait que les névroses étaient couramment causées par des abus sexuels vécus dans l'enfance. Pour lui, la psychanalyse souffrait de la surestimation du fantasme, et donc d'un « fanatisme de l'interprétation ». C'était un désaccord frontal avec son maître. Habité par la « passion de guérir », Ferenczi voulait au contraire de son maître réactualiser les morsures du passé, dans toute leur intensité. Il s'en faisait l'interprète, recommandait tact et empathie pour mesurer les effets post-traumatiques. Avec lui, l'analyste explorait l'inconscient sans carte ni chemin tracé ; en retour bien sûr, Freud jugeait ses thèses trop affectives, les considérant même comme une trahison.

Andate a freír churros, qu'il aille se faire frire des churros, pour le dire élégamment.

J'ai une heure devant moi avant mon prochain rendez-vous. Je reprends mes notes.

Depuis que Lachance est parti, je le vois surtout comme un enfant maltraité et malheureux, victime de l'éternelle loi de l'omerta. Le père me paraît être un capitaine un peu minable. Surtout, je relève ce trouble corporel chez lui : son poids, ses faiblesses cardiaques et respiratoires.

C'est comme s'il avait le cœur à l'envers, Lachance. Dans ce monde militaire de Misión Tacaaglé, la mort jamais cicatrisée du petit frère, avouée dans un véritable abandon émotionnel, compte double. Le « sentir avec » de Ferenczi (saisir les souffrances jusqu'à mobiliser son expérience personnelle) touche bien sûr à quelque chose de vertigineux entre nous, j'en suis parfaitement consciente.

Cette cure n'est pas comme les autres, mais au-delà de la proximité de mes parents avec les événements, quelque chose me préoccupe, j'ai besoin de vérifier tout ça sur un moteur de recherche.

Dans mes notes, j'ai souligné la personne du grand-père, un chef de l'OAS, condamné à mort par contumace. C'est lui qui organise l'arrivée en Argentine, lui qui régente la vie des pieds-noirs de Misión Tacaaglé. Les fausses identités dont s'affublaient ces fugitifs n'ont pas résisté au temps. Je tombe facilement sur lui : le général Pierre Raspeguy, grand copain de l'état-major argentin.

C'est solidement documenté depuis des années : à l'origine de la dictature argentine, il y a la guerre d'Algérie comme terre d'apprentissage. L'usage de la gégène, l'idée des vols de la mort ont été soufflés depuis les haleines fétides d'officiers français aux oreilles de pitbull des militaires de mon pays. L'influence de l'extrême droite française a toujours été très forte sur une partie de l'élite argentine, on peut même dire que les pieds-noirs d'ici ont majoritairement accueilli le coup d'État de 1976 avec soulagement. Les militaires sont au-dessus de l'État dans notre pays, ils le remplacent quand ils estiment que ça flanche. À l'unisson, les Français d'Algérie voulaient de l'ordre ; la gauche, c'était pour eux le laisser-aller, le gaspillage, la paresse, l'instabilité.

C'est passionnant comme sujet mais ce n'est pas le mien, je me concentre sur les filles du général Raspeguy et parmi elles Catherine, également condamnée à quinze ans d'emprisonnement par contumace, me valide internet.

Tout à coup quelque chose change dans le paysage autour de Lachance, le refoulement d'un autre personnage. Nous aussi nous avions notre chef à Saucesito. Je ne me souviens plus de son nom, tout le monde l'appelait le chef.

Bien que séparés par les kilomètres et les années, les pieds-noirs d'Argentine entretenaient une sorte de mémoire communautaire. Chacun savait plus ou moins où se trouvaient ses compagnons d'exil, « on se tient au courant » est une phrase que disait mon père, même s'il n'en fréquentait plus aucun, n'avait que peu d'affinités avec eux, se refusant de se laisser enfermer dans la moindre identité. En gros existait un réseau de plusieurs centaines de personnes, réparties de manière indépendante en quatre sous-ensembles régionaux. Les uns habitaient dans le Nord-Est, les autres dans le Nord-Ouest, les troisièmes dans l'Ouest patagonien, et enfin, sans doute les mieux lotis, les quatrièmes sur la bande côtière. Pour se faire une meilleure idée par cité ou province, on trouvait donc des colonies pieds-noirs à La Paz, Corrientes, Formosa, dans le Chaco, autour du massif andin à Salta, Tucumán, vers Santiago del Estero, Córdoba, Mendoza, puis Bariloche, Neùquen, General Roca, Valle Azul, et enfin en redescendant de Buenos Aires entre Pedro Luro et Vieclma.

Séparés par plus de huit cents kilomètres et au moins dix heures de route, Lachance et moi sommes rattachés au même sous-ensemble du Nord-Est, lui dans le Chaco à Misión Tacaaglé, moi à une heure de La Paz, sur les terres défrichées de Saucesito. J'ai évoqué plus tôt le ciel de mon enfance. Et, si je baisse les yeux sur cette province d'Entre Ríos, sans aucun attendrissement possible, tout est encore là dans ma tête : je vois de vastes étendues dépeuplées, de maigres cultures alternant avec un genre de savane, des marécages, des petits étangs, des plantes aquatiques et des arbustes aux racines si profondes que les machines les plus robustes lâchaient à l'arrachage.

Notre colonie de Saucesito comptait soixante familles réparties sur vingt mille hectares. Il y avait une belle maison de maître sur le campo avec des rosiers grimpants et des maisons de *peónes*, devinez où mes parents ont échoué ? Les terres sont bonnes, disait-on, portées par une pluviométrie régulière. Les anciens propriétaires, ces bonimenteurs de frères Wolf, avaient vanté une nappe phréatique à vingt-cinq mètres, une chaleur supportable, c'est ainsi que notre chef, parcourant le pays, avait fixé son choix sur ce coin perdu et son climat semblable à l'Oranie. Ses camarades restés en France faisaient confiance.

Finalement, j'exagère quand je prétends n'avoir cessé de repousser Alger loin de moi. Très tôt, j'ai pris le parti de ne pas régler de compte, aidée par mes parents qui n'avaient aucune envie de ressasser un prétendu âge d'or.

Durant toute mon enfance, ce passé n'existait pas et lorsque leur jeunesse s'insinuait dans les conversations, c'était pour en être chassée aussitôt. Le monde qu'ils avaient fui ne comptait pas. Ils s'inscrivaient tous les deux dans le présent et l'avenir de cette terre argentine, j'ai toujours admiré leur optimisme, sans jamais me poser la question : et s'ils faisaient semblant ? À l'inverse, mes grands-parents paternels ne se privaient pas du passé quand ils venaient nous voir, toute une expédition depuis Montpellier. Sur le ton de la comédie, ils n'en finissaient pas de raconter Alger, toujours assis sur des anecdotes révoltantes et humiliantes de leurs malheurs en France, non pas une vie de rapatriés, mais de réfugiés. C'était dit en écoutant le merveilleux pianiste espagnol Eduardo del Pueyo interpréter la sonate numéro 14 de Beethoven (*Clair de lune*), quelle tristesse.

Dans ce registre du mal-aimé, ma tante Carmen soulignait à quel point mes parents avaient eu raison de préférer traverser l'océan et de se greffer sur cette terre de joie de vivre, d'espace, de liberté. Loin de la France, ce vieux pays qui n'était pas du tout leur patrie ! Carmen résumait les relations difficiles entre nous et les métropolitains d'un trait : « Si tu savais comme ils nous rejettent, c'est un pays de fous, ils sont aigris, rapaces, méchants. » Elle répétait ça en boucle, elle argumentait très sérieusement, sur une communauté d'un million de personnes, cent trente mille pieds-noirs avaient jugé qu'ils n'avaient rien à faire en France. Je ne sais d'où elle tenait ce chiffre somme toute assez important, mais à bien y réfléchir, c'était plutôt logique qu'un bon nombre de pieds-noirs préfèrent, à la France où ils n'avaient jamais vécu, l'aventure personnelle en Espagne, Israël, au Canada, en Australie, sans parler de nous autres en Amérique latine.

Très peu de pieds-noirs s'étaient rendu compte que l'Argentine offrait sa part du rêve américain. Son gouvernement souhaitait attirer une population agricole dotée de quelques capitaux, suffisamment experte pour mettre en valeur des zones géographiques jamais mécanisées. À Paris, le ministre des Rapatriés et de l'Agriculture avait topé avec les émissaires argentins chargés des appels à l'immigration, en premier lieu le vice-consul d'Argentine, que tout le monde appelait Carlos.

Côté français, on jouait la carte du tendre pour se rabibocher : à chaque famille de colons serait attribuée une Peugeot 404, l'État prenait en charge les frais de voyage, et offrait généreusement à l'arrivée un prêt de 30 000 francs par famille. C'était un peu le Pérou pour des gens partis une main devant une main derrière, et une fois les lots attribués dans la pampa, tous recevraient du mobilier, un tracteur, du matériel et de nouveaux crédits si le besoin s'en faisait sentir. Alléluia ! On pouvait encore solliciter du consulat des bourses scolaires, une aide médicale, vétérinaire, des colonies de vacances. Chaque groupe formé en coopérative recevrait son tracteur à chenilles de 70 CV, plusieurs camions Unic de cinq à quinze tonnes, sa moissonneuse-batteuse, son bulldozer, sa niveleuse, des groupes électrogènes, l'équipement d'un atelier de campagne. Ça tombait tout cuit, jugeaient fascinés ceux qui jouxtaient les implantations.

Le chef avait donné l'impulsion, il y pensait depuis longtemps à l'Argentine. Son père, plus gros propriétaire de terre à blés du Constantinois, répétait dès les années 1930 que « l'Algérie ne durerait pas », qu'il valait mieux chercher fortune ailleurs. Ses vieux réflexes de colon, le chef les avait mis en place dès 1960 en trouvant une magnifique hacienda dans la province de Buenos Aires, et avec lui trois cents familles s'étaient inscrites comme candidates. Leurs fonds personnels ne permettaient pas d'en devenir propriétaire, et à l'époque le gouvernement français avait éconduit le chef. C'est dans cette période que d'autres organisateurs s'envolèrent pour l'Argentine, sans prendre d'option non plus. À l'été 1962, traversant la Méditerranée dans les larmes, le long périple s'imposait de nouveau en Argentine. Et cette fois-ci, c'était une autre paire de manches. Oui, pourquoi pas l'Argentine ?

Au quoi qu'il en coûte des Français répondait donc l'accueil de l'Office de migration argentin, promettant des terres au prix très modique de 15 francs l'hectare (payables en dix ans), et puis encore les frais de transport depuis Buenos Aires, une exonération d'impôts pendant cinq ans, le libre transfert des capitaux, la fourniture des semences, des matériaux de construction pour les logements, l'assistance d'ingénieurs agronomes... Ce n'était plus le Pérou mais bel et bien le gros lot.

Après toutes ces années d'instabilités, la joie s'infiltrait dans les cœurs pieds-noirs. Recevant ces offres alléchantes, ces milliers d'hectares, les colons d'Afrique du Nord dès le départ s'étaient sans doute fait avoir. Tout à son opération de prestige, l'Office de migration n'avait pas trop insisté sur ces terres vierges où jusqu'alors les êtres humains s'étaient cassé les dents.

Et donc pour notre arrivée dans le Nouveau Monde, il y avait du beau linge à la passerelle du *Charles Tellier,* le transatlantique aux couleurs des Messageries maritimes. Je dis « nous » car, ballottée vingt-huit jours du Havre à Lisbonne, puis de Rio à Montevideo, ma mère étant enceinte de quatre mois, j'aime à penser que je faisais un peu partie de cette traversée, conclue par une réception sur le quai, un joli spectacle avec ensemble le ministre de l'Intérieur Palmero, le maire de Buenos Aires, le gouverneur de l'Entre Ríos ravi car sa province se dépeuplait, le chef de la police, le ministre de la Santé et celui des Œuvres sociales. Les immigrants pieds-noirs représentaient un bel espoir pour l'avenir, pensez-vous, des colons hautement qualifiés, candidats idéals pour techniciser les campagnes, l'opinion était prise à témoin à la radio, on pouvait le dire haut et fort, ça valait quand même mieux que les autres Français dont il fallait taire la présence et les mauvaises actions, les anciens de *Je suis partout,* les miliciens, les soldats de la division Charlemagne, les speakers de Radio-Paris, sinistre piétaille qui donnait pour les dîners mondains cette formule protocolaire :

« Quand vous invitez le consul, évitez les condamnés à mort ! »

Le chef et ses soixante familles avaient reçu les compliments argentins avec fierté. Peu importait que l'ambassadeur de France se contente d'une moue dubitative, encore une fois il agissait en avant-garde, hors des cadres officiels. L'accord n'était pas encore signé, mais lui balayait l'argument selon lequel il aurait mieux valu attendre que tout soit prêt.

Comme les autres, mes parents ne savaient pas exactement où ils se rendaient, après les formalités de douane, les discours de bienvenue et même les ovations (en tant qu'Européens d'origine ils comprenaient, eux aussi venaient d'une culture où les invités étaient sacrés). Ils séjournèrent quelques semaines en plein cœur de la ville à l'hôtel Lavalle, c'est ici que mon père put lire un article de *La Nación* consacré à leur arrivée. Le journaliste les dépeignait en individus qualifiés, de peau blanche, des héros idéals pour dompter des terres jamais vraiment colonisées, des immigrants sportifs, hommes du monde, aviateurs, parmi les plus riches et audacieux d'Algérie. Une deuxième fois, le quotidien présenta l'un de nous comme un « homme au passé fabuleux », avec lui c'était l'avant-garde d'un important flux migratoire, après lui pourquoi pas des dizaines de milliers de Français nord-africains ? Bien des années plus tard, on verra cette immigration comme un échec, les groupes auront éclaté un peu partout à travers le pays, mais il ne faut pas oublier l'enthousiasme de ces gens dans l'adversité.

Très vite, tout est allé de travers. Disons même que pour le groupe de Saucesito, les six cents kilomètres d'autocar donnèrent le ton.

La route goudronnée menait jusqu'à La Paz, après c'était la piste et le bac pour traverser le fleuve Paraná. Les coopérateurs en route pour leur « kolkhoz » commençaient à se demander où ils échouaient, c'était franchement loin depuis Le Havre, bien davantage que le fin fond du bled. Après La Paz, vague cité aux bâtiments inachevés, aux toits en tôle ondulée survolés par les moustiques, il avait fallu, exténués par l'humidité et la chaleur, parcourir encore trente kilomètres pour atteindre Saucesito. Un peu plus tard la presse, encore elle, signala que les colons étaient arrivés à bon port, c'est-à-dire pour les plus prospères du groupe dans les maisons de maître, les moins chanceux se voyant relégués dans les cabanes des *peónes* du domaine. Les plus intrépides tels le chef et sa femme choisissant avec un certain panache des tentes offertes par l'armée. Les jours, les semaines et les mois suivants s'avérèrent apocalyptiques.

Rappelons qu'il fallait bien régler la première échéance annuelle du crédit d'achat aux frères Wolf. Et voilà que le chef ne trouva pas mieux que de vendre aux enchères le troupeau de quinze mille bêtes. Parlait chez ce pied-noir le côté chevaleresque : il ne se voyait pas cow-boy mais colon défricheur, comme ses téméraires parents et ancêtres. Et puisque le binôme avec l'autochtone corvéable à merci n'existait pas dans la pampa, pour s'en sortir on se mit à attendre un équipement moderne livré de France. En attendant le matériel, dans une clairière vidée de ses animaux, sous les pluies torrentielles, les inondations qui coupaient les routes et isolaient la colonie, à patauger vaille que vaille dans les marais, à défricher à mains nues les terres qualifiées de *monte* (immense maquis d'arbustes et de buissons), les tensions psychologiques montèrent crescendo. Ils avaient des racines bien profondes, ces petits arbustes, les méthodes du chef faisaient penser à une dictature plutôt qu'à une coopérative. Les plus lésés étaient ceux qui avaient investi leur maigre capital. En gros, les colons individualistes avaient bien du mal à faire tourner une coopérative socialiste.

Il fallait prendre son mot en patience. Aucun accord officiel n'étant encore scellé entre gouvernements argentin et français, le Bureau prenait son temps, le guichet des allocations aussi, le chef s'attardait à Buenos Aires. Sous la masse de nuages noirs qui s'accumulaient au-dessus de leur tête, les reproches pleuvaient : avait-il vraiment repéré les lieux, pourquoi ne s'était-il pas donné la peine de pénétrer à cheval sur les terres ni même de les survoler en avion ? Un poète résuma en deux vers la situation : « Il y en a qui se font l'Amérique à leur mode / Que pour nous c'est Cayenne et pour eux Hollywood ».

Exaspérés, les plus costauds de nos colons finirent par occuper l'ambassade de France deux jours et trois nuits, les épouses les ravitaillaient à travers les grilles. L'épilogue en fut heureux, ils repartirent avec leur subvention.

J'avais 1 an quand les tracteurs et outils firent enfin leur apparition. Ils s'avérèrent complètement à côté de la plaque, utilisables sans doute en Beauce, mais certainement pas sur nos terres trempées. L'*estancia* se couvrait du modèle Someca Som 55, sur les champs rugissaient les moteurs forcés en première, bien en peine de repousser vers les lisières les amas de terre et les troncs d'arbre. Surexcités, puis abasourdis, les colons tuaient en un rien de temps les mécaniques. Ils furent bien longs à s'avouer le fiasco, à délimiter les contours flous de leur château en Espagne ; chaque carcasse fumante, avalée par la boue, signait leur totale impuissance.

Mais quand même, plutôt que d'avouer leur échec, alors qu'ils dilapidaient forces et capitaux, la plupart, obstinément, réclamèrent à grands cris au Bureau des engins plus adaptés. De loin, à ce degré de lutte acharnée, on jugerait tout ça pathologique. Monologues délirants, inadaptation psychotique de soi, recherche excessive d'originalité, peur d'être moqués… Je passe ma vie à tenter d'identifier mes affects, mes préjugés, mes réflexes de classe, mais là, je suis dépassée par tant d'orgueil, d'obstination ! Sérieusement, il n'était plus temps d'analyser, de haranguer, de convoquer sa réputation et sa mentalité pionnière. Il fallait tourner la page, vite, et tenter d'être heureux.

Des familles choisirent de fuir les mirages de la pampa et de se recaser ailleurs, mais la majorité s'accrocha, jusqu'à parvenir à récolter finalement du blé et du lin semés sur sept mille hectares. Courte victoire ! Les bulldozers et l'abattage du couvert forestier avaient raviné les sols, le blé fut vaincu par la chaleur et l'humidité, bientôt on s'essaya au sorgho et au soja. Pour finir, après tant de gaspillages, les coopérateurs jugèrent qu'il n'y avait plus qu'à racheter du bétail, c'était la seule option sur cette terre que l'on mesurait enfin et essentiellement pastorale !

Terminé l'option coopérative. Des géomètres délimitèrent les vingt mille hectares en lots plus raisonnables. Le matériel fut partagé et chaque famille se retrouva avec une dette personnelle vis-à-vis des frères Wolf.

Une question : et si le vieux tableau (Giorgione ou pas) avait permis d'éponger les dettes ? Mieux que la vente du bétail ? Une opération du chef, menée au corps défendant de mes parents ?

Mon père, dans ce monde en Kodachrome, était peut-être le seul à tirer les marrons du feu. Lui au moins était indispensable, et s'il avait gagné en présence et en solidité, à chaque mois davantage, ce n'était pas seulement pour son savoir-vivre, son sourire tendre et ses yeux légèrement moqueurs. Non, il construisait les unes après les autres des maisons en bois, miraculeusement payées par les coopérateurs avant faillite totale. En tant qu'immigré-menuisier, il était venu aux Amériques pour gagner de l'argent et tout recommencer. Sa mission tenait de prime abord un peu du sacrifice, mais comme le singe chez La Fontaine, il se servait adroitement de la situation. Durant toutes ces années à Saucesito, le village ne pouvait se passer de son ingéniosité. Pour son bois, il parcourait les terres doucement vallonnées de la propriété et coupait autant de troncs d'*espinillos* et d'*algarrobos* qu'il voulait. Et quand d'autres pieds-noirs, à travers le pays, réclamaient un toit ou un hangar, il nous embarquait en goguette avec lui.

Dans l'espace-temps qui me sépare de mon prochain patient, la question que je me pose maintenant est la suivante : dans nos pérégrinations, nous est-il arrivé de séjourner à Misión Tacaaglé, dans les parages de Lachance ?

Si oui, ma mère s'est montrée très forte pour étouffer la Malika en elle, pour se fondre dans le paysage.

Mais ce n'est pas la priorité désormais. Pour avancer, je dois retrouver le chef, il est peut-être vivant, ce ne doit pas être si compliqué d'identifier son nom.

Je me suis promis il y a longtemps de ne pas donner un sens trop important au hasard. Au cours de mon existence, je dois l'admettre, j'ai bien été surprise par les concordances de certaines rencontres, mais j'ai toujours interprété ça comme d'heureuses coïncidences, elles font souvent bien les choses. Depuis une demi-heure je me plonge dans mes souvenirs de Saucesito. Renvoyée au passé, je réfléchis à mon enfance, me demande ce que je VEUX vraiment, et voilà que le prénom de ma fille s'affiche sur l'écran de mon smartphone. Dès lors les choses vont bouger. Vite.

Jeune contractuelle à l'Institut national des affaires indigènes, Luna veille au respect de la loi 26.160 qui reconnaît la présence ancestrale des communautés autochtones sur leurs terres. Au mépris des écosystèmes, empêchant les Indiens de ramasser du bois de chauffage, des plantes médicinales, du miel et tous les autres fruits de la forêt, de riches éleveurs parsèment le territoire de clôtures illégales contre lesquelles des associations se battent. Le temps de décrocher, je me dis qu'un tel coup de fil est inhabituel alors que Luna me sait en plein travail. Comme tout le monde, je connais la maîtrise sur l'Argentine des grands propriétaires terriens, des semenciers et des exportateurs. Ils tiennent le pays, un pouvoir libellé en dollars, mais jamais je n'ai craint pour la sécurité de Luna, elle travaille pour l'État.

— Maman, viens, dépêche-toi, ça se passe mal ici.

— Qu'est-ce qui t'arrive ma chérie ?

Je n'y crois pas quand j'entends le nom du sous-commissariat où elle se trouve en garde à vue : Riacho He-Hé. J'ai étudié la carte routière après que Lachance m'a parlé de Misión Tacaaglé. Et quelque part, dans mon cerveau, je sais que seulement quatre-vingts kilomètres séparent ces deux bleds minables.

On n'y voit rien

Avec le couvre-feu ils dormaient chez l'un chez l'autre, c'était toujours trop tard pour rentrer quand la nuit tombait sur leurs épaules. Deux semaines qu'ils étaient amants, sans jouer les tourtereaux, sans s'avouer qu'ils formaient un couple. En ville les attentats redoublaient, des gens mouraient. Il ne s'agissait évidemment pas d'une histoire d'amour en temps normal, chaque journée était un aller simple pour une nouvelle vie, tout pouvait arriver et s'arrêter d'un coup, il y avait du danger et quand même elle se sentait heureuse comme elle ne l'avait jamais été. Parmi tous les personnages qui composent le couple *Éros et Thanatos*, elle se repassait sans cesse les ombres de Francesca da Rimini et de Paolo Malatesta peintes par Ary Scheffer (bien des années plus tard sa fille aurait convoqué Freud).

Elle appréciait la piaule d'Adrien, la peinture s'écaillait un peu sur les murs, les lourds volets grinçaient, une immuable odeur d'humidité mêlée à la brise marine la saisissait à son arrivée, mais la vue sur le port jouait la carte postale à fond et parfois l'odeur lourde et sucrée d'un jasmin, planté au balcon inférieur, s'infiltrait jusqu'à eux. La nuit, les bruits atténués du boulevard isolaient leur immeuble sous les étoiles, c'était presque un choc de contempler la mer veloutée devant eux. Dès leur réveil ils s'accoudaient à la fenêtre, buvaient un café, et fumaient leur première cigarette. Adrien préparait pour elle du fromage frais, des tomates, des olives, la pièce se parfumait d'herbes sauvages, surtout de thym. Ils n'étaient ni nostalgiques ni apeurés par l'indépendance qui approchait, ils cochaient les cases d'une existence en marge d'un monde à feu et à sang, dans un labyrinthe de sensations inédites.

Ils avaient une bonne façon de commencer la journée sans se préoccuper de ce qui se passait autour d'eux. Juste après le petit déjeuner, ils prenaient leur élan : direction la plage, elle était maintenant praticable avec les bains Padovani déserts. La promenade restait agréable et rapide en coupant par l'avenue du 8-Novembre directement sur la caserne Pélissier, puis l'avenue de la Marne pour gagner le quartier Nelson, reprendre un café au marché, et parvenir sur la petite anse de Bab El Oued. Ils se prenaient la main avant d'entrer dans l'eau, c'était à qui plongerait le premier, qu'espérer de mieux ?

Ils nageaient entre le rocher plat et celui de la Baleine. Tonique en début de saison, la température de la Méditerranée variait selon le vent, rien de tel pour se sentir tout à fait réveillé. Ils s'étendaient ensuite sur le sable, les vagues se brisaient faiblement, les cigales les berçaient, ils auraient pu rester des heures dans une douce torpeur iodée. Adrien n'avait pas vraiment d'horaires, ni de contraintes, mais le plus souvent c'était lui qui donnait le signal du départ, ils remontaient ensemble à son atelier, parfois elle ne repassait même pas chez elle et partait directement au musée.

Ce matin-là, elle n'avait rien remarqué en quittant Bab El Oued, ni véhicule ni individus suspects. L'époque ne la touchait plus, pas davantage que le souvenir du caïd et ses doublures. Les questions qu'elle se posait encore il y a quelques semaines, qui lui laissaient imaginer le pire – Es-tu certaine de ce qui t'attend ? As-tu bien mesuré toutes les conséquences de ta fuite ? Vivras-tu un jour tout à fait rassurée ? –, n'étaient tout simplement plus d'actualité. À deux, elle ne voyait pas ce qui pouvait lui tomber dessus. Le bonheur lui paraissait chaque jour plus profond.

Madeleine se trompait lourdement. Alger respirait bien un air mauvais, les traces de bonheur disparaissaient les unes après les autres.

Quelque chose n'allait pas rue Michelet. D'ordinaire l'atmosphère était différente, nulle part ailleurs en Afrique régnait un tel esprit de boulevard parisien. Madeleine avançait parmi les bars, les brasseries de librairies, les magasins de vêtements, de parfums, les lingeries, de disques, de radio et télévision. Il était 10 heures du matin, les pavés brillaient comme une médaille sous le soleil, mais pratiquement aucun Algérois ne « se faisait » les deux kilomètres de l'artère commerçante, sous les arbres, parmi les marchands de fleurs, sous les odeurs d'eau de Cologne, du pain frais, des lilas et des bouquets de menthe. Il n'y avait que des rideaux baissés, et dans la lumière des vibrations contraires au souvenir que lui laissaient les lieux. Personne aux terrasses, l'impression d'un vide et d'un état de stupeur, comme un dimanche après-midi, comme si remontaient, figées dans la mort, les victimes de la brasserie Otomatic. En janvier 1957, une jeune fille avait déposé un sac de plage au pied d'un tabouret du bar, la bombe avait haché la foule.

On les comprend et on insiste : Madeleine et Adrien ne suivaient plus les événements. Ils savaient juste que des pourparlers tout bas entre le président de l'exécutif provisoire Abderrahmane Farès et celui de l'OAS Jean-Jacques Susini disaient tout haut que les activistes défaits, mais encore capables de déclencher de terribles représailles, intégraient enfin la réalité. Mais la veille, comme quoi rien n'est jamais gagné d'avance, une émission pirate avait remis une pièce dans le flipper. L'OAS proclamait la trêve rompue, elle avait ses raisons, reprenait les opérations en toute bonne foi et sans état d'âme, avec ce sens de la famille bien particulier : « Les femmes, les enfants et les vieillards sont toujours autorisés à partir pour la métropole, afin de faciliter, même, l'application de la politique de la terre brûlée... »

Madeleine, sourde à la radio, n'avait même pas l'idée de s'inquiéter, pour elle et son amant la nuit avait été paisible et le sommeil profond.

Arrivée à destination, elle hésita quelques instants devant le portail et les deux rampes d'escalier monumental qui menaient à ce que d'aucuns, à son inauguration en 1909, avaient surnommé « Palais des facultés avec vue sur la mer ». Elle n'aimait pas arriver en avance et fit une pause devant les proportions grandioses de l'édifice bâti à flanc de coteau. Posée sur sept hectares, l'ossature du bâtiment se distinguait par des colonnes en façade, un style gréco-classique pourvu de grandes fenêtres en ogives. Devant, sur un vaste parvis en patio s'étendaient des palmiers. Un jardin botanique en espalier, bien fourni en hibiscus, pervenches, lantaniers, fleurissait pour le charme des yeux. Sous un parfum de seringa et de citronnier, Madeleine remisa son envie d'un lait grenadine en terrasse.

Lopez l'envoyait fouiller à la bibliothèque. Comme attendu (les inventaires réservent des surprises), il y avait un doute sur un legs, une œuvre peinte au début du XVIe siècle qui ne se trouvait pas dans les caisses, mince alors, dont Alazard vraisemblablement n'avait pas eu vent, un tableau de format raisonnable, 83 × 73 cm, mais vraiment délicieux, qui pouvait vaguement faire penser à un Giorgione, mais absent de tout catalogue raisonné, on était loin de *La Tempête*. Puisque personne au musée ne savait d'où il venait, le conservateur, sans arrière-pensée, voulait au moins juger de sa ressemblance avec le *Judith* exposé à

Saint-Pétersbourg, or un catalogue Giorgione existait à la bibliothèque universitaire. Au musée, Madeleine avait lu ce qui lui tombait sous la main à propos de « l'un des plus singuliers et des plus passionnants mystères de l'histoire de la peinture », selon les historiens de l'art pour une fois d'accord entre eux.

Et maintenant concentrée sur son sujet, avec l'idée qu'il était à peu près impossible de reconstituer de façon claire et précise le parcours artistique de Giorgione, ni de parvenir à un corpus acceptable, elle entrait dans l'université.

Passé le porche, Madeleine eut tôt fait de trouver la guérite du gardien, près des vestiaires. Par cette chaleur, le vestibule conservait un froid hivernal, des courants d'air la cueillirent au point de la faire frissonner. Sous une lumière jaunâtre et déprimante, le vide d'un vaisseau fantôme accueillait ses appels – « Il y a quelqu'un ? » Elle n'aurait su dire où se trouvaient les pavillons et bâtiments qui, dans une sorte de grandeur d'âme très Empire français, séparaient l'École de médecine et de pharmacie, l'École des lettres, l'École de droit, l'École des sciences. Les grandes vacances étaient déclarées pour six mille étudiants jusqu'à la dernière session d'examens prévue à Aix-en-Provence. Devant elle, les battants ouverts de l'immense salle des conférences rajoutaient à la perspective une dimension austère et impressionnante, certains prétendaient qu'on avait là la deuxième université française après la Sorbonne. Ça se voyait surtout à la faculté de droit, à la valse des agrégés et ces étudiants que l'on retrouvait aux plus hautes fonctions, Conseil constitutionnel, Institut, et Collège de France inclus. On en était au temps de la débandade, ses pas résonnaient dans le silence, comme si une épidémie d'échos et d'ombres avait vidé les lieux.

Il y avait deux autres entrées pour desservir ce labyrinthe. Il était facile d'imaginer comment, deux ans plus tôt, lors de la semaine des barricades, l'étudiant prolongé et élu parlementaire Pierre Lagaillarde, uniforme de para, mâchoire soulignée d'un mince collier de barbe blonde, cheveux peignés à la Titus, s'était retranché ici sur le modèle de l'Alcazar de Tolède. En rébellion, Lagaillarde s'était identifié au réduit franquiste assiégé en 1936 par les républicains espagnols, faisant justement de la bibliothèque, située dans la partie centrale du bâtiment, son P. C. et une infirmerie. Avant sa reddition, seul, le col ouvert très bas sur la poitrine, avançant d'un air martial, le para pensait que l'Algérie resterait à jamais française. On a vu la suite. Outre ses frasques un peu grotesques, Madeleine s'en souvenait, dans une autre vie Lagaillarde-le-chauffard avait blessé mortellement une petite Arabe dans la rue, mais ça, tout le monde s'en fichait.

Fallait-il déambuler au hasard des lieux mal éclairés, sans connaître le plan intérieur, au fil des salles de cours et des amphithéâtres, de l'entresol au premier étage, sur des tomettes et parquets plutôt mal cirés ? Peut-être qu'on l'attendait directement à la bibliothèque.

Une voix mit fin à ses tergiversations.

— Qu'est-ce que vous faites ici ?

Un homme maigre, l'air aigri, surgissait des vestiaires.

— C'était ouvert, je... euh, je travaille au musée des Beaux-Arts, mon directeur m'envoie vérifier un document. On m'attend.

Les lieux semblaient déserts, combien d'employés se trouvaient encore ici ? Dans la logique des départs vers la métropole qui avaient encore quintuplé, un véritable exode, à cette cadence la moitié du million de pieds-noirs abandonnerait le pays à la fin du mois de juin, pas grand-monde sans doute. Toutes les prévisions étaient dépassées, ça montait en flèche ; pour faire face, les autorités françaises priaient les compagnies aériennes et maritimes de restreindre les appareils et les navires en ligne sur l'Algérie.

Madeleine n'en était pas là, jugeant simplement qu'à trois semaines de l'indépendance, l'université était abandonnée. On n'en avait pas fait un plat, mais dans la nuit du 7 au 8 avril, un attentat avait détruit plusieurs laboratoires. Dans la foulée, le semestre s'était retrouvé amputé de deux mois, les étudiants renvoyés chez eux. Les enseignants munis de cartes d'autorisation pouvaient toujours venir préparer des cours. En mai, une autre « action » avait détruit les bureaux et registres d'inventaires placés sur les jardins de la cour d'honneur. Comme au musée des Beaux-Arts, bon nombre d'archives venaient d'être transférées vers la métropole.

Enfin, le conservateur voulait son document, fantômes d'ultras ou pas dans les parages.

— J'ai rendez-vous avec le conservateur en chef.

— Vous m'en voyez désolé, il est parti hier, en urgence. Les choses ne traînent pas d'ailleurs, les déménageurs viennent vider son appartement de fonction aujourd'hui même.

— Bon, répondit-elle surprise, il y a bien un bibliothécaire ?

— Tous en stage à Paris, une formation machin-chose, « Application aux bibliothèques universitaires de la classification décimale universelle », j'ai cru comprendre.

Avec le conservateur en chef, les sept bibliothécaires et sous-bibliothécaires, les deux sténo-dactylographes et les dix-huit magasiniers, le personnel de la bibliothèque comptait vingt-huit personnes, toutes envolées. Mais elle n'avait pas fait ce détour pour rien, ça la passionnait elle aussi l'attribution possible de ce tableau à Giorgione, ce serait évidemment extraordinaire.

— D'accord, vous pouvez m'accompagner ?

Il secoua la tête, les yeux fermés.

— C'est le boulot du personnel arabe, et je ne sais pas où ces diables sont passés. Je ne suis pas guide.

Sa veste en tweed lui donnait l'allure d'un professeur.

— Vous enseignez ici ? Ça ne sera pas long, il est convenu que j'emprunte l'ouvrage, du reste il est facile à localiser. Si vous voulez, je patiente ici. Vous trouverez facilement la cote, voici le titre : *Giorgione e i Giorgioneschi*, sous la direction de Zampetti, édité à Venise en 1955 à la suite d'une exposition au palais des Doges.

— Vous plaisantez, j'ai bien d'autres choses à faire. Allez-y, c'est dans le bâtiment central, débrouillez-vous, je vous donne une demi-heure.

Pour qui se prenait-il ? Il avait sans doute tout un tas d'explications en réserve, quoi qu'il en soit, une fois qu'il lui indiqua la direction à prendre, Madeleine s'engagea seule dans les escaliers. Elle déboucha directement sur un palier, la bibliothèque se trouvait là, dans la partie centrale de l'université, un endroit délicatement éclairé par la lumière du nord-est, encadré des deux côtés par l'École de médecine et l'École des sciences, en surplomb de la cour d'honneur. Elle entra dans la salle de lecture, et s'avança à pas feutrés sur les carreaux de ciment, bien au centre d'un univers tout en papiers peints et boiseries.

Elle était de forme rectangulaire (une quarantaine de mètres de long, neuf de large) sous une hauteur de huit mètres et les immenses fenêtres alignées comme le hall d'un opéra. La quantité d'ouvrages alignés dans ce meuble aux dimensions trompeuses pouvait faire hésiter, elle n'avait aucune indication de classement. Avec les réserves et magasins, la bibliothèque universitaire renfermait un fonds de six cent mille livres, monographies, écrits académiques, périodiques, collections spéciales, manuscrits arabes, cartes, catalogues. Ce fonds grossissait au rythme de dix mille volumes par an et se répartissait du magasin central situé au-dessus de la salle de lecture jusqu'aux annexes aux ailes du bâtiment et au sous-sol. Il existait des ouvrages datant du XVIIe siècle, du XVIIIe, ainsi que des incunables dont le plus ancien, en latin, était daté de 1483.

Franchement perdue, Madeleine se planta face aux rayonnages métalliques, les mains sur les hanches, dans une pose un peu théâtrale. Elle s'étonnait du parfum des livres, c'était une première pour elle, cette odeur de bois consumé, ces effluves de vanille et d'amande amère. Face à elle, sur très exactement mille six cent quatre-vingts mètres, se déployait le classement de quarante-cinq mille volumes. Pratiquement à chaque situation lui revenait un tableau. C'était de pis en pis à mesure que les mois passaient, ou de mieux en mieux. Là, lui venait *Le Rat de bibliothèque*, de Carl Spitzweg, typique de la période Biedermeier.

Comme chez le peintre romantique, l'endroit se trouvait à l'écart du monde et du temps, les ouvrages étagés et classés par domaine de connaissance. Madeleine devait d'abord s'orienter dans les collections, trouver sa cote au catalogue, et puisqu'il n'y avait personne au bureau qui se situait au centre de la pièce pour examiner son bulletin de demande, d'elle-même partir à l'aventure dans les rayonnages.

Cavalière seule

Pendant ce temps Hamid, toujours aussi méticuleux, toujours aussi solitaire, se demandait comment s'infiltrer dans l'université. Il tenait sans doute une opportunité de coincer Malika, il connaissait les lieux pour s'être occupé jadis du ménage. Il s'était rendu compte que même les étudiants laissaient tomber d'étranges choses par terre. En somme, il s'y retrouvait dans l'écheveau de couloirs étroits comme dans la Casbah.

Deux autres entrées existaient à l'arrière, celle réservée au personnel lui paraissait une bonne option, il se mit en marche.

Oui, sur ordre du caïd, il se tenait prêt. C'était lui le mieux placé, il agirait pour les cousins et neveux des montagnes et d'Aïn Beïda qui, par les temps qui couraient, auraient eu bien du mal à se rendre jusqu'à Alger sans se prendre une balle dans la tête. Le risque courait aussi qu'une balance avertisse le jeune Menad, lequel préviendrait l'oncle Sid Ahmed, qui deviendrait à son tour une grenade dégoupillée. Après tout, sa mère servait la famille, laver le *nnif* par procuration semblait dans ses cordes, à Hamid, d'ailleurs ça collait bien à sa devise de propreté et à ses airs de sultan.

Il n'avait pas eu besoin de noter sur un carnet les déplacements de Malika. Depuis des jours qu'il la suivait, son emploi du temps ne variait pas. Journée au musée, soirée tantôt chez elle, tantôt chez ce jeune homme boulevard de la République. Il les voyait beaucoup ensemble, jusqu'à les observer lors de leur baignade matinale. L'occasion d'un face-à-face ne s'était jamais présentée, il devait se retrouver isolé face à elle pour parvenir à s'enfuir après un meurtre à l'arme blanche. Il projetait un crime sauvage précédé d'un viol et d'un tabassage, inspiré du massacre des villageois de Melouza jugés traîtres par le FLN.

Hamid s'assura qu'il avait bien de la corde dans sa poche, il faudrait sans doute attacher la *khayin*, appliquer à la lettre les consignes.

Remontant en pente raide la rue Lys-du-Pac, passant devant les millefeuilles et baguettes de la boulangerie Morand, il faisait des petits bonds à la manière d'une corneille et clignait nerveusement des yeux à la façon d'une grenouille qui avale son lot d'insectes.

Hamid s'efforçait de reprendre le fil. S'il entrait dans l'université, que pouvait-elle bien y faire ? La *khayin* n'était pas étudiante, il n'y avait donc que deux options, car il était capable de se dire que la visite avait forcément un lien avec son travail au musée : soit elle retrouvait un enseignant dans la salle des professeurs, soit elle venait se documenter à la bibliothèque. Pour qu'elle ne puisse se défendre, il agirait sans qu'elle ait le temps de comprendre de quoi il retournait, il éviterait le genre de scènes où l'un fait « haut les mains ! », laissant à l'autre le temps d'improviser.

Il s'en doutait, on entrait comme dans un moulin par « l'entrée des artistes », celle réservée au personnel, dont un passage donnait aussi sur la rue Danton. Aussitôt dans l'enceinte, il se retrouva dans l'alignement des jardins bien entretenus de la cour d'honneur. Devant lui se profilaient ses palmiers chétifs, ses bacs à fleurs, une fontaine aux formes modernistes. Les pigeons apostrophaient les chats errants qui longeaient les bâtiments à gauche et à droite. Sans rencontrer âme qui vive, il marcha droit devant lui, sûr de sa foulée. Tous s'étaient débinés.

Hamid n'avait pas de temps à perdre, pas question de tourner en rond, direction la bibliothèque. Le métier de balayeur imprimait à son corps des ajustements quasiment automatiques, il se déplaçait souvent à l'aveugle, dans un rythme répétitif plutôt lent et feutré, attentif aux déchets, prêt à les ramasser. Opérant seul, il connaissait les lieux par cœur et retrouvait leur mémoire. Sans accroc, il se frayait un chemin dans cette succession de passages compliqués et obscurs. Le jour et les rais de lumière qui provenaient des fenêtres et d'une très haute coupole pouvaient faire songer aux contours d'une mosquée enténébrée.

Parvenu au vestibule, il avisa le premier étage. Il choisissait de commencer par la bibliothèque, elle se profilait par l'escalier et la galerie ornée de frises représentant des anges et des monstres fantastiques. Possédé par des folies de toutes sortes, il se trouva bientôt à l'étage. Comme il improvisait, il se mit à songer aux produits inflammables qui se trouvaient dans l'atelier de reliure et de restauration contigu à la salle de lecture. Il ouvrit la porte et balaya l'immensité des lieux. Pour lui ça sentait la poussière et le péché.

Mais il ne s'attarda pas sur cette sensation, car elle lui apparaissait, la *khayin*, la traîtresse, comme par enchantement en petite tenue d'Européenne.

Elle relève la tête de l'ouvrage qu'elle a fini par localiser et la première chose qu'elle note, c'est son air endimanché. Il n'a pas l'âge d'un étudiant ni ne porte d'habit professionnel. Elle voit ce visage d'oiseau de proie, tendu de haine. Une veine monstrueuse bat à sa tempe. Il n'a rien à faire ici !

L'université est un lieu sûr, la joue balafrée, l'expression de puissance du menton relevé de cet homme ne vont pas du tout dans le décor ! Ce crâne rasé et luisant d'un pirate d'autrefois est l'annonce du pire. Elle doit s'enfuir face au danger. Mais c'est comme si les signaux d'alerte refusaient de coopérer, la dureté de cette face taillée à la serpe, ravagée par le vent des sables et le soleil incendiaire, malheureusement, la fige sur place.

C'est trop tard ! D'un bond félin il se précipite sur elle, scène rapide dont elle ne comprend rien, sinon que derrière les traits durcis de ce guerrier se profile la vengeance du caïd.

Une implacable résolution se lit dans ses yeux. Fort comme un taureau, il l'empoigne en la serrant avec force. Comme elle s'est montrée naïve en imaginant que tout s'était fini à Aïn Beïda, qu'on l'a escamotée par la grâce d'une nouvelle épouse vendue à ce salaud de Menad. Est-ce à cause de cette pensée, ou bien de la violence de l'attaque, qu'elle se laisse faire une seconde ? Un temps infini pour recevoir les premiers coups, s'apercevoir à travers les hautes fenêtres que le ciel a ce bleu légèrement voilé propre aux premières chaleurs, sous le cri rauque des mouettes qui monte crescendo.

Maintenant qu'il la tient, il la renverse sur la table pour la maintenir de dos. Ça se passe à une vitesse effroyable, le bureau comme l'étal du boucher, une joue sur le bois, l'autre martyrisée par la pogne, un œil terrifié désaxé dans son globe, à le voir sortir son cran d'arrêt et approcher la lame.

— Tu ne cries pas, tu ne bouges pas, ou je te l'arrache, postillonne-t-il à son visage.

Il appartient à la race des Aït Merghad, une tribu guerrière, fière et cruelle, devine-t-elle à ce moment, comme si ça servait à quelque chose.

La gorge sèche, la mâchoire martyrisée, elle sent que ses jambes l'abandonnent, qu'elle n'est plus Madeleine ni Malika. Elle entre dans une galerie des Glaces, son corps se sectionne en une multitude d'images différentes. Le monde dévisse. Elle s'apprête à subir. Tout de suite, ce porc déchire sa robe et ses dessous, ainsi comprend-elle qu'il applique les ordres du caïd, mais chose étrange ce n'est pas ce crime qu'il s'apprête à commettre, son pénis immonde flageole contre ses fesses, il n'y arrive pas et ainsi désobéit-il aux ordres.

Dans ce répit, elle arrive à se dire que si elle continue à trembler, elle n'a aucune chance. Il faut se reprendre, vaincre la terreur. Elle réussit à respirer profondément, à s'immobiliser totalement. Surpris, son agresseur relâche légèrement la pression. Sa réaction à elle est instantanée : les yeux pleins de haine, elle en profite pour se cabrer d'un mouvement vif, elle hurle au secours de toutes ses forces, peut-être qu'on va l'entendre en bas, c'est la seule option pour rester en vie. Avant même de s'en rendre compte, le misérable bâtard, projeté à la renverse, vacille. Elle en profite pour se retourner et se jeter sur lui, en resserrant ses mains sur son cou pour l'étouffer, en griffant son visage jusqu'au sang. Dans un effort surhumain, elle parvient à saisir le fameux *Giorgione e i Giorgioneschi* édité à Venise, le frappe au bas-ventre par la tranche, puis à la tête et au visage par la couverture rigide comme du marbre, jusqu'à lui fendre les pommettes et lui casser le nez.

Hélas, on n'abat pas un monstre en arrachant les pages d'un beau livre.

Surpris un temps, Hamid se ressaisit, et la jette au sol. Le viol est désormais exclu mais il ne va pas lui laisser la vie sauve. Il tape, elle a beau le supplier, en appeler à sa clémence, à celle du caïd, se protéger en position fœtale en criant « Maman », et puis « Adrien », « Oh, aidez-moi », il tape toujours plus fort et elle se retrouve en enfer.

Sa main cherche le cran d'arrêt tombé au sol, s'agrippe au pied des tables pour tâcher de se relever, elle est bringuebalée, elle rebondit au sol, ses jambes se débattent dans le vide, le périmètre où il la massacre pue la pisse, le sang, la mort. Il n'y a plus aucune espérance. L'homme n'a qu'une idée en tête, la démolir de ses poings, l'anéantir, elle n'aurait pas dû résister.

Quand il sent qu'elle ne bouge plus, il la tire par les pieds et les cheveux pour faire un peu d'espace avant de lancer le brasier. Il dit : « Je vais te cramer », puis il suit son idée de fouiller l'atelier de reliure et de restauration. Là-bas, d'un regard bovin, il découvre rapidement les bouteilles hautement inflammables qui servent à détacher les anciennes reliures en cuir. Deux litres, juge-t-il, suffiront à l'immoler.

La salle de lecture n'avait aucun secret pour le professeur. Balancées dans les rayonnages, les trois grenades projetteraient leurs particules de phosphore enflammé du sol au plafond dans un rayon de trente mètres, le gaz et les flammes s'envoleraient en colonnes titanesques, il y aurait deux minutes de combustion maximum, ce serait l'embrasement général, une mer de feu.

Deux hommes de main participaient à la fête, selon le principe du cloisonnement, il les connaissait sous leur fausse identité de Jacky et Michel, et à présent réunis tous les trois, ils s'apprêtaient à entrer. Le retard des explosifs leur permettait de compter cinq secondes entre le moment où ils dégoupilleraient la grenade et son explosion dans les rayonnages. Largement le temps de dévaler les escaliers vers le vestibule.

C'était son idée, au professeur, elle était surprenante, et lui-même ne se rappelait plus ni pourquoi ni comment elle avait germé dans son esprit. Il agissait en spectre vengeur, sans songer aux conséquences, étonné quand même par son courage. Ses deux acolytes du commando ne disaient rien à ses côtés, c'était dans les bars qu'ils ressassaient leurs histoires de terre brûlée, leurs sornettes de légitime défense. On en était au désastre, jugeaient-ils, pas encore à l'agonie, il y avait encore des choses à accomplir contre les Arabes et le camp gaulliste réunis, soyons révolutionnaires, nom de Dieu !

Mais quand même, le professeur avait ce souci majeur de ne prendre aucun risque. Il avait raté la petite à son départ, il lui avait donné une demi-heure à tout casser (bien obligé pour ne pas lui paraître suspect), le double était passé, mais à proprement parler il n'était sûr de rien, et si elle se trouvait encore là ? se demanda-t-il en fronçant légèrement les sourcils.

— Attendez, les gars, on fait une petite inspection avant.

Fringant, et somme toute heureux, il entra dans la salle. Depuis l'adolescence il se rêvait en chef, à l'armée on ne l'avait pas pris au sérieux. Il accomplissait une revanche virile sur cette carrière si pépère en veste de tweed, il avait accueilli ses acolytes avec calme et détermination, troquait la pipe pour les armes, sûr de sa cible. Pressés d'en finir, ces deux-là semblèrent surpris.

— Tu disais hier que le personnel avait évacué.

— Rien à craindre, juste une visite inopinée tout à l'heure. Restez là, je vérifie.

Il se donna un air décontracté et entra.

Dès le premier coup d'œil, il vit les chaises renversées et les traces d'un combat. Une odeur métallique emplissait les lieux, fortes exsudations qu'il ne sut définir. Le plus curieux était le râle, tout près de lui, pire qu'un chat au travers de la gorge, une plainte désarticulée, un bruit strident et étouffé de scie, déchirant et étrangement humain. Il se retourna vers les autres pour leur faire signe de rappliquer lentement ; tous les trois avancèrent jusqu'à découvrir le corps plié en deux de Madeleine. Ce fut ce moment précis que son agresseur choisit pour réapparaître, les mains encombrées de trois bouteilles, il avait finalement vu large.

— Hé, toi, le bicot ! Qu'est-ce que tu fous là ? hurla Michel qui l'aperçut en premier.

Le professeur allait dire quelque chose mais l'état de la petite l'empêcha de réagir, ce furent les deux autres qui se lancèrent à la poursuite de l'homme qui n'avait rien à faire dans une bibliothèque et ne pouvait être que le responsable du massacre sous leurs yeux. Pris au piège, ce dernier n'eut pas le réflexe de retourner d'où il venait, il fit une drôle d'embardée en direction des fenêtres, prêt à sauter dans le vide car manifestement il ne voyait pas d'autre issue. « Ne fais pas le con », ajouta Michel qui s'approcha de lui en quelques secondes. Du bluff, car l'homme sur son trente et un n'avait pas l'intention d'obéir, jugea-t-il l'arme au poing. Il lui colla une balle dans la tête.

— Magnez-vous ! fit le professeur qui doutait que Madeleine survive à ses blessures, ses gémissements diminuaient, ses lèvres secouées de tremblements se figeaient l'une sur l'autre. On laisse l'Arabe ici, et on prend la petite.

— Non, impossible, avec un corps sur les bras, on se fera repérer dès la sortie, trancha Jacky, lapidaire.

— Tu te fous de moi ? On laisse mourir une Française ?

— Bien sûr que non, s'en mêla Michel qui eut soudain un plan en tête. Tu pars avec elle sur le dos, dans tes bras, comme tu veux. Tu te démerdes pour la déposer bien en évidence à l'abri des flammes, les pompiers la sauveront peut-être. On attend deux minutes et on s'occupe du feu de joie.

Ça allait au professeur. À l'idée chevaleresque qu'il se faisait de lui-même. Il passerait par la cour d'honneur, chacun après se taillerait de son côté.

— Je commence à compter, annonça Michel.

Il prit Madeleine maintenant inconsciente sur son dos en se voûtant pour ne pas qu'elle glisse comme un chiffon, mais ça n'allait pas pour avancer, alors il respira un bon coup, et les deux autres la lui déposèrent entre les deux bras. « Elle a perdu son soutif », fit l'un, tandis que les deux remarquèrent qu'elle n'avait plus de culotte non plus.

« Ce fumier l'a violée », fit le professeur en même temps qu'il se calait fermement sur les pieds et relevait le menton. Maintenant qu'il pouvait trottiner, il prit la direction des escaliers. Elle lui paraissait légère, et il se demandait s'il parviendrait à l'abandonner, d'autant qu'une fois dehors elle cligna une fois des yeux.

À midi vingt-sept, au moment de l'explosion, l'université fut soufflée vers l'arrière, les murs emportés sous la force de l'impact, comme dans un tremblement de terre. Les bâtiments n'allaient pas s'effondrer, mais l'écho envahit le quartier. L'effet de surprise était total, songea-t-il finalement, le premier instant de terreur passé, il pouvait surgir dans la rue en réclamant une ambulance. Sans rien comprendre à la situation, des passants songeraient qu'on évacuait des blessés.

Franchissant l'entrée des personnels, il appela au secours et se retrouva rue Danton. Un groupe se présenta, et quand le corps martyrisé fut allongé sur une couverture, il en profita pour s'éclipser discrètement.

Comme si elle se sentait enfin en sécurité, Madeleine ouvrit un œil pour contempler la scène au-dessus d'elle.

— Mademoiselle, restez calme, dit une voix assurée. Vous êtes saine et sauve. J'appelle les secours.

Stimulus

Lopez allait dans la galerie des peintures en se demandant ce que faisait Madeleine. Le moindre émerveillement semblait difficile, il y avait un sentiment d'incomplétude maintenant que les chefs-d'œuvre se trouvaient au Louvre. En même temps, son œil de connaisseur savait faire le tri. N'y avait-il pas encore à voir des choses superbes ? Mais lui-même, pouvait-il prétendre à la naïveté ? À la condition d'un minimum de concentration, sans avoir en tête la composition désormais bien planquée dans une armoire de son bureau. Car enfin, que Madeleine se presse, qu'il puisse étudier la posture de la *Judith* de l'Ermitage, la comparer au portrait déniché dans les réserves.

Il avait immédiatement reniflé un tableau de la Renaissance sous les vernis bien ternes. C'était une œuvre égarée, mal rangée, mal référencée, Madeleine l'avait trouvée « jolie », sans s'y attarder. Oui, c'était enténébré, opaque, noirâtre. Mais maints détails avaient un air de déjà-vu. Et sans trop attendre, face à cette interprétation délicate, il avait songé à Giorgione. Un autre aurait convoqué deux autres grands peintres de son époque, le vieux Bellini et le jeune Titien. Mais voilà, il s'était souvenu de la *Judith* de Saint-Pétersbourg. Bien plus qu'un air de ressemblance !

Certes, il lui avait fallu un peu de temps pour l'admettre. Un grand maître ignoré à Alger ? L'étonnement avait fait place aux doutes. Non, impossible, jamais Alazard n'aurait laissé passer ça.

Mais quelle copie ! Quelle technique ! Quel geste ! Tout magicien qu'il était, Alazard, fébrile au soir de sa vie, n'avait rien vu ? Ou alors le tableau s'était présenté au musée au moment où il se trouvait en métropole. Directement placé par un sous-fifre dans la mauvaise boîte, le mauvais rayonnage. Ou alors c'était un secret. À n'y rien comprendre, vraiment.

Bien sûr il était resté discret. Madeleine obéissait aux ordres, la chance l'avait conduite à farfouiller ici et là, elle ne se doutait absolument de rien. Avant qu'il ne l'envoie se documenter à la bibliothèque universitaire, ils n'en avaient jamais plus parlé entre eux. Elle ignorait qu'il se penchait plusieurs fois par jour sur sa trouvaille en se grattant la tête.

Lopez songeait à toutes les imitations rattachées à la poésie giorgionesque pour leur fraîcheur, leur volupté, leur clarté de ton. Le Seicento avait considérablement enrichi l'activité du peintre, mais depuis un siècle, au contraire, les historiens de l'art tranchaient net et établissaient un nouveau catalogue raisonné. La recherche moderne lui attribuait moins d'une trentaine d'œuvres, il ne se souvenait plus du nombre exactement.

Concernant le *sien*, il rejetait pourtant les copieurs et retenait à la rigueur un Titien (oui, à qui si souvent on comparait Giorgione). Quel jeu passionnant que celui des attributions, et il n'en démordait pas, la démarche intuitive jouait à l'évidence le premier rôle. Vertu de l'étude à l'œil nu, celui qui sait, qui reconnaît et attribue d'emblée... Dans ce domaine, il se sentait tous les talents.

Bel et bien un Giorgione ? Sous cette brume obscure, sous les vernis, si loin des teintes originales ? Autrement que les visages, c'était le paysage qui l'alarmait, les couleurs profondes et les nuances raffinées qui s'obstinaient, surtout en arrière-plan les montagnes traitées en glacis bleutés. Il en riait sous cape car quoi, planqué dans les réserves, sous l'étiquette « mode d'acquisition inconnu », se trouverait égaré l'auteur de *La Tempête* ?

Le monde se partage entre les prudents et les audacieux, jugeait-il, et lui n'hésiterait pas longtemps. L'accumulation de preuves n'était pas le genre de la maison, ne manquait plus que le bouquin édité à la suite de l'exposition au palais des Doges pour lever définitivement ses doutes. Ce n'était pas si loin, la grande exposition vénitienne de 1955. Le monde ébahi avait découvert *Laura*, la *Vénus endormie*, l'éminemment léonardesque *Garçon à la flèche*, le *Crépuscule, les Trois Philosophes, Le Concert champêtre.* Le portrait de *La Vieille* ouvrant la bouche pour dévoiler ses chicots, donné comme celui de la propre mère de Giorgione, son *cartellino* tenu dans une main barrée d'un allégorique « Avec le temps », l'avait épaté. C'était un tableau abîmé, une déchirure au-dessus d'un sourcil traversant le front jusqu'à l'oreille, admirablement restauré en 1949. Madeleine devait en prendre de la graine, pour son travail et peut-être pour elle-même, la beauté n'a qu'un temps et l'existence est décidément bien fragile.

Les études alors n'avaient pas manqué, son souvenir à lui se manifestait à travers nombre de revues et reproductions parues pour l'occasion. Avec *Judith* sous la main, il pourrait comparer. Il relèverait l'influence des collections antiques, la beauté si classique, l'union de la couleur avec la lumière, la puissante analogie avec la série de Carpaccio qui orne la chapelle des Esclavons. Ce ne serait plus un souvenir mais la preuve sous ses yeux.

Et alors, merci Giorgione ! Merci l'agité, l'énigmatique, le fou qui s'était contaminé d'un dernier baiser sur les lèvres de sa maîtresse malade de la peste ! Lui-même serait-il capable d'un tel romantisme ? Bien sûr que non !

Bon, il se projetait peut-être, il délirait un peu, mais il adorait ça. Que Madeleine se dépêche !

Car les vernis oxydés l'empêchaient de trancher. Il pouvait encore avoir affaire à la réplique d'un petit-maître, un de ces singes de Giorgione, ou aussi bien à un faussaire. Le temps était compté pour lancer une restauration, gratter la surface au scalpel, en avoir le cœur net. Sonder les uns et les autres ? Pas le moment ! Qu'importe la parole scientifique, s'il suivait le protocole, ce serait au Centre de recherche et de restauration des musées de France de lui soumettre un jeu radiographique, mais pour les rayons X, l'œuvre devait lui échapper, direction le pavillon de Flore, au Louvre. Bien sûr il devait procéder différemment, tant pis pour la structure de la toile, il remonterait le cours du temps à l'œil nu avec Madeleine, aucun problème, elle travaillait si vite, un aspect de son talent qui le fascinait.

Ensemble, ils donneraient la toile à Giorgione.

Et puis il convoquerait la presse.

Juste avant l'indépendance, ce serait un événement planétaire. De quoi marquer son entrée triomphale au Louvre. Ils en feraient une de ces têtes, à Paris ! Déjà il leur avait adressé une peinture flamande du XVIe siècle, *Vénus pleurant la mort d'Adonis*, un anonyme tiré des *Métamorphoses*, une très belle œuvre. Alazard avait jugé le tableau assez tardif dans le siècle, lui, pas si bête, avait insisté pour qu'elle fût transférée au Louvre, il en serait remercié, mais un Giorgione !

De quoi propulser sa carrière même au-delà du Louvre. Et pourquoi pas après, le British Museum à Londres, le Metropolitan Museum of Art à New York ? Car bien sûr l'institution fonctionnait en vase clos avec des hommes du sérail ; les nominations se faisaient entre conservateurs du patrimoine. Il avait bien conscience que ne pas sortir de l'Institut national du patrimoine représentait un réel handicap. Son diplôme de la fac d'Alger en histoire susciterait les sarcasmes. Ses ouvrages de référence ? Zéro ? Même *Connaissance des arts*, publié depuis dix ans, refusait ses piges. Ça le foutait hors de lui, heureusement que le déménagement des chefs-d'œuvre marquait son ambition et ses compétences. Il avait résisté à la pression monumentale (merci Madeleine), tout s'était bien déroulé, à ce stade son atterrissage au Louvre était assuré, mais sa nomination n'était pas encore tombée.

Une lueur traversa son regard. Normal, se rassura-t-il, le Louvre appartenait à l'État et on approchait des vacances.

Satisfait de son déjeuner, il salua en arabe sa silhouette en halo dans le contre-jour d'une fenêtre, *Salam alikoum*. Il pouvait s'en amuser maintenant, poser pied au Louvre avec un Giorgione sous le bras avait ses privilèges, mais quand même sujet aux montagnes russes, en un instant il passa aux regrets.

Tout l'or du monde ne l'empêcherait pas de passer le restant de ses jours dans la nostalgie d'Alger et son musée. Il en aimait l'élégance, la puissance, nom d'un chien ! C'était un peu son palais, il y trônait en véritable gardien de la mémoire, c'était un refuge à l'abri des tambours du monde, il dirigeait sans que personne ne songe à lui demander de fermer sa gueule, quelle expérience, quelle joie ! Il s'en doutait, le travail à Paris serait plus douloureux, ses subordonnés syndiqués ne penseraient qu'à le faire chier. Les pieds-noirs, c'était couru d'avance, devraient faire face à toutes les hostilités, il faudrait lutter pour refaire sa vie, trouver des passe-temps. Peut-être qu'il devrait fonder une société, trouver une idée et se mettre à son compte, pourquoi pas une galerie à Saint-Germain-des-Prés ? En même temps, il faisait ses calculs, un fonctionnaire à son plafond gagnait plus qu'un énième marchand d'art, c'était risqué ce truc de reconversion, les rêves d'ascension foudroyante se terminaient mal, c'était bien connu, mieux valait encaisser pépère les semaines (l'aigreur, très peu pour lui), espérer des promotions, et planifier des projets de voyage.

En tout cas les choses se précisaient. L'OAS allait déposer les armes. La trêve avait échoué car ce bon vieux Farès avait foiré sa négo avec le FLN, mais lui, Lopez, savait que les discussions continuaient. Les commandos de l'OAS n'avaient plus la foi, même ces rouleurs de mécanique qui flinguaient les Arabes à tour de bras fuyaient comme des rats en Espagne. Ce n'était plus qu'une question de jours. Le beau général Salan n'était plus que l'ombre de lui-même en prison, les fascistes de l'OAS déposeraient bientôt les armes et la guerre d'Algérie serait vraiment terminée.

Immobile, soudain, il entendit des bruits de pas qui s'approchaient. Madeleine daignait enfin débarquer !

Il respira fort par les narines, cherchant à contenir son agacement. Comme il montait vite dans les tours en ce moment, ça partait à la moindre contrariété, elle l'exaspérait mais ce n'était pas une raison. Pourtant, chercher son souffle ne lui apporta aucune aide, plutôt une odeur de fumée.

Il avait raison au moins sur un point : l'OAS se rendait, mais avant, l'organisation voulait démontrer sa belle capacité de nuisance, en brûlant des livres sous les applaudissements de la foule.

— Madeleine est dans le coma à l'hôpital Mustapha.

Il n'avait jamais aimé la silhouette disgracieuse de mademoiselle Fontaine, sa secrétaire bien dressée. Elle s'exprimait d'une voix très douce et très agaçante, les yeux inexpressifs et toujours atones.

— Quoi, que s'est-il passé ? Un attentat ?

— La bibliothèque de l'université est en flammes, un sauveur passait par là, l'ambulance, les urgences, c'est tout ce que je sais.

— Elle est brûlée, ses jours sont en danger ?

— Comment voulez-vous...

Il ne l'écoutait plus, son attention en va-et-vient, Madeleine d'un côté, la rage indomptable des flammes de l'autre, digérant la proie facile que leur offraient les livres et le bois, il le formulait ainsi et s'en trouvait fort satisfait. Les pompiers luttaient sans espoir, se doutait-il, par extension, de par sa position topographique à la droite de la bibliothèque, la faculté des sciences et ses laboratoires bourrés de produits chimiques commençaient sans doute à être touchés.

Comme ça, sans réfléchir, il songea aux bibliothèques détruites par le passé, Alexandrie, le Congrès à Washington, Louvain par les nazis, et encore l'Institut à Berlin. C'était tout ? Il s'étonna de son peu de connaissance en l'espèce et se détourna vers une image : portées par les fumées, des pages calcinées flottaient et retombaient en neige noire sur la ville. Quelle puissance symbolique, n'est-ce pas ? Tel un signe qui lui était adressé aussi. Car par ailleurs, c'était râpé pour le fameux *Giorgione e i Giorgioneschi* édité à Venise, il voyait mal Madeleine exfiltrée des flammes un catalogue sous le bras.

Il baissa les yeux sur mademoiselle Fontaine qui sortait soudain de sa réserve :

— Monsieur, j'espère que Madeleine va s'en tirer, mais on n'allait quand même pas leur laisser notre culture et notre science.

Son ton était toujours aussi neutre. Lopez l'aurait giflée, mais à la place il sourit.

— C'est une manière de voir, Mademoiselle. Bon, je retourne à mon bureau, j'ai des contacts à Mustapha.

Arcadie

À demi consciente dans l'ambulance, Madeleine se rappelait confusément les coups d'un homme du caïd, une cavalcade, une explosion. Elle s'était éteinte mais réveillée en sursaut dans la cour de l'université, son cœur battait encore, son corps lui faisait mal, elle essayait mais ne parvenait à bouger ni ses mains ni ses jambes. Elle reconnut soudain l'allée d'arbres en pente sur l'avenue Battandier puis une succession de pavillons. L'hôpital Mustapha ! À présent que sa survie ne dépendait plus d'elle-même mais d'une équipe médicale, elle n'eut plus peur du sommeil. Quand le véhicule s'arrêta, elle lâcha prise. Les brancardiers se tenaient déjà prêts à la diriger vers les soins intensifs.

Dans son *Adoration des bergers*, Giorgione divise sa composition en deux parties : en premier plan, taillée dans l'épaisseur d'un rocher, la sombre étable et ses protagonistes (la Vierge Marie en manteau bleu outremer, Joseph et les pauvres bergers à genoux devant le Christ chérubin) ; en perspective, un de ces paysages vénitiens dont il a le secret. C'est très efficace, l'effet religieux s'atténue rapidement, on passe d'un jeu obscur à un autre plus clair, le regard s'évade dans un lointain baigné d'eau, un horizon accidenté par des rochers et des montagnes boisées.

Madeleine avait eu entre les mains le fameux exemplaire de *Giorgione e i Giorgioneschi* dans la bibliothèque.

Elle contemplait précisément l'*Adoration des bergers* juste avant que ne surgisse son agresseur. Elle se demandait où se trouvait l'action principale, déchiffrait les lignes de fuite, et maintenant, elle rejoignait la plage. Le tableau, une huile sur panneau de bois, se trouvait depuis 1938 à la National Gallery of Art de Washington, ce qui ne l'empêchait pas de se sentir attirée par deux minuscules personnages qui se tenaient sous le rocher. Ils l'entraînaient dans un état de semi-conscience, comme dans un tourbillon.

« *Ne t'en fais pas Malika, tout ça n'est qu'un rêve* », lui soufflait une voix très douce. Mais si c'était un songe, comment se faisait-il qu'elle ne s'abandonnait pas à la contemplation des deux figures sur le sable, non, son rapport au tableau avait complètement changé depuis les coups, elle s'installait dans le décor, elle devenait l'un des deux personnages qui regardaient l'étendue devant eux (un lac, la mer ?). Elle dérivait au loin, il faisait aussi bon qu'à Alger dans cette vallée, elle écoutait le ressac et les bruits d'animaux autour d'elle.

On n'a jamais vu personne entrer dans un tableau, résista-t-elle, pensant : « *Je suis perdue, je ne vais jamais m'en tirer, oh non ! La lecture du catalogue de la bibliothèque déteint dans mes rêves, il n'y a pas que l'obsession du conservateur pour* Judith, *je suis restée très longtemps face à l'*Adoration. » Bientôt, elle sentit une main dans la sienne. Ce n'était pas celle d'un soignant de l'hôpital car, à la place de la voix très douce, celui à qui appartenait la main s'adressa à elle : « *Madeleine, ne t'inquiète pas, nous allons quitter ce merdier.* » C'était Adrien, qui poursuivait : « *Nous sommes en Arcadie, un pays idyllique où l'on vit d'amour. Giorgione, tu sais, ce peintre agité, impatient, sûr de lui, comme nous deux, nous suivons les traces du malheureux Sincero, tu verras à partir de maintenant tout ira bien.* » Elle ne pouvait lui répondre, elle se contentait d'écouter et ressentir le moment. Ah, vivre en Arcadie, cette région de bergers, territoire d'un bonheur spirituel et simple, où rien ne pèse, rien ne manque. Tout semblait lié, les hommes et les animaux ensemble, leur couple et la nature dans un rêve de paix universelle.

Elle percevait même des odeurs marines, mais tout à coup elle se sentit à la fois actrice et spectatrice, comme si un zoom arrière l'aspirait mentalement hors du cadre. Son corps restait bien dans ce monde giorgionesque sur le rivage, près du rocher, mais elle parvenait aussi à observer son couple. Les silhouettes étaient peintes d'une manière si contemporaine que l'on pouvait se demander si un lointain ancêtre de Giacometti n'était pas passé par là, et surtout elle éprouvait comme jamais toutes les nuances et vibrations de la matière, le fameux *sfumato* de Léonard de Vinci, son atmosphère légèrement vaporeuse. Elle dévia sur la rencontre entre les deux génies, probablement à Venise en 1500, se rappela leurs discussions sur la lumière et l'ombre, les corps dans la nature, l'imitation des Anciens, comme si dans la recherche de la Beauté existait entre eux un traité de la peinture liant les sujets et la nature.

Pour elle, le lien était si évident avec le paysage qu'elle se sentait capable de retrouver la plage, de partir avec Adrien en direction du sentier lumineux sur la droite. « *On y va* ? »

Aucun son ne sortait de ses lèvres, ses yeux restaient fixés sur l'eau miroir d'encre, et ses jambes se montraient incapables du moindre mouvement.

Ils semblaient figés là, assurément pour toujours, car si les artistes ont ce pouvoir de survivre par leur œuvre, les amoureux ressuscitent aussi éternellement. Et alors qu'une quiétude toujours plus délicieuse montait en elle, cet apaisement fut le dernier. Allons bon, c'était dans sa tête ! Son esprit cymbalisait comme le font les cigales, un chant qui se mélangeait au tonnerre, tandis que dans son nerf optique un éclair de lumière se faufilait de la rétine jusqu'au cerveau.

Cette histoire de zoom arrière reprenait, mais dans un repli définitif, elle se sentit détachée du tableau, dans son corps il n'y en avait plus que pour son cœur qui battait à tout rompre, elle hurla intérieurement, à s'en déchirer la poitrine, et s'éveilla d'un bond.

« *C'était un rêve* », admit-elle sans hésiter. À présent tout se mélangeait, une pluie d'étoiles filantes sous ses paupières, les bains de mer, sa famille à Oran qui l'avait répudiée, un foyer où l'art n'avait jamais sa place, où à part Sid Ahmed personne n'était jamais entré dans un musée, le cortex se remettait à fonctionner en désordre, on aurait dit qu'il irradiait. Dans un état de conscience altéré, elle ricocha sur la *Judith* de Lopez, puis des conflits qui remontaient, et enfin des scènes sexuelles sans partenaire précis. Avec une grimace de terreur, elle ouvrit brusquement les yeux.

Elle était sauvée et se trouvait sous la lumière crue de projecteurs. À la recherche d'un repère dans le temps, elle regarda tout autour d'elle, impossible qu'elle se réveille de plusieurs mois de coma, et encore moins de vingt années, comme dans certaines histoires extraordinaires. Elle se trouvait dans un bloc opératoire. Miraculée.

Le chirurgien avait su la prémunir d'hémorragies internes. Ses plaies suturées, on souriait autour d'elle. Le personnel médical prenait congé, le relais était assuré par les Filles de la charité de saint Vincent de Paul, au service des malades depuis le XVIIe siècle.

Elle fut transférée consciente dans sa chambre, perfusée d'antidouleurs, bardée des appareils les plus sophistiqués de la médecine moderne. Elle avait très froid, la chair de poule lui hérissait tous les membres et elle se sentait incapable du moindre gémissement. On l'avait changée. Elle portait une chemise de nuit toute simple. « Ne vous inquiétez pas », lui dit une voix maternelle, « voulez-vous que l'on prévienne quelqu'un ? » Elle tremblait de la tête aux pieds, avait l'impression d'être devenue toute vieille, d'éprouver la plus grande souffrance de sa vie, mais même dans cet état elle parvint à réfléchir un peu. Elle devait se remettre, il ne fallait pas qu'Adrien la voie ainsi, pas tout de suite. Et dès lors un seul nom s'imposait, qu'elle livra avec tristesse : « Oui, vous pouvez appeler le musée des Beaux-Arts, demandez le directeur. »

Lopez raccrochait sur des nouvelles relativement rassurantes. Il venait de confirmer l'identité de Madeleine, d'expliquer sa mission à la bibliothèque, et du coup il s'était imposé comme la personne de confiance, celle à prévenir si les choses s'aggravaient. Il lui rendrait visite dès qu'elle irait mieux, plus rien ne pressait.

Le catalogue Giorgione était bel et bien perdu dans les flammes, à cette heure les rayons en bois se consumaient encore. Il s'écoulerait des heures avant que les pompiers ne viennent à bout de l'incendie.

Lopez voyait le topo : les ouvrages sauvés allaient pourrir dans les tonnes d'eau projetées par les lances, dès demain la grande cour de l'université et les terrasses seraient tapissées de reliures calcinées et trempées exposées au soleil. Sans trop savoir par où commencer, le personnel s'agiterait, pantalons retroussés, torses nus, muni de balais, chiffons, serpillières[1]. Avant de passer à autre chose, il songea que l'incendie, d'une certaine façon, avait commencé cent trente-deux ans plus tôt lors des « enfumades » ordonnées par Bugeaud (cette technique du corps expéditionnaire français pour étouffer les malheureux dans les grottes), et qu'ainsi le colonialisme s'en allait par là où il était venu, épargnant Madeleine.

---

1. Des estimations diverses ont été données ici et là, parfois contradictoires. Appuyons-nous alors sur le rapport présenté par la direction des Bibliothèques de France : quatre cent mille volumes ont été brûlés d'après cette autorité, cent quatre-vingt-cinq mille volumes ayant été retrouvés intacts.

Cette perpétuelle logique qu'il voyait dans les événements butait cependant sur Giorgione. Merde, quelle tuile ! Mais pas de quoi, quand même, réfréner son imagination. Sa mémoire lui jouait rarement des tours, si elle établissait une ressemblance avec *Judith*, pourquoi en douter à présent ?

Sous les craquelures peau de crocodile, le dessin suffisait à identifier un grand maître. L'original est toujours un inconnu en peinture, l'œuvre se transforme au cours du temps, nous rabâche-t-on les oreilles, il ressortirait ce discours. Écartons Alazard, se dit-il surtout, un tel savant ne s'y serait pas trompé, alors avant l'intervention de Madeleine qui révélerait l'éclat des couleurs, lèverait des doutes (Bon Dieu, combien de jours Madeleine serait-elle alitée ?), il lui restait l'enquête, savoir par quelles mains un sous-fifre avait pu réceptionner un tel chef-d'œuvre puis, benoîtement, le glisser dans les réserves interdites au public. L'hypothèse d'un legs mal réceptionné demeurait l'élément le plus tangible. Retrouver en toute discrétion la famille du gentil donateur semblait du domaine du possible.

Il y avait une information sur laquelle il savait pouvoir compter. Se reposant sur Madeleine, il avait repoussé l'idée d'explorer cette piste car il ne voulait aucun témoin. Le monde de l'art restait minuscule à Alger, à la moindre fuite la rumeur enflerait rapidement. Mais le sablier de l'indépendance se vidait, le temps manquait, maintenant il fallait coûte que coûte avancer.

Ce détail, puisque Giorgione n'avait (pratiquement) jamais signé ses œuvres, se situait au revers de la toile : une marque à l'encre partiellement effacée. Elle éclairait le passage du tableau à Alger : *Roig*.

La maison Étienne Roig, avait-il souvent observé au musée, écoulait son stock auprès des orientalistes et des peintres pensionnaires à la villa Médicis locale baptisée villa Abd-el-Tif. Comme fournisseur de support, on ne trouvait pas mieux dans toute l'Afrique du Nord. Si on écartait une copie (mais non, il n'y songeait plus une seconde), la conclusion coulait de source : moins d'un siècle plus tôt, une intervention de rentoilage avait eu lieu à Alger.

Les inscriptions au dos des tableaux peuvent signaler des déplacements, des provenances. Elles attestent, authentifient, mais Lopez savait bien qu'elles ne permettent pas de lever toutes les incertitudes. Comme pour un passeport, tout dépend de l'officier qui appose le tampon. Mais, enfin, le marchand de couleurs le ferait progresser. Aux dernières nouvelles la maison existait encore. Pour commencer, il suffisait d'imaginer un scénario, surtout brouiller les pistes par crainte d'un témoin.

Il réfléchissait, fixait son téléphone, mais repoussa le geste, distrait par un courrier posé sur son bureau. Un comble, il n'avait pas vu ce matin la lettre de la Réunion des musées nationaux déposée par mademoiselle Fontaine (elle ne l'avait pas remise en main propre !). Sa nomination ! Enfin ! Dès demain il pourrait se faire connaître auprès du secrétariat d'État aux rapatriés, brandir son affectation au Louvre, chercher un logement, ce n'était pas rien la solidarité nationale quand même, avec un Giorgione sous le bras, l'accueil promettait même d'être fabuleux. Car il aurait ce culot, oui, de révéler Giorgione. On s'en tenait généralement à *La Tempête*, ce tout petit tableau, 83 × 73 cm, l'un des plus célèbres de l'histoire de la peinture. Aussi nommé *L'Orage*, il donnait du fil à retordre depuis toujours à la critique, on ne recensait pas moins d'une cinquantaine d'interprétations, les contemporains déjà ne parvenaient pas à décrypter son sens et trancher ses sujets : antiques ou modernes ? Car si Giorgione peignait à sa fantaisie, certains voyaient dans le personnage central, la jeune femme blonde, un grand amour perdu. L'éclair au loin symbolisait-il Cupidon et son fameux coup de foudre ? Oui, à Paris il ferait son entrée sur ce puzzle, la cité fortifiée à l'arrière-plan rappelait bien Castelfranco, la ville natale du peintre, mais tout simplement peut-être avait-on sous les yeux un paysage, avec sous l'orage une femme qui allaitait un enfant et un homme debout qui les regardait, tous deux séparés par un petit ruisseau et des ruines ? Quoi qu'il en soit, Giorgione hésitait : en 1932, une analyse aux rayons X décelait sous la figure du jeune homme un important repentir, une femme nue se trempait les pieds dans la rivière, effacée. Tout procédait des femmes, car ce Vénitien était si parisien au fond. L'art et l'amour résumaient toute sa vie. « Il avait la beauté et le charme », dit en 1550 Vasari dans *La Vie des artistes*. Il faut l'imaginer avec un front superbe, le sourire et le regard fier, doté d'une force herculéenne. Poétique au luth, il manifestait sa grâce jusqu'aux promenades en gondole, et les jours fastes, altier, on le voyait jeter l'or à mains pleines. Transportées par ses miracles, les maîtresses allaient et venaient sous ses belles teintes roses, toutes les dames voulaient être peintes par lui. Lopez ferma les yeux.

Lopez y est. Le soir tombe au palais de Taddeo Contarini. Les cheveux blonds des Vénitiennes voltigent aux balcons, en ondes soyeuses, sur les flots légèrement agités du Grand Canal, la gondole de Giorgione se faufile. On sonne le salut à San Marco. Dans le vent brûlant, Giorgione apparaît.

Bien. À présent, la lettre. Parfois, il y a comme ça des moments de vérité. Il inspira profondément pour se saisir du manche ivoire de son coupe-papier. Avec solennité mais non sans plaisir tout de même, il l'ouvrit, cette enveloppe.

Ce n'était pas le Louvre.

C'était si inattendu que l'information eut même du mal à se loger dans sa compréhension. Il en tressaillit, tapa du poing sur la table.

Épinal.

On lui offrait généreusement un obscur musée dans les Vosges.

Maniera moderna

Émaciée sur son lit d'hôpital, la peau rougie, le visage parsemé de bleus mais les yeux brillants, Madeleine fermait sa porte à Adrien. Les jours passaient sans qu'elle ne change d'avis, il ne pouvait la voir dans cet état, même son élocution était difficile avec ses lèvres gonflées et ses dents cassées. « Je suis une survivante », se disait-elle à tout bout de champ, « à quelques secondes près, à quelques centimètres, c'était la fin ».

Elle ne faisait que dormir. Les sœurs l'examinaient prudemment et ne posaient pas de questions. Sur une table, près de la fenêtre, elles avaient installé un vase où chacune à leur tour elles déposaient de nouvelles fleurs. Une sympathie naissait en particulier avec l'une d'entre elles, sœur Marie-Guillemine. La religieuse venait de Bretagne, un peu potelée, le visage tout rétréci, percé par deux yeux noirs très brillants, on aurait dit une mouette, mais une mouette câline. Madeleine se sentait en confiance avec elle, contre toute attente elle s'abandonnait à sa chaleur, à sa bonté qui emportait tout ; avec sa mère les rapports avaient toujours été compliqués et dénués d'affection, compter sur elle, quel repos !

Chaque jour, la sœur lui faisait la lecture. Elle n'imposait rien, il y avait une bibliothèque à l'hôpital, qui voulait-elle écouter ? Elle présenta une liste dans laquelle se trouvait *Bonjour tristesse*. Madeleine en restait au vers de Paul Éluard, quel étrange petit bonheur que d'entendre les mots sensuels de Françoise Sagan ! Parfois la sœur en rougissait un peu.

Madeleine voyait bien les efforts de sœur Marie-Guillemine pour la raccrocher au musée. Une fois, elle parvint à s'enthousiasmer en décrivant Puvis de Chavannes, mais la joie fut de courte durée, car juste après elle sombra dans un profond mutisme, la notice rédigée par Alazard lui revenait en mémoire : *À la fois douce et affolante, émouvante avec son regard noyé, pleine de chagrin et d'innocence...* C'était si prémonitoire.

Il y avait l'art, bien sûr, pour la consoler, mais n'était-ce pas une fuite face à la réalité ? Allait-elle vivre sur ses gardes ainsi, toute sa vie ? Elle croyait être libre, mais n'était-ce pas une illusion dans son chemin de croix ? Et si elle arrêtait ça ? Et si elle retrouvait Malika ? Et si elle cessait d'être ce qu'elle n'était pas, et tant pis si la silhouette d'Adrien, dans le tableau, s'effaçait sur le sable ?

La présence des sœurs, saintes sentinelles, ne se justifiait pas seulement par des soins. Il y avait eu des conversions à Mustapha. Et si c'était son tour ?

Le soir, elle percevait par la fenêtre l'été qui s'installait. L'hôpital conservait sur son domaine des arbres et des oiseaux. Sœur Marie-Guillemine lui avait déposé son propre tourne-disque Philips, elle écoutait en boucle le concerto en ré mineur BWV 974 de Jean-Sébastien Bach, merveilleusement interprété par le jeune Glenn Gould.

Presque, oui, elle se sentait en paix. Son front ne transpirait plus.

Maintenant elle se préparait à l'apparition de la police. Une enquête était forcément ouverte, des témoins interrogés, jusqu'à Lopez qui l'avait envoyée à la bibliothèque. Somme toute, elle avait devant elle une solution toute simple : retracer ce crime d'honneur, livrer le caïd, dénoncer la passivité de sa famille, la trahison de son meilleur ami. Une victime laissée pour morte, l'arrestation des uns et des autres, sa confrontation avec eux, le procès... c'était ce qu'il aurait fallu faire si l'indépendance n'avait été pour demain.

Au vrai, la justice serait empêchée, les tribunaux lui feraient les gros yeux, les hommes de la nouvelle Algérie réagiraient avec cynisme, ils auraient d'autres chats à fouetter.

Elle entendit un matin la radio, il y avait eu des blessés dans l'incendie, racontait le speaker, on déplorait un mort, dont le cadavre carbonisé était impossible à identifier selon le médecin légiste. Elle arrêta sa décision à ce moment : si elle parlait aux flics ça n'en finirait jamais, non seulement elle se trahirait mais le caïd s'en tirerait, quelle preuve le relierait à son agresseur ? Non, mieux valait ne jamais faire confiance et disparaître à nouveau.

Un inspecteur finit par se présenter, le médecin avait attendu qu'elle aille un peu mieux avant d'autoriser sa visite. Dix nuits étaient passées depuis l'attaque, il l'informa que l'homme retrouvé mort dans la bibliothèque était enterré à la fosse commune. Il ne s'agissait pas d'un personnel de l'université, aucun indice, impossible de savoir par quel hasard il était présent sur les lieux. Qu'en pensait-elle ?

Mystère et boule de gomme, répondit-elle. Non, elle ne s'était jamais sentie menacée, c'était une agression sauvage, comme il en arrivait en temps de guerre, elle se trouvait au mauvais endroit, au mauvais moment. Il parut la croire, somme toute c'était logique, en venant la voir l'identité de son sauveur le chiffonnait aussi, avait-elle une idée ? Puisqu'elle n'avait pas été tirée des flammes (elle se souvenait du bruit de l'explosion alors qu'elle se trouvait déjà dehors), le lien se faisait logiquement avec les auteurs de l'attentat. Madeleine pensait à l'homme maigre, l'air aigri, qui l'avait accueillie. Dans ce bâtiment désert, lui seul savait qu'elle était à la bibliothèque. Si elle se mettait à décrire le professeur en veste de tweed, de fait son sauveur, elle se retrouverait témoin capitale, embarquée dans la procédure. C'était trop lourd pour elle. Elle n'aspirait qu'à la paix et l'oubli. Sa quête d'anonymat se doublait d'ailleurs d'un conflit de loyauté. L'OAS lui avait sauvé la vie, un événement presque tragicomique. Qu'il convenait de ne pas surinterpréter, se disait-elle.

Malika Soufi aurait brûlé dans les flammes, c'est à son travestissement en Européenne qu'elle devait la vie sauve.

Elle tut donc sa rencontre avec le professeur. « Aucune idée », répliqua-t-elle, à quoi le flic consentit. Après tout, si cet homme préférait un héroïsme discret, pourquoi chercher à le retrouver ? La veille, le 17 juin, l'OAS avait définitivement déposé les armes. Comme touchés par la grâce, Susini et Farès annonçaient de concert un cessez-le-feu, même le représentant du FLN Chawki Mostefaï s'était adressé aux pieds-noirs en des termes assez doux : « Les portes de l'avenir s'ouvrent à vous comme à nous. » Plus rien ne viendrait contrarier l'indépendance début juillet, pourquoi revenir sur l'incendie de la bibliothèque ?

Une chose quand même taraudait le flic : son agression n'aurait-elle rien à voir avec le musée, avec une histoire de tableaux, une tentative d'extorsion ? Elle assura qu'elle n'avait aucune raison d'y songer, tout allait bien maintenant, elle sortirait bientôt.

Elle avait eu le temps aussi de penser à ses papiers. Son sauveur, bien entendu, n'avait pas songé à se saisir de la serviette en cuir noir qu'elle transportait depuis Oran. Elle la tenait souvent sur son cœur, la serrait bien droite en repliant ses bras, la poignée sous le menton qu'il lui arrivait de mordiller, un geste qu'elle tenait du lycée. La perte dans l'incendie de ce qui n'était finalement qu'un simple petit cartable l'attristait au plus haut point. Ça se remplaçait, ce n'est pas grave, lui aurait dit Adrien, sauf que si elle mettait de côté quelques vêtements, c'était le seul objet transféré de Malika à Madeleine lors de son long périple. Elle se rendait compte à présent comme la serviette la suivait partout. Un cadeau de son oncle, manufacturé par un ami sellier. Elle aimait l'odeur, les craquelures du cuir patiné. À Oran, on la voyait toujours carton à dessin d'une main, serviette de l'autre. Elle faisait surtout attention au carton et jetait dans ce bagage quantité de choses, vraiment tout ce qui lui passait par la tête, le nécessaire d'une jeune femme, mais encore des crayons, un carnet, des bonbons, du chocolat, une brosse à dents, une autre à chaussures, des fruits, un œuf dur, un bob, une petite bouteille d'eau... Sa fonction s'étendait à celui de large portefeuille, elle y glissait son argent, sa carte d'identité. Tout ça avait disparu.

Se procurer de faux papiers n'avait pas été le plus difficile à son arrivée à Alger. Les mandats adressés par son oncle lui procuraient un peu d'argent. Ils limitaient les contacts mais faisaient encore équipe tous les deux. Sid Ahmed se doutait bien que la première personne que sa nièce chercherait à joindre, ce serait lui. Mais dès son premier appel, il l'avait alarmée, elle jouait sa vie, elle devait bien le comprendre, il se sentait surveillé, les hommes du caïd savaient bien qu'avec lui ils remonteraient à elle, sans parler de Menad qu'il ne voyait plus non plus, bref il fallait se contenter d'argent intraçable, c'était tout ce qu'il pouvait faire. Elle avait de nombreuses cordes à son arc et trouva un peu plus tard un faussaire de Bab El Oued, il n'avait pas posé de question. Belle et mystérieuse comme elle était, il se l'était imaginée OAS à cent pour cent. Elle aurait pu tenter les réseaux du FLN dans la Casbah, mais elle avait craint de se jeter dans la gueule du loup, de tomber justement sur des informateurs du caïd.

Elle avait éprouvé une puissance nouvelle au moment de déterminer sa nouvelle identité. Sa famille ne lui manquait pas, Alger lui plaisait, elle sentait qu'elle finirait bien par entrer pour de bon au musée qu'elle visitait régulièrement. Choisir le prénom avait été facile, Madeleine, ça lui allait, mais jusqu'au dernier moment elle avait hésité sur son nom de famille. Elle voulait conserver une trace des Soufi, et ne pas s'éloigner d'un nom bien espagnol pour justifier Oran et sa peau brune. Elle jouait avec les syllabes et, comme pour préserver la moitié d'elle-même, elle avait alors inventé Soulez, Madeleine Soulez à la place de Malika Soufi. Un jour, le conservateur avait paru intrigué, cette branche lui était inconnue, elle avait brouillé les pistes à travers une fiction qui commençait à Gérone, passait par l'Andalousie avant de se perdre à Oran.

Et les yeux fixés sur la cornette d'une sœur, elle avait eu la présence d'esprit de réclamer des papiers qui, cette fois-ci, seraient authentiques. Puisqu'elle avait perdu les siens.

« Et mes papiers ? » insista-t-elle auprès du policier ce jour-là. « Je m'en occupe, bien sûr », assura celui-ci en retour. Il ferait tout son possible en préfecture, à quoi ? trois semaines de l'indépendance.

Des familles s'interpellaient dans tout son étage, des portes claquaient, l'hôpital Mustapha Sid-Ahmed, deux mille lits, vivait au rythme d'un vacarme explosif. C'était d'autant plus difficile pour Madeleine que les sœurs diminuaient progressivement les doses de morphine. La douleur refluait, elle n'était plus cette noyée qui plongeait et respirait entre deux vagues. À un moment, elle se dit qu'elle pouvait écrire à Adrien. Désormais elle se levait en titubant mais tenait sur ses deux jambes. N'était-il pas temps de sortir de là, d'y voir plus clair ?

Elle conservait ses lettres à son chevet. Elle en recevait une par jour. Il avait foncé à l'université, racontait-il. Là-bas, personne pour l'informer de quoi que ce soit. Fou d'inquiétude, il l'avait crue brûlée vive avant d'avoir la présence d'esprit de joindre Lopez. Aussitôt, direction Mustapha, où il avait lui-même confirmé son identité, pas besoin de lancer un appel à témoin, mais enfin comme il n'apparaissait nulle part dans sa vie, l'administration lui avait d'abord barré sa porte, puis elle. C'était plus fort que tout, il revenait à la charge chaque jour, et devant son refus réitéré, il déposait son courrier d'amoureux, repartait errer au gré des pavillons, n'arrivant pas tout à fait à s'éloigner.

L'établissement hospitalier couvrait quinze hectares. On ne pouvait pas dire qu'Adrien croulait de commandes à cette période, alors il vadrouillait, l'âme en peine.

Au début, il avait béni ce sauveur. Quelle chance ! Mais il finissait par se poser la même question que tout le monde : puisqu'il n'y avait que le commando de l'OAS à l'université, elle devait la vie à un de ces types. Il digérait à peine l'abîme creusé par l'attentat du port qu'une autre perception faisait jour, mais il tâchait d'éviter d'y réfléchir, le hasard, voilà tout. Le plus préoccupant tenait à l'agression, son motif. Le geste d'un fou, Madeleine se trouvait au mauvais moment au mauvais endroit ? Mais pourquoi s'acharner contre elle ? Était-elle visée, plutôt ?

L'incompréhension attisait sa souffrance. Apparemment, personne d'autre que Lopez ne venait aux nouvelles. Et les proches d'Oran ? Pourquoi, comment Madeleine s'était-elle retrouvée si seule au monde ? Les explications du Novelty prenaient l'eau de toute part. Orpheline, certes, mais même lorsque l'on coupe les ponts, un cousin, une tante, une amie d'enfance, enfin, quelqu'un vient vous voir à l'hôpital.

Tout compte fait, il ne pouvait opter pour le hasard, la malchance. Ça titillait sa jalousie, peu de gens avaient lu *Les Amants du Tage*, Pierre de retour de la guerre qui tue sa femme qu'il trouve dans les bras d'un amant, Katleen, une jeune Irlandaise qui a poussé son mari d'une falaise. Kessel avait mis le paquet à Lisbonne, mais à force il voyait Madeleine tout aussi emmurée, portant elle aussi le poids d'un crime et à la merci d'une vengeance.

Adrien ne pouvait pas savoir qu'elle revenait progressivement de sa crise mystique et le mettait à l'épreuve, d'une certaine façon ; ce qu'elle voulait, c'est qu'il la prenne par la main comme dans le tableau, qu'il lui dise, on part. Elle n'avait plus le courage d'entreprendre une nouvelle aventure toute seule, les coups avaient atteint jusqu'à sa volonté.

De l'attaque elle ne gardait qu'un souvenir confus, la tentative de viol émergeait du brouillard, c'est parce qu'il n'y était pas parvenu que la violence avait redoublé, elle se souvenait de ça et de ses mots : « Je vais te cramer. »

Une faille s'était ouverte, elle avait besoin d'Adrien. Sous les coups elle était parvenue à réagir, à griffer et frapper dans un effort surhumain. Mais seule, elle était restée vulnérable. À deux ce ne serait jamais arrivé. Finalement, elle se dit qu'à ses mots amoureux à lui devait répondre un dessin à elle, pourquoi pas un autoportrait qu'elle nommerait *Je t'attends*, enfin quelque chose d'approchant. Sans l'avoir espéré, la peintre sortait de la quarantaine dans laquelle sa fuite d'Oran l'avait plongée. L'art reprenait le dessus sur l'abstinence, sans calcul car l'attaque lui avait donné tout le recul et l'élan nécessaires : on l'avait retrouvée, le caïd ne manquait pas d'informateurs, alors ce subterfuge de peindre ou ne pas peindre, quelle importance !

Sœur Marie-Guillemine et son immense sensibilité fournirent l'indispensable au processus de création. La table qui ne servait qu'au vase accueillit bientôt des feuilles Japon à trois bords frangés, le plus beau des papiers de luxe, loué pour ses qualités d'absorption, Madeleine avait été très précise. Sœur Marie-Guillemine s'était démenée, l'exigence portait aussi sur la hauteur et la largeur de la feuille, 38,5 × 56,7 cm, c'était une déclaration d'amour, elle userait pour son exécution du crayon noir et de l'encre de Chine.

Les deux femmes se sourirent au moment de passer à l'action. Dans la tête de Madeleine, l'expression se présentait clairement : plus de haine, de peur, ni de violence. Pas de traits mélancoliques et sombres, mais un visage lumineux d'amoureuse. Elle se pencha sur le papier soyeux, satiné, nacré, et commença à dessiner. Très vite elle se rendit compte que ça n'allait pas. À chaque trait elle ressentait une douleur insoutenable, puis un blocage. Muscles, tendons et nerfs hurlaient, elle en tremblait.

Elle s'obstina dans la douleur mais sa main ne répondait plus.

Elle avait accompli le dessin préparatoire mais ne parvenait pas à détailler le nez, la bouche, les yeux. En un éclair, elle vit comment elle s'était protégé le visage pendant l'attaque, c'était un pur réflexe, mais probablement qu'à cet instant sa paume avait joué son rôle face à son agresseur, détruisant au passage ses nerfs. Elle se rappela la paralysie de Léonard, un handicap apparu à la fin de sa vie, causé sans doute par un incident cardiovasculaire, mais Vinci, gaucher de nature, avait pu continuer à dessiner. Et puis celle de Poussin (découvert au musée grâce à cette éblouissante réplique en petit format de l'*Eucharistie*), blessé si jeune dans une bagarre à Rome, il aurait pu renoncer à peindre, mais il s'était obstiné, bien que tout au long de sa vie il fut saisi de tremblements. Plus tard les spécialistes finiraient par donner un nom à sa pathologie, la main en griffe, et même si ses doigts ne se courberaient jamais comme un rapace, ils ne toucheraient plus jamais un pinceau. Plus qu'un prénom et un nom qui changeaient, sa vie devenait autre.

Cette analyse de l'événement, de sa nature, n'était pas aussi limpide pour le moment. Sœur Marie-Guillemine lui dit doucement de prendre son temps, normal qu'elle ne parvienne pas tout de suite à battre la mesure. Elle trouverait pour elle un spécialiste, les soins avaient négligé cette partie de son corps gravement blessé, mais tous ensemble ils se rattraperaient, promit-elle en souriant. Après un silence, elle ajouta décidément guillerette que ceux qui revenaient des morts nourrissaient généralement une extraordinaire confiance en eux. Certes, la vie ne lui avait pas fait de cadeaux, mais elle trouverait toujours dans l'acte créateur une énergie salvatrice. Pour conclure allègrement : jusqu'à son dernier souffle, son dialogue avec la peinture lui permettrait d'exprimer la beauté du monde.

C'était sans doute un peu trop exalté pour Madeleine, dont la lucidité s'aiguisait de jour en jour à l'hôpital. Elle sentait plutôt qu'il y avait un prix à payer pour son affranchissement. Elle avait survécu, mais le caïd tenait sa revanche en la privant de son outil naturel, de son instrument. Après un drame, rien ne rentre jamais dans l'ordre dans la vie réelle, ce qui avait manqué la tuer ne la rendait pas plus forte mais plus fragile, elle ne laisserait dire à personne que la fragilité renforçait, n'en déplaise au contempteur de Nietzsche, elle jugea d'ailleurs inutile d'en débattre avec sœur Marie-Guillemine.

Il y avait beaucoup de choses dont Madeleine ne savait que penser, mais elle était certaine que la perte d'une main restait tragique pour le peintre ou le sculpteur. Ce n'était ni plus ni moins que l'antichambre du pourrissement du corps. Un demi-siècle plus tôt, à peu près, de nombreux artistes ressortaient amputés des tranchées. Elle se souvenait d'un soldat parmi eux, Jean-Louis Forain, inconnu du grand public mais célébrissime de son vivant. Elle avait étudié aux Beaux-Arts un dessin rare intitulé *Le Retour de l'artiste*. On y voit un homme encore jeune, au visage désespéré, qui saisit une toile de sa seule main restante. Ce qui figure sur la représentation est caché, mais on devine une œuvre réalisée avant la blessure, qui symbolise la vie d'avant. C'était un projet d'affiche réalisé en 1917 par des élèves des Beaux-Arts de Paris à destination des artistes mutilés, avait appris Madeleine, mais l'image morbide, jugée trop défaitiste, avait été rejetée par les professeurs.

Madeleine avait mal à la main mais n'éprouvait pas un tel sentiment de défaite. Elle était prête, justement, pour un retour auprès d'Adrien. Personne n'irait la chercher chez lui. Pour une convalescence, l'appartement lui semblait même idéal, avec sa vue sur le port. Sans doute qu'elle viderait le sien, qu'ils allaient vivre ensemble.

Elle passa par sœur Marie-Guillemine pour accélérer sa sortie d'hôpital, dont l'écho rassurant se dissipait déjà un peu.

Bifurcation

À force, Adrien connaissait par cœur le dédale de l'hôpital, les bâtiments modernes enchâssés aux anciens, l'odeur d'éther qui imprégnait tout. Il avait prévu trop large et se retrouvait en avance dans la salle d'attente, auprès de plantes assoiffées. On était le 25 juin, il n'avait pas vu Madeleine depuis presque vingt jours. Lopez restait le mieux informé (bien que Madeleine ait refusé sa visite également), c'était à travers lui qu'il suivait les étapes de la guérison. Comme le sujet devenait répétitif, le conservateur lâchait d'un ton débonnaire que Madeleine allait s'atteler sans tarder à une restauration, ce serait « formidable » de la savoir de retour, « le travail c'est la santé, n'est-ce pas ? ».

Lopez sonnait faux à l'oreille d'Adrien, les relations au musée s'étaient bornées au strict minimum, et même s'il n'aimait pas les jugements hâtifs, persistait dans son sillage un effet hypocrite. D'ailleurs, dans ces circonstances (une hospitalisation et un pays entier suspendu à l'indépendance), qu'avait-il à trahir son impatience ? Quel manque de décence, un comble pour un tel personnage surjouant la bonne éducation ! La pensée lui vint qu'il ne donnait jamais de nouvelles des tableaux transférés au Louvre. Il coupait court à tous les sujets finalement, c'était un bien mauvais acteur, sa façon innocente de demander si Madeleine, avant son départ à la bibliothèque, avait évoqué « un peintre de la Renaissance » l'avait même intrigué.

Quand la sœur lui avait téléphoné pour annoncer la sortie de Madeleine, il avait compris que c'était à elle qu'il fallait s'en remettre. Ils se retrouveraient en salle d'attente. Elle arriva à l'heure dite. Souriante.

— Sœur Marie-Guillemine, bonjour, se présenta-t-elle en s'asseyant près de lui. Nous l'avons requinquée. J'en suis très heureuse.

— Et moi donc ! Je m'en veux, j'aurais dû veiller sur elle.

Comme toujours Adrien allait droit au but. La sœur secoua la tête pour lui signifier de chasser cette idée.

— Parce que vous imaginiez une telle attaque ?

— Non, il faut bien le dire, mais plusieurs fois je l'ai sentie sur ses gardes, comme si elle se sentait menacée. Elle ne m'en a jamais parlé, mais elle se retournait dans la rue, regardait si personne ne la suivait. Avant de se coucher, elle balayait des yeux les environs depuis la fenêtre… J'ai mis ça sur le dos des attentats, des histoires d'enlèvements d'Européens qui circulent…

— De fausses rumeurs, balayez ça ! Ne nous trompons pas, l'OAS fait feu de tout bois et c'est elle, uniquement, qui accélère l'exode de la population européenne.

Une sœur « rouge », se surprit à penser Adrien alors que sous sa cornette la religieuse ne faisait que décrire la situation. L'hôpital Mustapha était un formidable poste d'observation, on y croisait en temps réel l'histoire en marche. Elle eut un mouvement en direction d'une femme qui débarquait avec un jeune enfant. Mais une autre sœur se précipita.

— Madeleine est très secrète, poursuivit-elle. Je l'observe depuis un moment, moi aussi. Pour bien veiller sur elle, comme vous dites, il faudrait quitter cette ville et ce pays. Ici, d'autres viendront lui chercher des misères. Plus encore après la mort d'un des leurs.

Adrien parut déconcerté. Il s'attendait à une conversation rassurante, à quelques conseils pour hâter la convalescence et un retour à une vie normale. Mais depuis qu'elle fréquentait Madeleine, la sœur avait sa théorie, un cadavre carbonisé impossible à identifier à la bibliothèque, le silence de la victime, là encore son poste à l'hôpital lui fournissait les clefs. Portée par un idéal, sœur Marie-Guillemine était un peu comme ces officiers au chevet des populations des campagnes et bidonvilles, rattachés aux sections administratives spécialisées, dont la mission était tout à la fois de construire des infrastructures, administrer les villages, soigner la population, scolariser les enfants et rétablir l'ordre. Un jour, Madeleine l'avait envoyée rue d'Isly récupérer des livres et des vêtements de rechange. Chez elle, bien que ne voulant pas s'immiscer dans ses affaires, elle avait aperçu un collier calligraphié dont l'alphabet semblait berbère. L'empressement de Madeleine à se fixer une nouvelle identité, par de nouveaux papiers, avait fait le reste. C'est ainsi qu'ensemble elles avaient évoqué la possibilité d'autres horizons.

— Ah, s'exclama Adrien, vous pensez qu'il ne s'agit pas d'un manque de chance, d'une agression aveugle ?

— Non. Dans un sens, Madeleine s'est révélée en insistant sur ses papiers volés. Il n'y avait que ça qui comptait. Pendant des jours, son identité a compté plus que son corps, c'est une chose curieuse. Pour lui faire plaisir et accélérer, j'ai fait une demande de duplicata à Oran. La préfecture n'a aucun dossier à son nom. Je pense qu'elle triche *un peu* sur son passé. J'ai aperçu un collier berbère chez elle. Ça ne veut rien dire, un collier… Mais en somme c'est son affaire, vous ne pensez pas ?

Soucieux, Adrien se passait la main dans les cheveux en l'écoutant. Naturellement, il n'aurait jamais fouillé des yeux l'appartement de Madeleine. La piste berbère, pourquoi pas ? Et dans l'hypothèse d'une vengeance personnelle, les images s'ordonnaient d'elles-mêmes. Le corps retrouvé dans les ruines de l'incendie ne pouvait qu'être celui de son agresseur, un homme à ses trousses, qui la visait particulièrement et avait forcément des complices. La conclusion s'imposait. Ils n'allaient pas passer leur vie à s'inquiéter. Tout irait mieux loin d'ici, même si partir, fuir, cette décision inattendue à prendre, bouleversait tous ses plans.

Pour quelqu'un comme elle, les semaines qui arrivaient auraient dû être celles de la réparation des torts de la colonisation. Le départ des Français en si grand nombre, une quantité inattendue, offrait aussi bien l'opportunité de se reloger que d'accélérer sa carrière. Dehors se présentait un pays d'avenir. Elle avait cependant décidé de lui tourner le dos.

— Une chose encore : Madeleine vous aime. Elle a voulu vous l'exprimer dans un autoportrait. Le nerf médian de sa main droite a été irrémédiablement détruit, pour le docteur. À moins d'une opération chirurgicale complexe, elle aura beaucoup de mal à peindre ou mener un travail de précision. Cela peut même s'aggraver avec le temps.

— Elle est au courant ?

Ses yeux sourirent.

— Oui, et elle en prend son parti. Mais je n'ai pas l'impression que cette nouvelle ait accru son désarroi. Elle est très solide, vous savez. Allez, je vous ai tout dit. On y va ?

Quelques minutes plus tard, ils franchissaient la porte de la chambre. Madeleine, soigneusement habillée dans ses vêtements de rechange, l'attendait en regardant par la fenêtre. Quand elle se retourna, Adrien lui trouva sans surprise la mine creusée, le teint blême. Il partait l'embrasser, s'élançait, depuis le temps qu'il voulait la serrer dans ses bras, mais d'un geste de recul, elle le fit s'arrêter au milieu de la chambre étonnamment lumineuse. Il eut le temps de penser que c'était fini, qu'elle avait réfléchi et le congédiait, mais il passa en moins d'une seconde de l'enfer au paradis. C'était du jamais-vu dans cet hôpital, presque inconcevable à cette époque dans la bouche d'une femme mais, voilà que, d'une voix essoufflée par le trac, Madeleine demanda à petits coups :

— Adrien, veux-tu m'épouser ? Veux-tu devenir l'homme de ma vie ?

On se mariait en grand à Bab El Oued, des noces triomphales au carillon de l'église Saint-Louis, *la purée d'nous ôtre* ! Ni l'un ni l'autre ne songeant à l'église ou à la mosquée, Madeleine et Adrien optèrent au contraire pour une cérémonie minimaliste, la mairie et le registre devant un adjoint dépassé, un dîner dans la cour de l'atelier transformée pour un soir.

La chaleur était arrivée brusquement ces derniers jours de juin, on était le 30, un samedi, ils se tenaient à dix sous le micocoulier. Côté Adrien, trois amis d'enfance, des voisins immédiats, un maçon, un cordonnier et un docker ; côté Madeleine, deux invités seulement, sœur Marie-Guillemine et Lopez. En l'honneur de la mariée, Adrien avait commandé une *casuela* de riz à l'espagnole (crevettes, chorizo, poivrons, citrons...).

Autant que la religieuse, il avait la certitude d'une erreur quelque part, mais bon, la mariée restait sur sa position, et tant qu'elle n'en parlerait pas elle-même, il respecterait son secret.

Ça ne l'aurait pas dérangé qu'elle dévoile ses origines. Adrien se moquait totalement du parfum de scandale. Chez les pieds-noirs, absolument personne ne songeait au mariage mixte, les « amours coloniales » demeuraient un genre de roman de gare, les liaisons restaient marginales voire infimes, et quand elles se produisaient, que des Européens envoyaient valdinguer les réflexes racistes, la loi coranique s'en mêlait, le mariage d'une musulmane avec un infidèle restait strictement interdit : les mariages mixtes ne pouvaient se consommer qu'entre homme musulman et femme juive ou chrétienne, en souvenir de siècles de duels méditerranéens inscrits dans les mémoires, enlèvements, rapts, au nom surtout de la « supériorité établie de l'homme sur la femme ».

Au demeurant, Adrien se moquait de toutes ces idées reçues. Du moment que les gens s'aimaient, il était content.

Pour ce mariage pied-noir, le dernier sans doute avant l'indépendance, Carmen et les parents d'Adrien enrageaient d'avoir été prévenus si tard. Les désordres les empêchaient de sauter dans un avion, Angela était parvenue à féliciter longuement Madeleine par téléphone, Pablo, ému que son fils échappe au célibat, n'y était pas allé par quatre chemins : « Vous viendrez vous installer à Montpellier, n'est-ce pas ? C'est mieux pour les petits-enfants. »

Après l'apéritif, on passa à table. Adrien qui ne tenait pas en place se levait à tout bout de champ servir du vin et choisir les titres du juke-box. L'engin avait été déplacé du café voisin, c'était une attraction, avant chaque morceau tous regardaient le 45 t se lever de biais et se poser contre le saphir. Il y avait un temps suspendu, les premiers accords déclenchaient l'approbation ou les saillies, soigneusement il évitait Piaf et le *Non, je ne regrette rien* que reprenaient encore récemment les paras du 1er REP.

Car ici, en coup de vent, on faisait la fête. Les rires se démultipliaient dans le silence de Bab El Oued (la majorité des cinquante mille habitants étaient déjà partis sur l'air du « on ne veut pas voir ça »). Les invités prenaient soin de ne pas exprimer ce qu'ils avaient en tête : allaient-ils voter « oui », demain, au référendum pour l'indépendance ? Le scrutin posait la question suivante : « Voulez-vous que l'Algérie devienne un État indépendant coopérant avec la France dans les conditions définies par les déclarations du 19 mars 1962 ? » Les choses étant ce qu'elles étaient, la plupart pensaient que les accords avaient été conclus entre bourgeois, c'était le bon moment pour s'unir avec les Arabes.

Un chat très maigre à expression humaine venait mendier les restes du repas. Il n'en avait jamais assez, il se collait aux jambes, tantôt on le prenait en pitié, tantôt il agaçait. Sœur Marie-Guillemine avait une sainte horreur des animaux et se présenta comme la moins charitable d'entre tous. Alors que la bête grimpait entre ses jambes, elle la repoussa si puissamment que, preuve que les chats ne retombent pas toujours sur leurs pattes, nez et moustaches s'éclatèrent en vol plané sur une arête du juke-box. Le chat fut K.-O. un instant, mais la voix féline de Dick Rivers, les guitares des Chats sauvages (décidément, oui, la vie en servait des coïncidences) eurent le mérite de le réveiller et de le faire détaler dans des miaulements lugubres. La religieuse qui servait Jésus-Christ dans la personne des pauvres et des marginalisés en profita pour se resservir elle-même un verre. Décidément exégète, elle voulait que ce mariage se tienne sous les meilleurs auspices, peu de gens savaient dans l'assistance qu'il y en avait encore dans l'Église catholique qui associait le chat au diable, à ses maléfices et ses cérémonies.

Mais la vraie surprise vint de Lopez. Adrien se trompait sur son compte, Madeleine avait vu juste quand elle ne le jugeait pas si mal et se demandait si, après tout…

Le personnage était sans doute imbu de lui-même, ridicule par moments, mais c'était un sentimental, profondément attaché à ceux qu'il aimait. Depuis l'annonce de son exfiltration dans les Vosges – mais qu'avait-il fait au Bon Dieu pour mériter un tel sort ? –, la fin du monde était proclamée. Il se sentait fatigué et se moquait parfaitement des conséquences du geste qu'il s'apprêtait à commettre.

À l'orée du dessert, il se leva soudain et fit tinter sa cuillère contre son verre de vin vide.

— Un discours, un discours, se réjouit un convive.

Ne point mourir

Le calme se faisait, Lopez tournait la tête en souriant. Sous son panama, une petite lueur parcourait ses yeux, qu'il fixait sur le jeune couple. En cherchant les termes de son texte lui était revenue cette phrase de Georges Bernanos : « J'ai juré de vous émouvoir, d'amitié ou de colère, qu'importe. » Il avait toujours admiré l'insoumission de ce royaliste capable de rompre avec Maurras, si tôt antifranquiste, tiens, il relirait *Les Grands Cimetières sous la lune* à Épinal, peut-être que sa fièvre mystique l'aiderait à passer du soleil à la pluie, des palmiers aux sapins.

Enfin, les bras écartés, bien droit dans son costume en lin blanc, il déplia une feuille de sa poche et releva le menton.

— Avant de porter un toast à nos chers mariés, j'aimerais exprimer mon admiration pour Madeleine, commença-t-il d'une voix étonnamment douce. Jamais dans ma carrière de conservateur je n'ai croisé de collaborateur si compétent et si sérieux. Oui, il n'en est pas un, pas une, qui fasse plus d'honneur à notre musée, ni qui rende plus de services aux peintres et à l'histoire de l'art. Son apparition, il y a plus d'une année maintenant, s'est présentée comme une chance alors que la fatalité des événements nous étreignait. Elle avait simplement pris connaissance d'une annonce dans le journal, je cherchais une personne capable de veiller au bien-être des collections, c'était un peu vague. Madeleine s'est présentée avec une grande assurance, son diplôme des Beaux-Arts d'Oran s'était perdu dans un déménagement, j'aurais pu la congédier instantanément, sans le moindre certificat, pour qui se prenait-elle ? Mais voilà, Madeleine attire la sympathie, et en fin de compte, parmi les érudits d'Alger, dans ce monde en transition, j'ai vite compris qu'il me serait impossible de trouver mieux. Elle s'est montrée invincible, douée, emblème de la mesure, de la sérénité, ce versant apollinien si réconfortant...

Il s'arrêta, tâchant de mesurer son effet. La température s'était singulièrement élevée. Madeleine manifestait une gêne visible, elle tremblait, elle ne s'était jamais préparée à cet instant. Pourquoi une telle incapacité à recevoir un hommage ? Elle lissait sa serviette et triturait son alliance pour cacher sa nervosité. Adrien, lui, était aux anges.

— C'est tout naturellement qu'elle s'est lancée dans la restauration des œuvres, poursuivit Lopez après un court silence. Elle avait sous les yeux un échantillon de ce que l'humanité produit de plus beau, parfois nous n'avions pas besoin de nous parler tous les deux, je sentais qu'elle *pénétrait,* véritablement, les tableaux, sans dire un mot, pendant de longues minutes, et après, toutes les heures qui suivaient, je la voyais vaciller, assaillie par les couleurs, les volumes, les brisures, les détails, les expressions de tel ou tel. Songeuse comme si son existence changeait irrémédiablement. « L'art et rien que l'art, nous avons l'art pour ne point mourir de la vérité. » Qui a reconnu Nietzsche ?

Nouvelle pause. Lopez leva son verre. Les convives l'imitèrent, croyant au toast, au triple hourra pour les mariés. Mais non, il y eut un moment de flottement. Perplexes, certains se resservirent un verre. Sœur Marie-Guillemine en profita pour traquer le retour du matou. Qu'il ne s'avise pas à exposer ses moustaches.

— Hum. C'est pourquoi je souhaite vous offrir, Madeleine, un modeste présent. C'est une invitation à la vie, à la rêverie, de sorte que le bonheur rayonne autour de vous. Une femme... extraordinaire... qui a triomphé du Mal.

Lopez se mit à rire. Puis il se pencha sous la table. Les autres observaient dans une douce hébétude.

— Voilà, c'est pour vous, fit-il, l'air accablé, glissant le présent sur son assiette en attente de dessert. Adrien pourra en profiter, mais cela s'adresse d'abord à vous, Madeleine. Prenez-en soin. Vous verrez, c'est bien difficile de s'en détacher.

Les motifs de son papier cadeau ne collaient pas du tout, un père Noël, du vert, du rouge et du blanc, une luge, des boules pour le sapin. Déjà les Vosges ?

Madeleine déchira les bords avec précaution. Lopez la touchait avec cette surprise, finalement elle s'attristait de le quitter, bien que snob, il pouvait se montrer charmant. Et puis son cadeau. Vu la forme, elle imaginait une jolie composition, provenant peut-être de sa collection, ou chinée chez quelque marchand, c'était vraiment touchant.

Sous l'emballage il y avait du carton pour protéger la surface de l'œuvre, là aussi elle agit avec prudence, et quand elle eut sous les yeux le tableau ancien, une vague d'incrédulité l'assaillit. Dans un étranglement, elle recula de surprise. Le geste du conservateur était trop extravagant.

— Non, s'il vous plaît, réagit-elle froidement.

— Si, répliqua Lopez en clignant des yeux. À point nommé, 83 × 73 cm de Haute Renaissance. Tout juste les dimensions de *La Tempête*, j'ai vérifié.

L'assemblée se tordait le cou pour voir à quoi ressemblait l'œuvre aux teintes usées par le temps, une femme à l'air fier. Il n'y avait pas de signature, ils n'étaient que deux ici à savoir que c'était un renseignement d'importance, l'usage d'apposer son nom sur un tableau ne s'est imposé dans la peinture qu'à partir du XVIIe siècle, on était encore plus tôt.

— Sa place, vous savez bien, se trouve dans la galerie des peintures, fit Madeleine paniquée, ou même au Louvre.

— Et pourquoi donc ? Qui vous dit que... Vous disposez de preuves formelles ?

Lopez trépignait, incapable de s'asseoir. Il sourit au public et se lança dans un monologue enflammé.

— Je me suis égaré, Madeleine. Conformément à la définition qui fait du tableau une fenêtre imaginaire, transparente, à travers laquelle nous dirigeons notre regard, je me suis trouvé saisi par un faisceau d'indices. Cherchant l'auteur, j'ai cru voir un chef-d'œuvre inconnu de la main de Giorgio da Castelfranco, dit Giorgione pour la postérité. Reconnaissons que c'est parfaitement imité : les contrastes sont terriblement amoindris, certes, mais face à cette femme vêtue d'une tunique rose, qui incarne une telle liberté, j'ai pensé au *Judith*, tableau qui lui-même rappelle les études de Léonard pour sa *Léda*. Derrière elle, on devine une brume, des montagnes et un vaste ciel. On voit comme des glacis, la matière vibre tant et si bien que sous les vernis jaunis on imagine les couleurs saturées de soleil, une palette féerique, l'harmonie, l'éclat, l'exubérante exécution ! Je me suis rappelé sa *Vénus endormie*, le premier nu féminin couché connu dans la peinture occidentale, car oui, imaginez-vous bien que trois siècles avant Ingres et sa *Grande Odalisque*, cent cinquante ans avant Velázquez et sa *Vénus à son miroir*, Giorgione inventait le thème maintes fois repris après lui de la femme nue en pleine nature, un subtil érotisme pastoral si vous voulez, et notez, Madeleine, qu'à l'encontre de la tradition, Vénus est pour la première fois peinte en brune et non en blonde. Songez-y : nos orientalistes n'ont jamais fait mieux, de sorte que dans sa sensualité... Hum, hum... mais je m'égare, car, hélas... J'avoue, j'ai espéré... Ce jour funeste où je vous ai envoyé à l'université dénicher ce catalogue, oh, je m'en veux, il m'aurait suffi de faire confiance au revers de la toile, à la marque d'un marchand d'Alger.

Un temps d'arrêt, puis sur le ton très bas d'un conjuré :

— J'ai fini par me rendre dans cette maison, le catalogue est formel : pas de Giorgione, naturellement, mais trois siècles après lui juste un habile faussaire, son nom importe peu. Dès lors, cette Judith qui n'est pas la sœur jumelle du *Judith* de l'Ermitage mais une imitation, donc, vous revient de droit. Car c'est exactement ce que vous êtes, Madeleine, vous êtes pareil à Judith. Vous êtes l'héroïne qui a vaincu le tyran, la tête coupée d'Holopherne gît à vos pieds. Cette force… Vous seule êtes en mesure d'en prendre soin.

Il babillait comme un ruisseau en crue, il ne savait pas s'arrêter et le constatait lui-même. Il était trop bavard, comme d'habitude. Son public avait du mal à suivre, s'emmêlait les pinceaux. Heureusement, Madeleine s'apprêtait à le couper. Car tandis qu'il parlait, elle plongeait dans ce tableau, et ce qu'elle voyait lui suffisait. Elle confirmerait d'un examen minutieux, plus tard, dissiperait les mystères, mais déjà, sous les vernis encrassés, brunis, le modelé vaporeux l'alertait. Elle faisait confiance à son imaginaire et *voyait* à l'arrière-plan les gradations de la couleur et de la lumière, l'échelonnement en profondeur dans l'atmosphère avec ces montagnes traitées en glacis bleutés : l'artiste imitait à la perfection le fameux *sfumato* de Léonard.

Lopez lui offrait ni plus ni moins un trésor de la Renaissance.

Giorgione ou pas, elle avait devant les yeux quelque chose de grandiose. Une aura fascinante émanait du tableau. Sur l'instant, cette femme libre et triomphante remplaçait dans sa tête le Puvis de Chavannes, un visage triste s'effaçait pour la sœur jumelle du *Judith*, il ne lui avait pas fallu plus de quelques secondes pour s'en rendre compte. Il n'y avait pas d'argent en jeu, mais Lopez spoliait le musée des Beaux-Arts de sa plus belle pièce.

— Impossible d'accepter, fit-elle. Ce tableau ne peut quitter les réserves. Les nouvelles autorités jugeront de son intérêt.

Sœur Marie-Guillemine fit mine de la féliciter, mais Lopez, bien lancé, n'allait pas se démonter. Son plan était bel et bien arrêté. Là-haut, à Paris, ces messieurs lui faisaient le coup d'Épinal (parfois le matin il se regardait dans le miroir de sa salle de bains en épelant pour y croire : É-p-i-n-a-l), très bien. Manquerait plus qu'on lui cherche des noises ! Commencer une carrière de trafiquant d'art, comme ça, sur le tard ? Franchement pas son tempérament. Il avait fait son calcul : trois heures en Alfa Roméo entre les Vosges et la Suisse, le ski l'hiver à Crans-Montana, les bains des Pâquis à Genève l'été, et souvent un détour à Bâle au *Kunstmuseum*, pour lui le plus vieux et le plus beau musée du monde (tu ne t'y attendais pas, hein, Louvre infâme !). Il passerait en coup de vent au sien, de musée, *et que le Bon Dieu y te l'allonge bien* ! La main magique de Madeleine opérerait quand elle voudrait, où elle voudrait, peut-être qu'elle lui ferait signe, d'ailleurs il lui devait bien ça, en réparation de ce qu'elle avait subi à la bibliothèque, il regrettait sincèrement de l'avoir envoyée là-bas.

— Quelle réserve ? ajouta-t-il sur le ton le plus innocent possible. Cette toile n'appartient à personne. C'est un miracle. Avez-vous vu comme les antiquaires accourent de la Méditerranée ? Ah ça, on en fait des affaires sur le dos des pieds-noirs ! Tel propriétaire vide son appartement et ce marchand venu d'Athènes accourt, puis ces autres de Nicosie, de Beyrouth. Notre vieux tableau, appelons-le ainsi, a échappé aux rapaces, son propriétaire préférant le déposer une nuit sur les marches, comme ces nouveau-nés aux portes des couvents. C'est comme si vous l'aviez trouvé vous-même, ce pauvre enfant. Que lui est-il arrivé ? Est-il la trace d'un couple qui s'est follement aimé ? Incapable de le vendre et préférant le voir poursuivre seul son incroyable destin ? Sa trace est perdue, mais son pouvoir de phénix, plus que jamais...

À ce stade, Madeleine n'écoutait plus. Il mentait comme un arracheur de dents.

Et il savait qu'elle savait qu'il mentait.

Éberluée, elle se rappelait la chute du Guillaumet sur le grand chevalet, à la première visite d'Adrien. Ce jour-là, Lopez n'avait pas signé le registre, peut-être qu'il venait de découvrir « le vieux tableau », et qu'il avait passé la matinée à le scruter sous tous les angles, quitte à bousculer les autres.

— Monsieur, j'adorerais, mais... ajouta-t-elle encore la gorge serrée.

— Mais rien du tout, enfin ! Nous n'avons pas de signature, pas de date d'exécution, ni d'achat, aucun numéro d'inventaire, où que ce soit. Bref, c'est une œuvre égarée, un objet perdu, dépourvu de provenance, il est à vous, vous dis-je.

— Il faut peut-être remettre le compteur à zéro, arriva à placer Adrien sans trop savoir ce qu'il entendait par là.

— Exactement ! rebondit Lopez d'une voix impérative. Débrouillez-vous pour en devenir officiellement propriétaire, Madeleine. Disparaissez à un million de kilomètres. Et veuillez m'excuser, je pars demain et dois encore acheter mes moufles. Les Vosges ! Sauve qui peut ! Fin juin, il doit faire quoi, huit degrés ?

Certains membres de l'assemblée étouffèrent un rire. Et d'un demi-tour énergique, lançant « Vive la mariée », Lopez disparut.

Après la fête, Madeleine et Adrien étaient rentrés au port, le « vieux tableau » sous le bras. Ils avaient fait l'amour au petit matin et après, comme elle ne trouvait pas le sommeil, Madeleine s'était penchée sur le portrait posé sur la table de la pièce. Quelque chose d'irrésistible la poussait, très prudemment elle le soulevait par les côtés, c'était la première fois qu'elle l'observait à la lumière du jour. Elle s'aperçut vite que les conditions étaient idéales pour se plonger dans l'harmonie sourde de la peinture. En dépit des vernis si fatigués, la subtilité chromatique du peintre éclatait, elle promenait ses yeux tout près, son nez épaté frôlait les deux visages, le tableau semblait transfiguré depuis la noce, la chambre d'Adrien l'électrifiait, la pénombre de l'atelier ne lui avait pas révélé la moitié des qualités qui émanaient à la lueur du soleil d'été. Ça, une copie du XIXe de la maison Roig ? Même le plus imbécile des visiteurs de n'importe quel musée du monde se rendrait compte qu'il avait affaire à une pièce maîtresse. Et puisque le catalogue Giorgione s'était figé dans sa mémoire à la bibliothèque, lui revenait de quoi jouer au jeu des recoupements et déductions. Saisie d'un certain vertige, bourdonnant d'explications, elle en vint rapidement au plus important : le recel d'une œuvre d'art était inconcevable pour elle, on était dimanche mais dès le lendemain elle allait le rendre au musée, sans faire de vagues, sans se laisser aller au plaisir sensoriel que lui procurait déjà cette œuvre.

Ce à quoi elle ne s'attendait pas du tout, en un sens, ce fut la résistance d'Adrien. Lui aussi trouvait une explication logique à tout cela, elle avait manqué mourir pour Lopez, il lui rendait la pareille.

— Madame Simoni, on vote ?

Ils traînaient entre le lit et la table, indifférents à la frénésie du port en dessous d'eux. La foule se pressait dans les bureaux de vote, ça leur allait un « État indépendant coopérant avec la France », donc Adrien s'apprêtait à déposer le bulletin « oui » dans l'urne. À une vitesse folle d'ailleurs, les trois lettres optimistes du « oui » remplaçaient le long des murs, sur les façades des maisons, sur l'asphalte des routes, les autres, sanguinaires, de l'OAS.

— Et si on allait à la mer ? réagit à contretemps Madeleine.

— Avant, ou après ?

— Longtemps. Les quais, un bateau, on quitte Alger.

Tout allait un peu trop vite. Adrien, décontenancé, peinait à réagir.

— Tu veux dire...

Elle tourna vers lui un visage d'aquarelle. Son rêve, cette façon qu'elle avait eue d'entrer dans ce tableau de Giorgione, de se retrouver installée dans ce paysage, sur le sable, main dans la main avec son futur époux, ne l'avait jamais quittée. L'état du tableau était excellent, avait-elle lu à la bibliothèque universitaire, des repentirs indiquaient que cette *Adoration des bergers* (autrement appelée aussi *Nativité Allendale*), avait été retravaillée, et tout à coup elle se souvenait d'un petit ange perché sur la gauche, au-dessus des contours d'un bel arbre, qui tenait un ruban sur lequel était écrit *Gloria*. L'ange de l'Annonce était un intrus, personne n'y prêtait attention dans la représentation, comme eux deux sur la plage. Dans la peinture si douce de Giorgione, il semblait sortir de la palette d'un peintre du dimanche. Elle se dit que cet ange avait été placé là et retouché par un restaurateur. Alors les deux petites figurines exécutées avec un curieux mélange de naïveté et de modernité ? Il faudrait voir sur place les détails de l'iconographie et établir des points de comparaison avec des peintures décrites comme le groupe *Allendale*, les relations qui existent avec *La Tempête* notamment. Oui, il faudrait passer sa vie à voyager de musée en musée. Et paix sur la Terre.

— Maintenant, demain, répliqua-t-elle revenue de Giorgione. Les premiers sièges disponibles. Je rends le tableau au musée et hop, on part avec nos deux valises.

Elle éprouvait une légère tristesse, mais à part le musée des Beaux-Arts, que lâchait-elle, après tout ? Oui, elle savait, elle, ce que c'était que de ne pas dire « oui », et de le payer très cher en retour. Elle se disait aussi que même au fin fond d'une France « coopérant » avec la nouvelle Algérie, elle n'était pas à l'abri d'un homme du caïd. Elle ne se sentirait jamais en sécurité à Paris, disparaître lui demanderait de vivre sous tension, à la merci d'un regard, d'une vengeance sans fin. Percevant les choses, car habituée aux saloperies de la comédie humaine, sœur Marie-Guillemine avait donné sa solution *pour ne point mourir de la vérité.* Fuir au bout du monde.

— L'Argentine, Adrien, dit-elle la voix soudain plus gaie. Et pas pour danser le tango. Déjà, des pieds-noirs y rachètent des terres. Il nous suffit de contacter un ami de sœur Marie-Guillemine, il propose d'installer des familles à une heure de La Paz, la colonie s'appelle Saucesito, elle se déploie sur vingt mille hectares. Il y a une belle demeure de maître, je doute qu'elle soit pour nous, mais toi, tu sauras nous construire une belle maison.

Elle fixait Adrien qui tout à coup lui paraissait très jeune. Elle se rendait bien compte qu'elle était la seule des deux à vouloir changer sa vie. Au nom de quoi lui imposer un sacrifice pareil ?

Elle sentit une inflexion monter en elle, puis se reprit, car plus que l'Argentine, elle avait quelque chose d'important à ajouter, quelque chose qui pouvait influencer ce départ, et alors, pour ne rien imposer du tout, surtout pas le moindre sentimentalisme, elle voulait d'abord son avis sur cette histoire.

— Tu es d'accord, dis ?

— Deux valises par passager, ce n'est pas beaucoup.

— Alors ?

— C'est oui, mais à une condition.

— Laquelle ?

— Tu gardes le vieux tableau, si les choses tournent mal, ce sera notre monnaie d'échange.

La réplique résonnait comme un gong dans le cerveau de Madeleine. Elle réfléchit, l'argent, bien sûr, mais plus encore que les questions matérielles, la condition posée par Adrien révélait une évidence : Lopez avait raison, ce n'était pas du vol, elle l'avait méritée, cette nouvelle Judith sortie de nulle part, pourquoi l'abandonner ?

Dès lors elle n'eut plus besoin de chercher ses mots. Elle sourit à son tendre mari, si heureuse de leur complicité, de cette compréhension entre eux, du bonheur qui ne faisait que s'épaissir pour alléger sa peine.

— Accordé ! finit-elle triomphante. Et ça tombe bien, car je suis enceinte.

8

L'odeur me prend dès la passerelle, les bouffées de fumée se mêlent au kérosène ; déjà envahie par les criquets, la région est en état d'urgence. À la merci des grands feux, Formosa suffoque dans la fournaise.

Aux quinze heures de route, j'ai préféré Aerolíneas argentinas, je ne suis même pas sûre d'avoir pris la meilleure décision en filant tête baissée, en annulant tous mes rendez-vous. Personne ne répondait à l'Institut national des affaires indigènes, j'ai voulu faire à ma façon, j'aurais pu prévenir un avocat, joindre une ONG, je n'arrive toujours pas à croire que ma fille se trouve derrière les barreaux, cette image m'empêche de respirer convenablement, je n'ai rien avalé depuis des heures, j'arrive directement depuis le cabinet, j'ai bu trop d'expressos à la file dans l'avion.

L'aéroport fait penser à un simple terminal perdu dans la pampa avec son tapis roulant sans âge, ses affiches désuètes et ses chariots à bagages déglingués. À la sortie d'une porte automatique, j'avise des palmiers chétifs, le panneau de l'agence de location se trouve juste en dessous. Pour contrer la chaleur suffocante, la clim fonctionne à fond à l'intérieur. Oppressée comme jamais, j'accomplis les formalités sans y penser, on me présente une citadine blanche dont la marque ne me dit rien, je n'espère qu'une chose, partir d'ici, filer sans hésiter, « Maman, viens » est la seule chose que j'ai en tête, il me reste une centaine de kilomètres pour rejoindre Riacho He-Hé ; de ma vie je ne me suis jamais aventurée aussi près du Paraguay.

Comparée à Buenos Aires, la circulation est fluide dans les faubourgs, mais encore plus nerveuse, avec partout des deux-roues en zigzags, des motards sans casque, des changements de file incessants par les bus et camions. En un rien de temps je me retrouve pied au plancher sur la Ruta 11 direction Asunción, je ne dois pas rater la Ruta Provincial 2 sur ma gauche, dès lors c'est tout droit à travers les landes, les forêts de pins chétifs, les lagunes et les marécages. Le bitume pareil à de la lave brûlante colle parfaitement au décor.

Je suis ici car ma fille a cette bonne idée de défendre les communautés indiennes expulsées de leurs terres ancestrales. Je l'entends corriger « autochtones » et ajouter d'un air dramatique : « Maman, les Tobas se donnent à eux-mêmes le nom de *Qom*, ce qui signifie simplement "peuple". En fait le mot *toba*, d'origine guarani, signifie "grand front", un nom repris des premiers habitants espagnols qui les appelaient *Frentones*, car les *Qom* se rasaient les cheveux au niveau du front en signe de deuil, tu saisis ? »

À peu près, et grâce à elle, j'en sais beaucoup plus sur cette population (je garde toba) tant massacrée qu'elle ne compte aujourd'hui qu'un peu plus de cent vingt mille âmes. Et, bien sûr, si je suis fière de ma fille (elle défend une noble cause), eh bien là, sous la forte lumière d'été, sur ce ruban d'asphalte carbonisé, son engagement énergique, joyeux, me paraît tout simplement inquiétant. J'ai glané des bribes d'informations depuis mon départ de Buenos Aires. Un jeune homme a été abattu comme un chien dans les environs de Riacho He-Hé, il avait osé s'aventurer à vélo près de terres revendiquées par la communauté indigène. La famille n'a pu porter plainte auprès de la police locale liée avec le propriétaire et ses agents de sécurité. Luna s'en est mêlée, un barrage a été dressé à l'entrée du village, je suppose que c'est là qu'elle a été arrêtée. Ça devrait suffire de travailler pour l'État, mais les grands propriétaires terriens sont plutôt des gens dangereux en Amérique latine. Je n'en suis pas du tout au stade du reproche, ni déterminée à la raisonner avec des mots prétendument sages, mon amour inconditionnel de mère est sérieusement mis à l'épreuve, j'ai simplement peur pour elle.

Tandis que je grignote sans fin la ligne d'horizon, me reviennent ces gravures coloniales du marché aux puces de San Telmo qu'Amadéo avait failli acheter, les contemplant longuement, puis renonçant. Par dizaines, des Tobas armés de lances tombaient sous les balles d'explorateurs, s'effondraient sur les rives escarpées d'une rivière, exactement comme dans un western. Au fond c'était une image répugnante, avait jugé Amadéo, pas de ça chez lui. Historien, il s'intéressait comme Luna aux peuples amérindiens. Il rédigeait la biographie d'un anthropologue suisse tant qu'il en eut la force, un homme formé à Paris, qui tout au long des années 1930 avait mené diverses expéditions chez les Tobas. Alfred Métraux étudiait leur langue, collectait les vestiges de leur culture et s'alarmait de les voir disparaître, décimés par la variole. Ses cahiers de terrain traînaient chez nous, des centaines et des centaines de pages consacrées aux grands campements, aux mythes, vocabulaires, insignes, tissages et jeux de ficelle. Des uns aux autres, Métraux avait parcouru mille kilomètres sur un territoire immense, à dos de mule au milieu des marécages, à travers bois, luttant contre des nuages de moustiques. Il bataillait pour « ses » Indiens, disait-il, indigné par les massacres qui ont jalonné l'histoire de notre pays.

C'est n'importe quoi, en ce moment, d'y penser (n'importe quoi car bien malin serait celui qui observerait une angoisse identitaire chez Luna, la perte de son père recouvre tout d'ailleurs), mais je ne peux m'empêcher d'établir un lien entre l'enfance berbère de sa grand-mère et son engagement pour les populations autochtones, le genre d'analyse tenu par les gourous de la psychogénéalogie qui prétendent repérer les empreintes psychologiques laissées par nos ancêtres comme des traces de pas sur le sable. Ma trouille me fait plutôt penser qu'on aime être ce qu'on n'est pas, que Luna aurait pu choisir d'autres combats, c'est une gamine remplie d'optimisme et de joie de vivre, elle a la chance d'être en bonne santé, ce n'est pas donné à tout le monde de dormir avec un toit sur la tête, de pouvoir voyager, d'accomplir de belles études. Putain, pourquoi s'obstine-t-elle dans les trucs dangereux ?

Je ne sais plus où j'en suis. Une grande fatigue me tombe dessus, heureusement j'arrive bientôt.

La petite ville de onze mille habitants se signale par un monument hideux, de grandes lettres en béton, coloriées de bleu, Riacho He-Hé. Le coin somnole en fin d'après-midi, je rassemble mes esprits en parcourant des yeux les rues bordées de terre rouge. Dans cette géométrie parfaite, je roule tout droit, le poste de police se présentera bien à un moment ou un autre. Des jeux pour enfants aux plastiques délavés, des terrains vagues où s'entassent aussi bien des carcasses de Lada que des barils d'essence et des réserves de bois, des taudis en parpaing gris, des bars fermés depuis longtemps, des pneus de camion qui traînent ici et là, des pancartes émaillées, une odeur tenace de fumée. Je suis frappée par la pauvreté des lieux, c'est éteint, triste, rien n'est terminé, jusqu'aux portails ouvragés en fer forgé grignotés par la rouille. Et tandis que des hommes au teint buriné me regardent passer, j'ai l'impression d'une ville livrée aux trafics de toutes sortes, les vieux disent sûrement que tout allait mieux autrefois, sans doute parlent-ils du temps de leurs grands-parents et arrière-grands-parents qui ont fondé la colonie ; maintenant les jeunes se sont tirés en ville, les pauvres sont restés sur place avec les chiens pouilleux. Je récupère Luna et on se tire !

C'est finalement un vendeur ambulant de fruits et légumes qui m'indique le poste, après la station-service, je ne risque pas de me tromper avec l'agitation qui règne juste devant.

Le gazon a disparu depuis longtemps du terre-plein sablonneux où s'obstine un unique eucalyptus. La police occupe un bâtiment de plain-pied, les véhicules des forces de l'ordre sont rangés à l'arrière, un petit groupe de manifestants se tient devant l'entrée, je me gare et me dirige vers eux. En dépit de mon air inquiet, je me répète que je suis quelqu'un d'optimiste. Il n'y a aucune raison que les choses tournent mal.

— Bonjour, je suis la maman de Luna, elle est enfermée ici. Vous avez des nouvelles ?

Une jeune femme s'approche en me souriant. Un marcel, pas de soutien-gorge, la frange catalane, on dirait Tokyo dans *La Casa de papel*. Elle m'arrête sur le pas de la porte.

— Ils l'ont embarquée hier soir, mais ils viennent de la libérer, une nuit et presque une journée au trou, *la concha de tu madre*.

— Formidable, elle est où ?

C'est alors que j'entends des hurlements qui proviennent de l'intérieur du poste. Il me semble que le soleil baisse d'intensité d'un coup, je suis tétanisée, je reconnais Luna. C'est un paquet de nerfs qui part au quart de tour face à une injustice qui la contrarie. Un ange la plupart du temps, mais une pugnacité qui se transforme en élans d'agressivité à la moindre embrouille.

— Mon Dieu, c'est quoi ?

— Laissez-la faire… Elle refuse de quitter les lieux tant que les agents n'ont pas enregistré la plainte. À Formosa le juge est prévenu, les journalistes, le gouverneur aussi, ça flambe sur les réseaux…

J'écoute, déjà un peu plus rassurée, ne pouvant m'empêcher de me dire : et toi Luna, tu sors d'une nuit de prison mais tu n'as pas cinq minutes pour appeler ta mère, même pas un SMS, tu me dis paniquée « viens tout de suite », et pas de nouvelles ? Bon, ma fille, tu vas bien, je ne vais pas me plaindre. D'ailleurs mes sens se détournent, un parfum de merde flotte dans l'air.

Ce n'est qu'à présent que je comprends que les assassins du gamin n'ont toujours pas été inquiétés. Quand la plainte sera reçue, la police n'aura pas d'autre choix que de filer les nervis du propriétaire terrien ; jusque-là les forces de l'ordre se sont contentées de gérer des troubles liés à un barrage. On passerait d'une violation de propriété privée, et encore, au crime pur et simple. Le père de la victime est là, à implorer justice. Le domaine est situé à moins de dix kilomètres, des armes circulent dans ce genre de coin, la situation peut vite dégénérer.

Je suis décidée à rester plantée là, parmi dix Tobas et « Tokyo » qui devait se trouver sur place au moment de l'arrestation.

— Bienvenue, c'est une belle région, très accueillante, vous venez de Buenos Aires ? me fait une dame comme si je m'autorisais quelques jours de vacances.

Les autres sont plus tendus et je ne me sens pas à l'aise avec eux, j'entends encore Luna me dire à quel point on fait fausse route à idéaliser les peuples indigènes, à les folkloriser en protecteurs de la nature, en gentils écologistes-nés, respectueux de la Terre-Mère. Ils le sont, bien sûr, mais avant tout ils honorent les lois de la *marisca* (la chasse, la pêche, la cueillette et la récolte de miel), dans une relation spirituelle qui n'a pas pour vocation de « protéger » un milieu naturel, ils sont là pour tuer, survivre et honorer leurs ancêtres. Et puisqu'ils sont privés d'un périmètre communautaire distribué depuis un siècle aux Européens, récupérer leurs terres spoliées reste un enjeu vital. Et c'est une sacrée bataille, dans un climat de violence permanent, sans la moindre promesse de résultats. Récemment, Luna s'est occupée d'une famille de Fontana torturée toute une nuit parce que ses fils avaient osé jeter des pierres et des bouteilles lors d'une protestation devant le poste de la ville. Je me souviens qu'ils travaillaient dans la grande tannerie de la région, du reste la plupart des Tobas se coltinent une vie misérable, confinés dans des réserves, asservis comme *peónes* dans des plantations de sucre, de coton, ou des exploitations forestières.

Se trouver là, c'est perdre tous mes repères. Sans imaginer un instant que j'aurais à voyager quelques heures plus tard, j'ai enfilé ce matin un jean taille basse assez moulant, des sandales et une très belle veste fine en cuir vert vintage. Avec mon sac de daronne où je planque ce smartphone au prix indécent, je n'ai pas vraiment le look du coin, je commence seulement à m'en rendre compte. Cependant, cette sensation de malaise cède vite le pas, on me propose à boire, à manger, un bras se tend pour allumer ma cigarette.

Je reste comme ça un moment. Paralysée par la gêne, je n'ose même pas m'approcher du père de la victime, un homme épais, aux cheveux de jais, supportant sa douleur, les yeux fixes. Voyant mon malaise, ma « guide touristique » me conduit vers lui et me présente comme « la maman de Luna ». Je bafouille des mots de condoléances, je n'imagine même pas ce qu'il traverse, j'ai toujours refoulé le plus loin possible la peur de perdre mon enfant. Il me regarde et prend mes mains dans les siennes, avant de fermer ses yeux embués, faussement apaisé, je sais bien. Propulsée dans cette situation inattendue, me voilà qui l'imite. C'est une réponse automatique, j'improvise, je nous sens tous fragiles, plongés dans une angoisse floue. L'homme cherche son souffle, ânonne quelques prières dans sa langue, à mon tour je soupire, la scène dure de longues secondes. Nous sommes finalement interrompus par un bruit. Je m'autorise à détourner le regard, c'est Luna qui sort du poste de police et aussitôt se précipite dans les bras de « Tokyo ».

— Bien joué, meuf ! fait cette dernière.

Il faut un temps infini à ma fille pour se retourner vers moi et me sourire. J'aperçois dans ses yeux ce qui me semble un mélange d'amusement, d'affection et d'agacement.

— Eh bien…

— Ça va, maman ?

Le ton de sa voix est un peu distant. Dans d'autres circonstances j'aurais souri, être présente à tout moment et en même temps ne pas exister, toutes les mères du monde connaissent. Là, je suis un peu, comment dire ? Refroidie ? Je m'attendais plutôt à un long câlin.

— Bien sûr, ma chérie, pourquoi tu me demandes ça ? C'est toi qui comptes. Qu'est-ce que je peux faire pour toi ?

— Je ne sais pas, tu as l'air bizarre. Bref, merci d'être venue, mais là je dois déjà te quitter, on file au tribunal de Formosa, le juge nous attend.

— Ah, bon. Mais… je ne sais pas… Je vous suis ?

— Pas besoin, on va foncer, on retrouve là-bas un cacique, une ONG, désolée, tu encombrerais plutôt qu'autre chose.

J'encombre, comme un vieux meuble, des règles absconses, la foule sur un trottoir, ai-je bien entendu ?

— Luna, dis-je en souriant, j'ai sauté dans un avion, une fois rentrée à la maison j'aurais accompli quoi, deux mille cinq cents kilomètres ? Tu ne veux pas renoncer à cet entretien avec le juge ? Maintenant la procédure va suivre son cours. Et si on rentrait toutes les deux, hein ? On prend un vol demain matin, ce soir un resto et un bon hôtel à Formosa ?

Luna secoue la tête de manière un peu provocatrice. Elle songe bilan carbone mais se reprend aussitôt.

— Oh non, ne commence pas avec la culpabilité ! Ce matin j'ai flippé, ok, j'ai cru ne pas m'en sortir, mais dans l'intervalle quelques posts ont fait le reste. La communauté s'est affolée, quelques reels ont suffi, des followers, c'est remonté aux politiques, je suis stalkée sans cesse, pour une fois que ça tombe du bon côté. Je n'ai pas le choix, je dois aller au bout.

— Je connais la pertinence et la vitesse des réseaux sociaux, Luna, le mystère de l'algorithme, mais puisque je suis là, tu ne crois pas ? Je parcours DEUX MILLE CINQ CENTS kilomètres pour te voir, on fait les choses ensemble, ça me semble logique.

— Et alors, qu'est-ce que ça peut faire toutes ces bornes ? explose-t-elle. Bordel ! Ces salopards de propriétaires ont tué un enfant, tu ne t'attends quand même pas à ce que je passe une bonne soirée au resto ? Tu es incroyablement gênante, maman. J'y vais, c'est tout !

C'est le moment de désamorcer. On tourne la tête près de nous, j'imagine qu'une fille ne prend pas ce genre d'intonation quand elle parle à sa mère chez les Tobas. Stoïque, je convoque mes zygomatiques et décrispe mon visage. À présent, un sourire des plus avenant relève mes pommettes.

— J'ai compris ma chérie. D'accord, mais tu es prudente, hein ? Je comprends, tu m'expliqueras en détail à ton retour. Bisous ?

Luna a légèrement décroché, en même temps que je lui parle, elle consulte ses comptes, ses notifications, ses appels, ses SMS. Finalement elle m'embrasse sur la joue et tourne les talons, laissant derrière elle le sillage d'un *love you*, exactement comme à la télé.

C'est terriblement humiliant, injuste, et je pourrais rester plantée là, ne sachant pas quoi faire. Mais à peine ai-je réalisé le départ de ma fille que se signale à mon cerveau la proximité de Misión Tacaaglé, à quatre-vingts kilomètres d'ici. J'ai besoin d'en avoir le cœur net, ce n'est pas pour Lachance que je veux accomplir ce pèlerinage, quelque chose me dit que je me suis trouvée là-bas, à un moment de notre histoire pied-noir. Me dirigeant vers la voiture, je m'assure qu'une pension peut m'héberger une nuit, ça ne doit pas être très folichon mais c'est bon, on m'attend avec un repas à l'Hostería La Misión.

Tiens, l'odeur de merde diminue, me dis-je au volant de la berline.

9

C'est ravissant. Je m'attendais à une *atmósfera* déprimante, mais l'Hostería La Misión se présente dès sa jolie façade en pierres et brique telle une adresse de charme. Alina m'accueille au seuil, la nuit n'est pas tout à fait tombée, sous les coloris vieux rose et les teintes kaki j'ai le temps de m'enchanter d'un alliage un peu rétro de tableaux, lustres, mobilier en bois précieux, canapés et fauteuils en chintz fleuri délicatement fanés. De kilims en tapis, je passe à ma chambre au flair tout aussi sûr. Elle donne sur un joli jardin, un puits, sa margelle, et une chapelle. Le cœur battant de la maison est le salon, m'explique Alina, je me rafraîchis quelques instants et la retrouve rapidement avec un *Garibaldi* de bienvenue entre les mains. Orange sanguine et Campari, le tout servi bien frais, c'est divin dans ce décor.

— J'ajoute de la Vodka ? me demande Alina, rassurez-vous j'en mets très peu.

J'acquiesce, savourant à chaque gorgée ma liberté, ça ne m'était jamais arrivé de bifurquer ainsi pour me retrouver à l'autre bout du pays. Comme une foule de questions se presse dans ma tête, je me raccroche à ma planche de salut favorite : laisser venir, surtout ne pas précipiter les choses.

— Et vous connaissez les environs ? enchaîne la maîtresse de maison.

— Pas du tout, j'habite Buenos Aires, j'ai retrouvé ma fille à Formosa, mais comme elle est très occupée, j'ai décidé de me promener un peu. J'atterris chez vous par hasard.

J'élude, je ne vois pas l'intérêt de lui dire d'entrée que je viens sonder le passé, cet axe si étrange Algérie-Argentine ne me pousse pas à jouer les anachronismes. D'autant qu'Alina m'engage dans une autre faille temporelle.

— Vous avez de la chance, la lagune est jolie par ici, le río Porteño offre de belles balades, c'est parfois un ruisseau, parfois une rivière déchaînée. Je trouve qu'il y a une âme ici. C'est l'héritage des frères de l'ordre franciscain, ils ont constamment lutté pour que les colons et les autochtones vivent ensemble. Sans eux, dans cet isolement, cette souffrance, tout le monde serait devenu fou. Ces hommes désintéressés sont restés ici de 1901 à 1955, après eux les bâtiments se sont dégradés, on a commencé à restaurer au milieu des années 1990.

— D'où le nom de votre hôtel, La Misión, je comprends maintenant.

— L'ensemble relève du patrimoine historique, nous occupons la partie, disons, noble ; il y a encore le grand patio, le secteur civique où les bons pères accueillaient la famille franciscaine, la cuisine générale, la chapelle, ils avaient bien fait les choses. Je vous montre ? On y voit clair un peu encore, pas pour longtemps.

Nous reprenons d'un pas rapide le chemin des chambres pour gagner ce qui m'est apparu plus tôt comme un jardin, en réalité une grande cour végétalisée. Les grillons stridulent plus fort que jamais, l'ensemble est parfaitement agencé autour d'une galerie en arc surmontée d'une immense treille. Je découvre alors un long bâtiment, le corps principal de la mission où se regroupaient les vocations et les convertis. Du solide, toit en tôles de zinc, murs formés d'un mélange de brique, de troncs de palmier et de torchis. Par la porte ouverte d'une des nombreuses pièces, j'aperçois le sol, également en brique. C'est vaste, de quoi loger du monde. D'où je suis placée, j'aperçois également en perspective un clocher et son promontoire, une citerne, et au-delà les berges du río Porteño, des troupeaux de bétail en lisière d'une forêt de palmiers. Un décor pastoral tel que le représentait Giorgione. Le secret de la joie parfaite, en fin de compte ?

— On dirait un cloître beaucoup plus ancien, fais-je en regardant l'écrin et ses formes qui s'étirent dans l'obscurité.

— La mission a subi des inondations, des déplacements, des incendies, mais ces murs tiennent debout. Bien, retrouvons nos verres, conclut-elle avec animation.

D'un seul coup la nuit tombe, l'ombre d'un eucalyptus vacille sur la cour.

— C'est prêt ! fait un visage surgissant de l'obscurité.

— Ah, je vous présente Rosa, nous tenons toutes les deux l'hostería. Avec elle vous avez droit au meilleur *arrollodo de pollo* de toute la région. On passe au vin. Rouge ?

Le *Garibaldi* agrémenté de vodka parcourt déjà mon corps, il me procure à la fois gaîté et entrain. Brusquement, une impression très nette s'impose : je suis déjà venue ici. C'est quelque chose de magique car aucun souvenir ne se greffe à cet effet, aucune photo de jeunesse, c'est comme si je retrouvais une empreinte, la trace de mes pieds nus d'enfant sur ce sol. Les neuroscientifiques nous apprennent que le cerveau du nouveau-né n'est pas tout à fait mature, l'hippocampe nécessaire à la formation de souvenirs ne finit de se développer qu'à l'âge de 4 ans, phénomène auquel s'ajoute un deuxième facteur d'amnésie infantile : jusqu'à 8 ou 9 ans, l'enfant possède une faculté naturelle qui lui fait oublier les événements les plus anciens, les effacent en quelque sorte, afin de mettre en place des rappels plus fins. La levée de la mémoire perdue, ces « restes », relégués dans l'inconscient, sont bien sûr au cœur de ma pratique, mais pour la première fois je le ressens chez moi de façon autobiographique, c'est de la folie, me dis-je d'un côté (chez moi jamais de flash-back, jamais de retour), et puis non de l'autre, parce que c'est bien ça que j'ai en tête finalement depuis le coup de fil de Luna. Précisons que c'est serein, très différent de ce qu'éprouve Lachance. Chez lui agit au contraire une mémoire implicite, non consciente, qui l'oblige à rejouer éternellement les événements traumatisants, un cycle infernal qui le fait pédaler comme un fou dans sa roue de hamster, le bombarde d'étranges comètes, sans qu'il n'identifie jamais son traumatisme et les personnes qui l'ont fait le plus souffrir. Il est trop tard ce soir mais mon premier geste demain matin sera d'aller voir la tombe du petit frère et du grand-père le général, ils sont ici au vieux cimetière.

Pour le moment, je passe à table. La soirée s'achève en partage avec Alina et Rosa, nous passons au tutoiement. Elles se sont rencontrées en fac à Formosa, Rosa est née à Misión Tacaaglé, du sang toba coule dans ses veines. Nous poursuivons notre discussion jusqu'à une heure avancée de la nuit, toutes les deux m'interrogent subtilement sur mon métier, les verres et les cigarettes s'enchaînent, l'ivresse s'avère un vrai plaisir, je chancelle un peu en retrouvant ma chambre.

Je prends ma douche sous un torrent d'eau froide en antidote à un violent mal de tête. Un parfum de café s'insinue du salon. L'odeur suave me guide dans la pénombre du couloir jusqu'à la salle à manger. Il fait déjà très chaud, à cette heure le soleil tape directement dans la pièce. Je m'assieds sur une petite table. Alina se présente à contre-jour, il me faut quelques secondes pour identifier dans ses mains une assiette de fruits exotiques, du café et du fromage.

— Bonjour Blanche, bien dormi ?

— La grande forme...

— Omelette ?

Sur le point de livrer ce que j'ai en tête, j'acquiesce et me reprends : je dois adapter une attitude prudente, éviter qu'Alina ne s'enferme si j'évoque directement des pieds-noirs qui n'ont pas forcément laissé de bons souvenirs, en particulier leur leader, grand copain de l'état-major argentin, le général Raspeguy. Alina me sert, retourne à ses occupations, tant mieux j'ai besoin d'être seule. En une volée de SMS, j'annule de nouveau mes rendez-vous, prends des nouvelles de ma fille, de Gabriel, et réserve un vol en fin de journée pour Buenos Aires. Je ne me donne que quelques heures, les bonnes dispositions de mes hôtesses devraient me faire gagner du temps. Autant partir sur Lachance, la place du mort dans sa vie.

— Dis-moi Alina, je me suis rappelé l'histoire d'un patient qui a grandi ici. Il m'a confié que son petit frère, malheureusement décédé à Misión Tacaaglé, repose au cimetière du village. Sa famille n'a plus aucune attache ici. Je me dis que... je pourrais fleurir sa tombe.

Un court silence s'installe. C'est un peu étrange comme décision, compte tenu de la façon dont je leur ai parlé de ma pratique. J'ai moqué légèrement l'analyste nébuleux, le comportementaliste convaincu, mais là c'est moi qui prends un détour étrange, comme si la psy du soir n'était pas celle du matin, transformée en un genre de gourou intrusif et toxique. Je lève les yeux au ciel et ajoute immédiatement :

— Mais qu'est-ce qui m'arrive ? Je sors complètement de mon rôle, là.

— Je ne trouve pas, j'ai aimé ton évocation de Ferenczi, l'empathie nécessaire à l'analyse, le ressentir avec, c'est bien ça ? Alors, s'il n'y a pas de carte, ni de chemin tracé, eh bien tu peux absolument te recueillir sur la tombe de ce petit. Les habitants d'ici pensent que les défunts vivent parmi nous, il ne nous a pas vraiment quittés, ce gosse, je trouve au contraire que tu dois lui parler de son frère. Après c'est à toi de voir, je ne sais pas, je n'ai jamais consulté.

Justement, c'est tout vu, je n'ai aucun doute. Enquêter dans le dos de Lachance, c'est enfreindre évidemment le cadre éthique que je pose depuis mes débuts. J'agis sans son consentement, en ce moment même j'explose les limites du respect de sa vie privée et du secret professionnel (la base : votre psychologue ne peut communiquer aucune information vous concernant à des tiers), de la même façon que je mélange les rôles (vous avez droit à un service fiable et sans équivoque : votre psychologue doit s'abstenir de toute relation d'amitié ou sexuelle). Suis-je mal réveillée ? La seule concession que je m'accorde est que j'agis pour son bien, une notion relative, n'est-ce pas ? Car en fait je mens. Sans être tout à fait un patient parmi d'autres, Lachance est quand même relégué assez loin ce matin. C'est la première idée qui m'est passée par la tête car au bout du compte, si je suis à Misión Tacaaglé, je tiens pour évident que c'est pour comprendre ce que je faisais ici, petite (la sensation s'est renforcée ce matin). Et le pire, c'est que je me surprends à songer que tromper son monde n'est pas si grave, c'est même plus simple, ma mère parvenait ainsi à ses fins à Alger. Mystifier son prochain ferait partie d'un legs laissé par Malika ?

Du reste, à quoi bon me présenter à une dizaine de kilomètres de la frontière paraguayenne si ce n'est pour en apprendre davantage sur les us et coutumes d'une communauté à laquelle appartenaient mes parents, avec pour ce qui me concerne cette interrogation brûlante autour du vieux tableau ? Les terres du Saucesito ont été abandonnées depuis belle lurette, mais ici ? Trouverais-je quelqu'un susceptible de me renseigner sur le chef, dont je me dis qu'il aurait raflé le Giorgione ? Et si ce n'est pas à Misión Tacaaglé, j'imagine un *road trip*, sans préméditation je me vois tout à coup zigzaguant d'un coin à l'autre du pays, dévaler les routes infinies qui sillonnent l'Argentine. J'ai déjà précisé où se trouvaient les colonies issues de l'Algérie française, après ceux du Chaco je pourrais inventer une course en direction du massif andin puis, de-ci, de-là, vers la Patagonie, et remonter enfin la bande côtière pour Buenos Aires. Ça prendrait des semaines, c'est assez vertigineux. Gabriel accepterait-il de m'accompagner ? Il s'agirait aussi d'admirer les paysages, de sonder une liberté nouvelle, j'y reviens, sans horaires, sans rythme imposé, un peu à l'aveuglette.

— Le cimetière est à deux pas, relance Alina, je t'accompagne si tu veux. D'ailleurs, Rosa connaît peut-être cette famille.

— Peut-être, mais si ça se trouve la tombe n'existe plus. C'était il y a longtemps, les parents, des Français, ont quitté l'Algérie après l'indépendance. Je crois qu'ils se sont installés dans les années 1960.

— *Los Pieds-noirs* ! réagit vigoureusement Alina. Tu sais qu'ils font partie de l'histoire locale ? Ils étaient nombreux, figure-toi, une quarantaine de familles. Avant de construire leurs propres maisons, les premiers arrivés vivaient ici, à la mission. Elle était abandonnée, tu as peut-être passé la nuit dans la même chambre qu'eux.

C'est fou comme, lancé dans ses fables, l'être humain est capable d'inventions. « Il n'y a pas de vérité qui, à passer par l'attention, ne mente », nous dit Lacan. Plus simplement il y a aussi en Argentine la règle des trois M, *momentito, mañana, mentira.*

— Mais qu'est-ce qu'ils faisaient là, si nombreux ? dis-je en feignant l'étonnement. Pourquoi pas Buenos Aires, pour des Français c'est plus logique.

— Eh bien, à ce que racontent les anciens, ils fuyaient la justice de leur pays. Ils vivaient sous de faux noms : à leur arrivée les autorités leur ont donné des cartes d'identité, des permis de conduire, des comptes en banque, des actes de propriété, les disputes n'ont pas manqué sur les terres déjà occupées, tout était faux mais on a déjà fait ça avec les nazis alors… Autant te dire que le village préférait les franciscains, leurs sandales et leurs robes de bure. Mais bon, les terres vierges ne manquaient pas, ils ont relevé leurs manches et créé des *campos*. Certains disent qu'ils ont apporté du travail, ils ont eu jusqu'à cent *peónes* à leur service, même si c'est avec eux qu'une saloperie a fait son apparition, un pesticide, le parathion.

— Curieuse façon de s'intégrer.

— Tu penses bien que c'était aux *peónes* d'arroser les champs de coton, compléta Alina dans une bouffée de colère, sans aucune protection. À l'époque on ne mesurait pas la dangerosité des pesticides.

Désormais tout le monde en Argentine distingue clairement les choses. Depuis les années 2000, les mobilisations se multiplient contre Monsanto, Bayer et leurs produits mortels. Malformations, cancers, problèmes de peau, d'asthme, de cœur, un cauchemar touchant surtout les enfants et les femmes enceintes. Mais puisqu'il n'y a pas de raison d'associer en particulier *los Pieds-noirs*, comme dit Alina, au douloureux scandale des *fumigaciones* (ils procédaient comme tout le monde procédait), j'insiste :

— Attends, Alina, comment tu sais tout ça ? C'était il y a soixante ans, de l'histoire ancienne, comment un village...

— L'histoire est très connue ici. Tape Misión Tacaaglé sur un moteur de recherche et tu verras. Ce qui apparaît tout de suite ce n'est pas mon hôtel, hélas, mais ces types et leur société, la CAFAT, la Coopérative franco-argentine de Tacaaglé. Des journalistes ont enquêté sur eux, une documentariste est venue... Quarante familles, avec leur déménagement, leur matériel agricole, ils ne passaient pas inaperçus. Les maisons tiennent encore debout ici et là, à l'époque ils fonctionnaient comme un kibboutz, les lots étaient exploités en commun, leur idée était que les récoltes potentiellement fabuleuses permettraient de rembourser les dettes et de s'autonomiser à terme.

— Je parie que rien ne s'est passé comme prévu.

— Leur rêve s'est effondré rapidement, oui, mais ils ont laissé une trace durable. Crois-moi, ils faisaient peur ! Ils se présentaient comme d'anciens de la Légion étrangère, tous les hommes avaient quelque chose à se reprocher, les femmes aussi n'acceptaient pas l'indépendance du pays d'Afrique où ils étaient nés, mais au moins elles n'avaient pas de sang sur les mains. Une chose est restée : à la mission, le soir, ils chantaient tous *Le Chant du diable*, une marche militaire qu'ils connaissaient depuis la guerre d'Indochine, apprise auprès de légionnaires allemands anciens SS. Dans un autre genre, il y en avait un qui se vantait d'avoir tiré à la mitraillette sur la voiture de de Gaulle ! Tu te rends compte ? Celui-là, je sais qu'il vivait dans un petit village situé à 20 kilomètres au nord, à Cattaneo-Cué. Il y avait un autre groupe là-bas, ce type est devenu le dirigeant d'un syndicat de patrons à Formosa, une vedette locale, il dirigeait jadis la banque de la province.

Je suis un peu abasourdie, tant d'années après, je n'imaginais pas ces détails inscrits dans la mémoire collective. Ça vit vieux les banquiers, je note, une bonne piste.

— Ils avaient un chef ? ajouté-je benoîtement.

— Tu penses, un condamné à mort, qu'ils appelaient le général. Le pire d'entre eux. Il disait qu'après les franciscains il fallait un phalanstère militaire. Il y avait autour de lui d'autres terroristes, mais de seconde zone, lui, c'était du gros gibier, toujours en chemise kaki et *bombacha* de même ton, un physique sec, malingre, de grands yeux bleus insondables, le mégot roulé au coin des lèvres. Il est mort un peu avant le coup d'État dans un accident de voiture, de la façon la plus stupide qui soit : un passage à niveau près de l'autoroute Santa Fe-Rosario. La locomotive a écrasé sa voiture. Comme il se trouvait à quatre cents kilomètres de Buenos Aires, sa dépouille, enfin, les membres récupérés par les secouristes, ont été déposés dans le caveau d'une amie au cimetière de la Recoleta, mais puisqu'il se voyait finir ses jours ici, la famille a fait transporter plus tard ses restes au village. Dans les procès des crimes de la dictature, il apparaît comme un conseiller privilégié de Videla. C'est une histoire très célèbre dans la région, certains pensent que les Montoneros[2] ont eu sa peau, je ne sais pas, il n'y a aucune preuve. Le type avait les mains pleines de sang, mais à ce niveau-là je crois qu'on ne compte plus.

— À la fin il ne restait plus que lui, ses proches ?

— Oui, la plupart ont renoncé assez vite, accablés par les sécheresses et les inondations. Montée à quarante familles, la colonie est passée à une petite dizaine, puis s'est resserrée sur le groupe de départ, et même eux sont partis les uns après les autres. La famille du général s'est obstinée seule, après le coton, le tournesol, elle est passée à l'exploitation des bananes, puis à la culture maraîchère, les salades surtout. Sa fille faisait le spectacle. Elle aussi était condamnée par contumace, elle avait la réputation d'une fanatique, dingue de whisky et d'anisette, « vaincre ou mourir », disait-elle aux villageois. Son mari et ses enfants sous le bras elle s'est finalement tirée, comme si la mort du général gâchait tout.

— On est avant le putsch, fin 1975, début 1976, c'est ça ? Et l'autre groupe ?

— Je ne vois pas. Mais attends, je réfléchis...

Les lieux par eux-mêmes ne signifient rien, c'est un peu toujours le même épilogue avec *los Pieds-noirs,* comme dit Alina. Ils débarquent avec la sensation d'une seconde chance, mais plutôt qu'une nouvelle Mitidja, une nouvelle grande plaine fertile aux portes d'Alger, la charrue trace son sillon sur le sol pauvre d'une savane. Ils s'obstinent, ils aiment l'action, le Brésil effraie par sa population colorée, les pays anglo-saxons pas question, alors s'abattent toutes les plaies

2. Guérilla argentine fondée en 1970, d'abord d'inspiration péroniste, devenue sous la dictature une des principales cibles de la répression.

d'Égypte, l'isolement, le régime imprévisible des pluies, ils résistent encore car le vin est bon, la bidoche servie en des proportions gigantesques, les autochtones sont dociles, et puis soudain depuis le fauteuil à bascule ils regardent autour d'eux, pas un arbre digne de ce nom, pas une plante, c'est affreux, arracher les fruits de cette terre si hostile devient parfaitement absurde, aux oubliettes la coopérative.

J'ai le temps de méditer un peu devant mon café pendant qu'Alina cogite. Des solutions se présentent spontanément : retrouver les fonctionnaires de la direction des Terres, des notables, le maître d'école, l'infirmier du coin. Mais le hasard le plus pur vient à ma rencontre.

— Ah, si, ça me revient, j'aurais oublié, sans cette voiture de collection, tu vas comprendre, j'adore les bagnoles !

Pas moi, du tout même, si je pouvais me déplacer uniquement à pied ou en train ce serait formidable, mais je fais l'intéressée.

— Ton côté Fangio ?

— Ah, si j'avais les moyens. Bon, tu vois le coupé Citroën-Maserati, le modèle SM, produit seulement à quinze mille exemplaires ? Pas du tout, ok ! Eh bien, j'ai vu passer quelques fois cette merveille, carrosserie rouge de Rio ! Quant au chauffeur, il paraît que c'est un type qui a rejoint le groupe de Cattaneo-Cué, je n'y ai pas pensé spontanément car son lien avec l'Algérie française est flou, c'est un Français, sûre et certaine, mais il est arrivé après les autres, et ne s'est jamais mélangé avec eux. Ses seuls amis étaient tobas.

— Tu penses qu'il est vivant ?

— Rosa peut se renseigner pendant qu'on visite le cimetière. On y va ? C'est sur le *camino vecinal.*

À part voir de mes yeux la tombe du grand-père et son petit-fils, matérialiser deux noms et des chiffres gravés sur une dalle de pierre grise, la visite ne m'apporte rien de neuf. Enfin, j'ai une image, deux croix, des noms et des dates : Esteban Lachance 1965-1968, Général Pierre Raspeguy 1901-1975. Sur la plaque de ce dernier figure la mention *Don Pedro.* Bien qu'il ait repris sa véritable identité, c'est ainsi qu'on le surnommait au village. La tombe du petit me fige dans un recueillement que trouble assez vite Alina.

— Ils sont côte à côte, cet enfant pourrait être le petit-fils du général, commente-t-elle aussitôt. Comme ton patient alors. Il ne t'a jamais parlé de lui ?

— Non, avec tous ces noms, les vrais, les emprunts… Si c'est le cas, forcément le type va mal avec un grand-père pareil.

J'élude, nous venons de parcourir une à une les tombes du cimetière, quelques centaines, dispersées dans le sable, les cailloux, sous un soleil de plomb. L'endroit dénudé est sinistre. Qu'un général, même déchu, ait souhaité être inhumé ici me dépasse complètement.

Les fleurs sont rares à Misión Tacaaglé, sur la pierre d'Esteban je dépose des roses cueillies dans le jardin de l'hôtel. Alina ne pensait pas se retrouver si près du général, je vois qu'elle perd un peu le contrôle.

— Ces gens, je ne dis pas ça pour ton patient, bien sûr il n'est responsable de rien, mais tu vois, c'étaient des complices de la junte, ils se retrouvaient autour d'une foi extrémiste et d'un anticommunisme viscéral. On en parle peu mais notre région du Nord compte de nombreuses victimes de la dictature. J'ai perdu une tante dans le massacre de Margarita Belén, vingt-deux jeunes assassinés, les filles violées, certains garçons castrés, entre autres tortures. Et tu vois, cet homme, c'est le complice des tortionnaires.

C'est brutal. Ce que je dois taire à Lachance, ce n'est pas mon rôle, j'ai brusquement envie de le partager avec Alina. Tant pis pour la confidentialité, jamais ces deux-là ne vont se croiser.

— Je comprends. Cette clique, ce grand-père, je ne sais pas, mais les parents de cet homme, je pense qu'ils lui ont fait du mal, un mal fou, sans aucun doute. Je n'entre pas dans les détails mais ils lui ont tendu un piège insidieux, avec par-dessus le marché une éducation à coups de clairon, pétrie d'honneur, de frustration. Son refoulement est tel qu'il n'imagine même pas à quel point il souffre. Et tu sais quoi ? Depuis qu'il est tout petit, son cœur lui joue des tours, il souffre d'une grave cardiomyopathie. Le cœur et ses intermittences comme par hasard, ses battements, là où depuis la nuit des temps s'enracinent l'amour et les souffrances. J'aimerais l'aider, entrevoir une issue, mais je ne sais pas où on va.

Le sort du petit-fils d'un tortionnaire ne semble pas émouvoir Alina. J'aimerais poursuivre sur la famille, le géniteur héroïsé, et en miroir le père qui ne possède pas le quart du courage de l'amant, n'agit probablement pas par amour mais par orgueil, il est simple capitaine, il a épousé la fille du général, on imagine le regard que le beau-père pose sur lui, ce raté, ce cocu. Mais bref, encore une fois je suis ici pour comprendre. Comment ma mère a bien pu supporter Don Pedro, comme il est écrit sur la tombe, et avec lui cette bande de fachos ?

Sans jeu de mots, j'ai la certitude que la chance me sourit. Il nous faut quelques minutes pour retrouver l'hôtel.

Oui, je maîtrise parfaitement la situation. Rosa a facilement retrouvé l'adresse et le nom du vieil homme au merveilleux coupé « rouge de Rio ». Il est vivant. Il s'appelle Christian Lopez.

Cette beauté n'est qu'un bûcher

Adrien prenait conscience que son attachement à Alger était plus complexe qu'il ne l'imaginait. Maintenant que les acteurs changeaient de scène, un départ ne lui semblait plus si dur. Le jeune homme sédentaire du mois de juin avait cédé la place à un nomade sans qu'il ne ressente le moindre trouble, parfois il se faisait même l'effet d'être quelqu'un d'autre.

Rapatrié, décidément non, aucune ville en France ne l'attirait plus que ça. Pablo et Angela étaient arrivés de Minorque. À la rigueur, il choisirait les Baléares, mais décidément l'Argentine sonnait mieux. Au fond, il éprouvait un rêve de migrant du même acabit que ses parents. Pour une nouvelle vie ce n'était vraiment pas bête, le seul nom de Buenos Aires brillait comme une étoile.

À la question de l'Algérie indépendante, le « oui » l'avait remporté à 99,72 %. Comme la plupart des pieds-noirs encore sur leur sol natal, Adrien s'était abstenu, la faute à l'interminable file d'attente. Son épouse inscrite à Oran ne risquait pas non plus de se prononcer. Ils étaient partis nager.

Si son cœur était à la fête, lui qui avait cru à l'Algérie nouvelle, c'était plutôt pour cette formidable nouvelle, la promesse d'un enfant. Ses nouvelles responsabilités éloignaient toute autre idée. « Je suis enceinte », seuls comptaient ces mots de Madeleine, rien ne pouvait l'atteindre, entre eux deux la vie frémissait, quelle importance que ces affiches et panneaux publicitaires s'effacent, plus de Belmondo en ville, ni de bidon d'huile BP, ni d'Orangina. La statue équestre de Jeanne d'Arc était désormais recouverte d'un voile blanc. Les manifestations de joie se succédaient, piétinaient ses souvenirs. Quelle importance ?

Au bout du compte, tout bascula le jeudi 5 juillet. « Les portes de l'avenir s'ouvrent à vous comme à nous », tu parles.

Cent trente-deux ans, jour pour jour, après la prise d'Alger par les Français, le général de Gaulle proclamait l'indépendance officielle du pays. Partout, hommes, femmes et enfants dansaient, chantaient, fêtaient la fin de plus de sept années de guerre. Madeleine imagina sa famille défiler joyeusement à Oran, son oncle chéri en tête des parades. Le couronnement de toute une lutte, la souveraineté, enfin, quelle délivrance !

Elle n'apprit qu'en soirée l'immense drame qui survenait, la fusillade d'abord par l'OAS d'un défilé, rue d'Arzew, les représailles instantanées du FLN, la foule se ruant dans différents quartiers sur les maîtres d'hier, égorgeant, lynchant, brûlant vives ses victimes. Les soldats français avaient ordre de ne pas bouger, on avait vu des uniformes algériens, la rumeur avançait des chiffres effarants, il faudra du temps pour que les historiens impartiaux s'accordent sur trois cent soixante-cinq civils massacrés, et encore auront-ils longtemps du pain sur la planche pour éclaircir une des pages les plus noires du conflit.

Finalement, jugeait Adrien, les garanties données au terme des accords d'Évian s'envolaient. Rivée au poste, Madeleine compatissait au sort des supplétifs musulmans engagés chez les Français, les harkis, qui partout dans le pays mouraient par dizaines de milliers, certains tués à coups de pierre et de pioche par des vieillards et des enfants. Les vaincus de l'histoire se trouvaient aussi dans *son* camp, décodait-elle, la lutte et les coups bas pour le pouvoir se déroulaient au grand jour entre factions, soutiens du Gouvernement provisoire d'un côté, état-major de l'autre. La période serait nommée plus tard « crise de l'été 1962 », on n'entendrait bientôt plus parler de l'humaniste modéré Ferhat Abbas et encore moins de la naissance d'une démocratie.

Pour eux deux maintenant c'était clair : le rêve argentin imprévu, fascinant, offert par sœur Marie-Guillemine, représentait bel et bien une chance inouïe d'échapper aux blessures de toutes sortes. Restait à établir un plan d'action. Les questions pratiques et logistiques revenaient à Adrien.

Madeleine comprit qu'il importait de se montrer patiente. On ne débarquerait pas comme ça à Buenos Aires, au périple coûteux en avion, il fallait préférer le bateau, c'était l'assurance aussi de déménager quelques affaires, de sauver ce qui pouvait l'être. Les jours passaient et l'ennui guettait. Au lycée on lisait les *Pensées*, Pascal lui revenait vaguement : « Rien n'est si insupportable à l'homme que d'être dans un plein repos, sans passions, sans affaire, sans divertissement, sans application. Il sent alors son néant, son abandon, son insuffisance, sa dépendance, son impuissance, son vide. » C'était beaucoup dire, d'aucuns ne comprendraient pas, à ce stade elle aurait dû au contraire s'enfiévrer pour sa grossesse, l'amour naissant pour Adrien, mais elle était faite pour l'action, sa philosophie de vie se nourrissait de tension, le moindre répit lui faisait craindre l'aphasie.

Dehors, fin de la violence aveugle. Oran ne se reproduirait pas, Alger posait au contraire un œil amusé sur ceux qui restaient. On avait d'autres chats à fouetter que les *pieds rouges* déterminés à rester. Dans l'urgence il fallait relancer le commerce, l'industrie, l'agriculture, former les ministères, accueillir les trois cent mille personnes réfugiées au Maroc et en Tunisie, assurer la démobilisation, venir en aide aux blessés de guerre, aux veuves, aux orphelins. Il fallait faire feu de tout bois, organiser les prochaines rentrées scolaires et universitaires, on était à Paris à la Libération.

Pallier le départ des fonctionnaires français était aussi un dossier à régler urgemment. Au musée, Lopez n'avait bien entendu pas de remplaçant. Mi-juillet, Madeleine voulut à la fois récupérer quelques affaires personnelles, dire au revoir à ceux qui s'y trouvaient encore, et en bonne samaritaine s'assurer de la sécurité des œuvres jugées indignes du Louvre dont beaucoup avaient de la valeur.

Adrien insista pour l'accompagner. Il s'était écoulé plus d'un mois depuis l'agression, ne signalait-on pas l'arrivée de la pègre, des hommes d'Oran qui avaient fait leur classe à Pigalle et voulaient profiter de l'indépendance. Et si réapparaissaient ceux qui l'avaient attaquée ? Il restait accroché à l'explication des *Amants du Tage*, le grand récit d'amour et d'aventures du célèbre Kessel. Il ne se trompait pas tout à fait, il ne laisserait plus jamais sa femme sans défense.

Le soleil cognait contre le musée, le jardin ne parvenait même pas à réduire la chaleur qui débarquait du désert et de la mer, prenant Alger en étau. Ils étouffaient, d'autant qu'après les escaliers, ils durent patienter un moment en plein cagnard devant la porte d'entrée avant que le gardien n'ouvre et ne les salue avec toujours cette déférence insupportable. L'ombre, vite !

Face à l'entrée majestueuse, Madeleine, elle s'en doutait, se retrouva déchirée. Le musée l'envoûtait toujours autant, c'était fermé depuis belle lurette, désert, l'ambiance relevait presque du tombeau, et pourtant une vague bienfaisante la berçait, huit mille œuvres rien que pour elle ! Adrien respecta un temps de silence, et au bout d'une minute ils convinrent de commencer par son bureau. Il lui tendit la main dans l'escalier. Pâle, elle grimpa sans un mot. Elle devait veiller à se détacher, ne surtout plus se demander qui veillerait sur les lieux après son départ.

À sa table elle soupira, frémit. Le chant des cigales portait jusqu'ici, elle avait adoré tous les moments et ressentait une grande fierté d'avoir mené un tel inventaire.

— J'ai passé des journées merveilleuses dans cet univers, dit-elle d'un sourire attendri. Voilà, c'est fini.

— Ne rumine pas, ça ne sert à rien. Tu as des choses à emporter ?

Elle laissait les stylos, cahiers, d'autres en auraient besoin. Les souvenirs ondulaient sous la chaleur, il y avait des livres, des dossiers, du matériel de restauration mais après tout, non, à quoi bon s'encombrer !

— J'espère qu'ils vont nommer de Maisonseul, fit-elle brusquement car c'était plus fort qu'elle. Son nom revient dans les conversations depuis Évian. Sa famille est présente depuis les premiers pas de la colonisation et en même temps il était proche de Camus. Il a même fait de la prison pour ses liens supposés avec le FLN.

— Alors c'est le candidat idéal. Qui nomme ?

— Le musée relève du futur ministère de l'Éducation nationale. Maisonseul est à la fois peintre, architecte, urbaniste, c'est le bon choix au titre de la coopération franco-algérienne. Oh... et puis, merde, je m'en fous maintenant.

Son vœu serait finalement exaucé, le futur conservateur se tenait prêt, pour le moment il parcourait la Casbah, tirant de ses visites une série de dessins de la ville blanche en fête avec les drapeaux vert et blanc aux fenêtres. Pour août, un voyage était prévu à Lourmarin.

— Qu'ils se débrouillent. En attendant, moi, j'ai envie d'une dernière visite.

— Tu n'as pas assez d'images en stock ?

— Si, mais je veux encore les fixer, avant que tout se brouille.

— Tu as raison, allons-y.

Un œil à la bibliothèque à l'abandon, encore plus solennelle dans la pénombre, inhabitée sous les volets clos, puis ils se retrouvèrent devant les peintures. Adrien suivait, ce serait d'ailleurs un peu toujours comme ça dans le futur, il se tiendrait légèrement en retrait de Madeleine, dans la beauté de son sillage, avec ses bons gros yeux de chien fidèle.

Les quinze salles se présentaient devant eux. Madeleine se mit à avancer par à-coups, « pas celui-là, ni celui-ci ». Adrien s'inclinait avec une certaine brusquerie devant tel ou tel, mais sa femme prenait sa main, « non, avance ». Il n'y avait aucune place pour sa compréhension, un sentiment d'abstraction le parcourait entièrement, qui voir, pourquoi, aucune idée, il se laissait guider. Le déménagement du Louvre avait laissé des choses intéressantes, c'est comme ça qu'elle les nommait, « il faut chercher la grâce, tu comprends Adrien ? ». Il opinait, conscient qu'une telle faveur ne serait probablement visible que pour elle seule.

On avançait et soudain, dans la partie art moderne pratiquement vidée, l'enchantement se présenta. Tout ébahie, Madeleine s'arrêta face à l'un des plus grands peintres modernes du XXe siècle.

— Voilà, c'est à lui que je voulais dire adieu.

Sur le cartel figurait un titre, *Contre-jour*, un patronyme, Albert Marquet (1875-1947), la date de réalisation, 1924, le support, huile sur toile 53,5 × 65 cm.

— Regarde, c'est ici, à Alger, tu ne trouves pas qu'on dirait la vue depuis ta chambre ? Il nous a échappé, il devrait se trouver avec les trois autres au Louvre. Tu en penses quoi ?

Cette fois-ci, Adrien fit l'effort de se camper devant la peinture, puis de se concentrer vraiment. Il découvrait qu'il fallait quand même du temps pour apprécier un tableau, y compris celui-ci, d'apparence simple.

— Un peu, oui, ce serait toi à la fenêtre ? J'aime bien, c'est simple, sensible. Mieux que ça, j'ai l'impression qu'il raconte tout droit.

Surprise, Madeleine apprécia la formule. Cela lui faisait un bien fou d'être avec son mari ici, sans bouger, le souffle un peu coupé. Elle pouvait se montrer intarissable après tant d'heures au musée, mais plutôt que d'enchaîner, elle garda le silence une bonne minute, à contrebalancer les divers éléments disséminés dans l'œuvre. Adrien voyait-il la même chose ? Sans doute pas, mais qu'ils regardent une œuvre ensemble, vraiment, main dans la main, et avec toute l'attention requise, quel bonheur !

Le tableau représente au premier plan la femme du peintre. Marcelle est en contre-jour, accoudée à une table, le torse nu, l'avant-bras gauche dissimule ses seins tandis que la main droite semble écrire ou dessiner, ce n'est pas très clair, on ne sait pas si elle n'est pas en train de lire, après tout. Marquet fait entrer le soleil sur son dos et ses épaules car la porte-fenêtre est ouverte sur un balcon ouvragé. Sa ligne horizontale assure à la composition un cadrage impeccable. Nous sommes, disons, au troisième étage. En bas, il y a les quais, une petite maison au toit rose ; derrière, la mer est calme, transparente. En arrière-plan, voilà un ciel bleu terni par la fumée grise d'un cargo qui passe, c'est presque un second tableau, mais qui s'enchâsse finalement au bleu du mur de l'appartement.

— C'est un ami de Matisse, rajouta finalement Madeleine. Les critiques d'art le rattachent au fauvisme, retenant sa finesse, sa douceur, un goût de la couleur pure et l'apparence d'une improvisation rapide. Les ports sont très présents dans son œuvre, Hambourg, Le Havre, Naples, Marseille. À chaque fois il livre leurs spectacles, convoque les fumées blanches et la brume pour effacer les détails. Même à Alger, regarde, le ciel bleu est gagné par la grisaille. Marcelle, de dos, ne s'aperçoit de rien.

— Tu interprètes ça comment ?

— Je ne sais pas.

— La sirène impassible, inconsciente ? Les eaux calmes, et pourtant le gris qui menace, couleur cendre.

Il la cherchait, bien sûr. Elle fit semblant de ne pas comprendre.

— Impossible à dire. Marquet avait les yeux si fragiles qu'il ne pouvait poser son chevalet face au vent ou au sable. Il cherchait ses compositions par la fenêtre, à l'abri, ça lui permettait de dédoubler et créer une image inversée.

— En retrait pour mieux voir ? insista Adrien.

— En quelque sorte... Sache aussi que Marquet n'est jamais tombé dans les stéréotypes. Il a passé une partie de sa vie à Alger mais c'est à peine s'il s'est intéressé aux palmiers, aux mosquées, aux femmes voilées, le tralala orientaliste. Chez lui rien ne distingue Alger d'une autre ville, Marseille par exemple. Même au Japon il traque les « similitudes », comme dit Matisse, son ami.

— J'aime bien l'idée. À Buenos Aires on trouvera quoi, à ton avis ?

— Paris, dit-on.

Adrien haussa les épaules et se retourna.

Son œil accrocha une toile très colorée que dévoilait la salle suivante. Elle irradiait, peut-être à cause des vides formés par les cadres décrochés du déménagement.

Sans un mot de plus il s'y dirigea, l'indiquant du doigt. Le cartel annonçait : *Jeunes filles jouant et dansant*, Étienne Dinet (1861-1929), 1901, huile sur toile 46 × 72 cm.

Comme Guillaumet, l'auteur de ce *Sahara* que Madeleine avait restaurée, Dinet peignait en ethnologue. Plutôt que scruter sa mémoire, il vivait dans l'oasis de Bou-Saâda, documentant sur le vif des scènes de vie dans la palmeraie. Il réservait aux jeunes filles la part du lion, et précisément Madeleine restait frappée par la contrainte qu'exerçaient les hommes sur elles. *Le Printemps des cœurs* montrait par exemple des baisers volés, auxquels répondaient des grimaces dégoûtées. Ce n'était pas *amusant* comme devait réagir l'œil colonial habitué aux outrages, il s'agissait pour Madeleine ni plus ni moins d'agressions, le sort réservé aux femmes de toute éternité.

Outre une forme criarde, Madeleine n'aimait pas le regard du peintre, l'obscénité de son dessin. Dinet s'était opposé à la colonisation, converti à l'islam, il deviendrait après l'indépendance une figure du patrimoine algérien, n'empêche que pour elle il y avait quelque chose de bien dégueulasse dans ses yeux. S'il payait ses modèles, c'est qu'elles étaient à vendre. Jamais les familles traditionnelles n'auraient présenté à un étranger leur enfant ; à Bou-Saâda l'exercice de la prostitution se léguait de mère en filles, l'initiation se faisait dès le plus jeune âge, la danse en constituant le point d'entrée. Et probablement que Dinet ne s'en formalisait pas trop. Pauvre *Raoucha* exposée avec des yeux féroces, les seins offerts à tous. Pauvres esclaves sur les terrasses, un *Clair de lune* qui avait valu à Madeleine sa première réaction épidermique, commentant la « clarté d'une nuit d'orient », un de ces professeurs des Beaux-Arts d'Oran en avait presque joui dans son froc : « À la clarté d'une nuit d'Orient, deux jeunes femmes aux corps souples posent avec un certain abandon. Ici les corps sont voluptueux, on sent comme un parfum musqué, il s'en dégage une très grande sensualité. » Plus que gênant. La toile était conservée au musée de Reims, Madeleine n'aimait pas le champagne, elle leur laissait volontiers les bulles, et la toile.

Qu'en pensait Adrien ? Avait-il lu ces romans d'antan qui fantasmaient une cité du bonheur, des femmes offertes ? Dans un tintement de bijoux, un grand froufrou de parures et de costumes traditionnels, il n'y avait qu'à se servir. Connaissait-il *z'gag el qanqi*, la rue de la Lanterne, formée d'une vingtaine de bordels où les « filles de joie », vieillies prématurément par les passes, l'alcool, le tabac et toutes sortes de boissons frelatées, finissaient jetées comme des mégots ? Non, sans doute.

Sous ses yeux, deux jeunes filles (qui à leur âge ne savaient pas encore ce qui les attendait), filles de prostituées, jouaient innocemment, dansaient et se chamaillaient en même temps, l'une en robe rouge, l'autre en bleu. Derrière elles, des troncs de palmiers, une maison en terre, et un oiseau bleu saisi au vol.

— Je te retrouve un peu, jugea Adrien innocemment. L'impression étrange de te voir plus jeune. Laquelle, à ton avis ?

— Lequel plutôt, sans hésiter l'oiseau bleu.

— Je ne l'ai pas vu.

— Tu l'as oublié car tu ne regardes pas *vraiment*. L'oiseau est tout petit, si tu vas par là c'est lui qui me ressemble, il est libre.

Adrien ne savait pas quoi dire. Au fond, ce n'était rien de plus qu'une tentative, sans trop y croire. Comme le peintre attrapait l'oiseau, lui-même s'emparait du tableau, il ne trouvait pas vraiment de ressemblance entre sa femme et cette jeune fille, sinon un air fier de tribu des montagnes, il attendait juste une explication depuis l'hôpital, il n'arrêterait pas avant qu'elle réfute ou ne livre ses doutes sur l'agression, crime d'honneur ou pas. Il ne le voulait pas seulement pour la sécurité de son épouse, sans n'y rien connaître il imaginait que les secousses dans le corps, dans la tête, se répliquaient longtemps après, comme le terrible tremblement de terre d'Orléansville. Et puis ça aiderait à passer à autre chose, vraiment, à ne plus jamais se poser la question des origines de Madeleine, quelle importance ? L'avenir qui scintillait à des milliers de kilomètres ne s'encombrait vraiment pas de ce genre de détail.

— Ces femmes sont berbères, n'est-ce pas ? lança-t-il d'une voix chaleureuse. Les bijoux les identifient, non ?

— Oui, aucun doute, ou judéo-berbères, une société fortement arabisée, qui s'est fondue dans la tribu des Ouled Naïl.

— Toi aussi, tu possèdes un bijou berbère.

— Pardon ? fit-elle après un temps d'arrêt.

— La sœur. Elle est tombée dessus chez toi, en cherchant tes affaires.

— Eh bien, je suis désolée d'apprendre qu'on fouille dans mon dos.

— Elle n'avait aucune intention malveillante. Ce collier lui est apparu de manière involontaire, un peu comme un message. Allez, Madeleine, c'est pour t'aider.

— M'aider à quoi ?

— À me dire la vérité. Après on n'en parle plus. J'ai besoin de savoir. Je pense que c'est mieux.

Désorientée, Madeleine tournait la tête à droite à gauche, à la recherche d'un autre tableau à observer.

— Ta fuite d'Oran, insista Adrien, l'agression, ton identité, ça me paraît limpide, mais je ne veux pas inventer.

Il prit son visage entre ses deux mains et l'embrassa, elle était prête à vaciller, il le sentait.

— Dis-moi juste Madeleine, avant, que s'est-il passé ?

— J'ai essayé de te parler, je n'y suis jamais arrivée, désolée, réagit-elle légèrement paniquée, en regardant à nouveau autour d'elle.

— Ce n'est pas grave, je suis prêt à attendre le bon moment.

Un long silence, puis elle s'écarta, respira profondément et le prit par la main.

— Viens, dit-elle d'une petite voix, ce n'est pas le bon endroit.

Ils se retrouvèrent rapidement sur la pergola en fleurs, parmi les colonnes, les sculptures en plein air, le jardin d'essai presque à leurs pieds.

L'agression l'avait assommée, la décision de partir, celle de se marier faisaient beaucoup de choses à penser, et en même temps se sentir dépassée accélérait sa volonté. Les projections vers l'avenir l'allégeaient du poids de sa jeunesse, éloignaient les brûlures d'un passé de plus en plus ancien. Déjà, il lui arrivait de se dire « Tiens, j'ai fini par ne pas y penser, de toute la matinée ». Clairement, c'était de moins en moins anesthésiant. Elle se sentait comme coupée de sa jeunesse, orpheline, un arbre sans ses racines mais qui tenait debout, fièrement. Et surtout heureuse avec Adrien.

En fait elle était prête.

— Il y a beaucoup à raconter, fit-elle d'une petite voix.

— Commence où tu veux.

— Et si je pleure ?

— On pleurera tous les deux.

— Il y a un passage de Camus que je peux réciter par cœur. C'est dans un texte appelé *L'Envers et l'Endroit.*

Il la fixait. Elle allait mieux, son visage se détendait un peu face à la baie d'Alger. L'instant comptait aussi par leur présence dans ce panorama et ce coin tranquille. Adrien se rendait compte que le musée avait la forme d'un E, les trois ailes transversales se trouvaient séparées chacune d'un jardin marocain, la pergola au centre faisait un promontoire sur la Méditerranée. Madeleine s'y trouvait pour la dernière fois de sa vie.

— Vas-y.

— « Les peintres qui sont allés en Afrique du Nord savent bien que le soleil, là-bas, tue les couleurs. La lumière débordante de l'Afrique écrase tout. Elle avale la couleur, la dissout dans une ébullition immobile et perpétuelle, blanchit un ciel que tout le monde croit bleu, mêle le rouge au vert et rassemble enfin les complémentaires dans une splendeur incolore. En consumant les ombres, elle brûle toutes les valeurs. Pour finir, tant de flammes ne font plus qu'une négation, et cette beauté n'est qu'un bûcher. »

— Un bûcher ? interrogea Adrien en vacillant un peu.

Pour dire ce qui était arrivé, Madeleine parla le regard fixé sur l'horizon, d'un ton rapide et monocorde. Elle reprit tout à zéro, depuis Malika et l'oncle Sid Ahmed qui lui avait offert le collier pour ses 10 ans. Elle chercha à prendre du recul, mais malgré elle, ses yeux figés dans une expression désespérée s'emplirent de larmes.

Suspendu aux nouvelles de l'ennemi, Adrien serra les poings. Malika, c'était pourtant joli, presque il préférait à Madeleine.

D'un bout à l'autre du musée, les œuvres se taisaient.

Le chemin de Buenos Aires

Une légère pluie d'été chatouillait leurs visages, ils partaient sous un ciel gris, ça collait avec l'idée nuageuse d'un adieu.

Adrien avait refermé la porte de chez lui sans y penser, pas un mot échangé entre eux dans l'escalier, ils se retrouvaient ensemble sur le front de mer, complices inséparables et toujours surpris de l'être.

Tournant le dos à la mosquée de la Pêcherie et au palais consulaire, ils gagnèrent lentement le square Bresson, ses ficus, magnolias, eucalyptus et palmiers en ligne de mire. Ils n'iraient pas jusqu'au kiosque à musique, ils se tiendraient sur un banc, de sorte qu'ils puissent apercevoir Reda et sa Simca 1000 qui les déposaient vingt kilomètres plus loin à Maison-Blanche. Reda était toujours en retard, la circulation infernale, ils voyaient large pour gagner l'aéroport.

Ce n'était pas le jardin d'essai mais il y avait quand même la vue sur la baie, les moineaux dans les branches, des allées pleines de vie et des odeurs d'Orient. L'idée qu'ils quittaient les lieux pour toujours, ça ne rentrait décidément pas, comme un concept inintelligible.

Ils voyaient devant eux un long voyage, puis un retour quand la peur se serait dissipée, peut-être à la mort du caïd. Envahis de bonheur, ils ressentaient tout le contraire des émotions vécues par les autres pieds-noirs. Au fond, ils n'admettaient pas qu'aujourd'hui se jouait un instant décisif.

Assise à présent sur le banc, Madeleine leva les yeux sur l'un des immeubles qui entourait le square. Peu après son arrivée au musée, elle avait été reçue au 1, rue Littré, dans l'appartement du collectionneur Lung. Elle se souvenait d'une terrasse d'où l'on contemplait la beauté de la rade, elle s'en était bien tirée pour ses premières mondanités.

— J'étais là-haut il y a pas si longtemps, fit-elle en désignant l'endroit. Les descendants du collectionneur Frédéric Lung recevaient après un vernissage.

— Celui des vins ?

— Lui-même, on connaît le négociant, moins le collectionneur, l'un des plus grands en Europe. La famille a hérité d'orientalistes, d'impressionnistes et de contemporains. Quelques-uns ont été donnés au musée. Je me demande bien où sont les autres. Je me souviens d'une belle œuvre, *L'Amirauté d'Alger vue du square Bresson* justement, signée d'un professeur du lycée d'Alger injustement méconnu, Étienne Chevalier. Dans l'inventaire j'ai recensé quatre tableaux de ce peintre. Un proche d'Alazard, professeur renommé aux Arts déco.

— C'est fou, ça me frappe toujours, tu vois tout, tu n'oublies rien.

— Je suppose que je n'avais rien d'autre à faire, remarqua-t-elle en souriant.

— Oui, mais maintenant tu seras très occupée. Et on a dit qu'on passait tous les deux à autre chose, qu'on ne serait pas ce genre de personnes qui ruminent et ressassent.

Adrien voulait l'embrasser mais il y avait encore quelque chose de retenu dans ses gestes, Madeleine le troublait et l'apeurait un peu. Cette dernière inspirait toujours une sorte de respect, qui lui allait bien. Le côté désinvolte ne marchait pas avec elle, Lopez s'était cassé les dents.

L'arrivée de Reda mit fin à la conversation. Avec cette circulation pare-chocs contre pare-chocs, il fallait déposer rapidement les valises et se jeter à bord de la Simca 1000.

Le chauffeur démarra sur les chapeaux de roue boulevard Carnot, les cales et quai défilèrent en traveling, puis le casino, l'hôtel de ville, la préfecture et l'hôtel des Postes.

Ils n'échangèrent pour ainsi dire pas un mot jusqu'à l'embranchement de la route moutonnière. Adrien, qui occupait le siège passager, se rappela tout à coup qu'elle gardait ce nom du temps où les moutons l'empruntaient pour aller se faire tuer en ville. Il aurait pu partager l'anecdote, mais jetant un œil au miroir du pare-soleil, il attendait d'avoir passé le jardin d'essai pour bavarder avec Reda, lui donner ses dernières instructions. Il avait confiance en ce jeune apprenti, l'atelier lui revenait, l'acte se résumait à un don manuel formulé sur un simple papier signé. L'aspirant menuisier avait insisté, Adrien pouvait revenir travailler quand il voulait. On verrait, il voulait dire quelque chose de gentil, mais les mots restaient coincés dans sa gorge. Au bout d'un moment, les agents de police algérois se multiplièrent, on arrivait, on voyait les avions décoller, des vols supplémentaires étaient affrétés, même par des compagnies étrangères, ils suivaient dans le ciel une courbe vers la baie et l'Europe.

Le soleil revenait et ne faisait pas semblant. La route traversait des champs d'orangers, de citronniers, et même des vignes. Madeleine regardait droit devant elle, à peine surprise par le nombre de voitures abandonnées sur le bas-côté. Des carrosseries avaient été incendiées par leur propriétaire, mais parmi les carcasses on tombait aussi sur des véhicules bien garés qui attendaient le retour de leur propriétaire, la batterie juste débranchée.

Il y avait eu tant de monde quelques semaines plus tôt, une foule grondante, transpirante, que les abords de Maison-Blanche leur parurent presque calmes. Le chiffre de douze mille départs quotidiens depuis juin circulait, moitié avion moitié bateau, maintenant plus besoin de recourir au marché noir (le cours avait bondi à six fois la valeur d'un billet), c'était bien leur nom de voyageur inscrit sur la souche Air Inter, ils n'avaient rien à craindre des contrôles opérés par les inspecteurs de la Sûreté nationale.

Depuis des semaines, des dames de la Croix-Rouge et des religieuses s'occupaient des familles. Sœur Marie-Guillemine se dressait là, face aux sanglots, aux plaintes, aux évanouissements, droite et disponible dans les déchets qui s'accumulaient sans que plus personne ne songe à les ramasser. Sœur Marie-Guillemine, donc, avait dit qu'ils se retrouveraient après les contrôles, dans la salle d'attente, pour des embrassades, un dernier salut avant la *Caravelle*. Reda se gara non loin de la tour de contrôle, plutôt belle avec ses fenêtres en carré sur toute sa hauteur, sa terrasse vitrée au sommet. De manière générale d'ailleurs, les plans modernes des architectes Lathuillière et Di Martino, des Beaux-Arts d'Alger, provoquaient un certain contentement depuis leur livraison en 1956.

— Eh bien mon vieux, nous y voilà, commença Adrien en souriant à son successeur. Tiens, voici les clefs de mon appartement, tu peux y prendre ce que tu veux.

— Merci à toi, Adrien, mais je ne peux pas accepter tout ça.

— Tu es mon successeur. Et puis c'est ma contribution à l'édification du socialisme en Afrique.

— Je vais te regretter. Revenez, si vous changez d'avis.

— Je ne pense pas. D'autres Français vont venir, au service de la cause. Il y aura aussi des Russes et des Cubains. Je te laisse avec eux, c'est sans regret.

Il remarqua le visage défait de Reda. On ne faisait pas encore les comptes, mais la lutte entre les factions du FLN était si féroce qu'on se doutait bien que des milliers d'opposants tombaient en ce moment même sous les balles. La nuit, des fusillades empêchaient les Algérois de dormir. Le Gouvernement provisoire menaçait de capituler, l'armée des frontières conduite par le colonel Boumediene se tenait prête à entrer dans Alger. Le charismatique Ben Bella régnerait sans partage sur un pays d'autant plus puissant que le colonisateur léguait le Sahara, son pétrole et son gaz. Une terre qui n'avait jamais été algérienne avant l'arrivée des Français.

— Vous avez l'air heureux, dit Reda pour contrer son passage à vide. On dirait même que vous partez en voyage de noces.

— C'est un peu ça, non ? ajouta Madeleine. Nous avons quinze jours à Paris avant le transatlantique.

Elle avait insisté sur le « nous ». Ils souriaient tous les deux.

Reda tenait à sortir lui-même les valises du coffre. C'était un beau jeune homme, les yeux clairs, le visage assez triste. Madeleine le détailla un peu, avec une impression de gêne. Comme elle quittait son peuple, elle se demanda si une tout autre existence ne se serait pas offerte si lui, et non Adrien, s'était présenté au musée. Les jeunes d'Alger avaient largement les moyens de punir le caïd et ses hommes d'Oran, avec Reda elle aurait vécu *chez elle* en toute sécurité... Mais elle se reprit rapidement, les qualités de Reda cachaient peut-être autant de défauts, Adrien supprimait les autres hommes, il serait un mari formidable, vigoureux, sain et loyal, c'était évident.

Maintenant ils portaient à bout de bras leurs deux valises réglementaires, ne sachant plus trop quoi ajouter. Alors Reda leur dit au revoir. Ils gagnèrent l'aérogare tout en béton et poteaux. À l'intérieur c'était sinistre, ça empestait le tabac froid, des transistors braillaient, une voix dans les haut-parleurs ne finissait d'annoncer les départs et arrivées. Ils se trouvèrent devant l'enregistrement à midi pile. Bien en avance, le vol ne décollait qu'à 16 heures.

Au contrôle des bagages, un douanier jeta un œil distrait sur le contenu des valises. Ils n'avaient rien à craindre, l'objet possiblement compromettant que Madeleine appelait désormais « le vieux tableau » se trouvait dans la chambre de sœur Marie-Guillemine. Une décision motivée par l'installation à Buenos Aires, un siècle plus tôt, d'un groupe de missionnaires de la congrégation Saint Vincent de Paul formé de deux prêtres et douze Filles de la Charité. C'était une longue et solide histoire, la famille vincentienne veillerait sur le vieux tableau (enfin sa caisse, admirablement fabriquée par Adrien), depuis le transit par le siège de Paris, rue du Bac, jusqu'au quartier San Cristóbal, où se trouvait la *casa provinciale* des religieuses.

Madeleine n'aurait plus qu'à le récupérer là-bas, aucune raison d'en douter, les liaisons fonctionnaient bien entre les églises et l'Argentine, les nazis pouvaient en témoigner.

Une fois enregistrés, une fois passé l'Office de migration grâce à leurs tickets d'accès, ils gagnèrent la salle d'attente. Ici, la baie vitrée donnait sur les pistes déposées en V, c'était agréable de fumer des cigarettes en contemplant le ballet des avions. Occupée, sœur Marie-Guillemine, Dieu la bénisse, se présenta un peu au dernier moment. Très excitée (à nouveau se vérifiait l'idée que les œuvres, le bon secours donnaient la pêche, selon une expression naissante), elle leur parla d'un ton survolté de la petite bande qu'ils retrouveraient sur le transatlantique. Les terres au prix très modique de 15 francs l'hectare, tout un tas de facilité de crédit, d'équipement et d'assistance avaient fait des envieux, ils auraient tout loisir de faire connaissance lors de la traversée. Adrien eut à peine le temps de se demander combien de chats elle avait tué depuis son réveil que la grosse mouette (à réflexion la ressemblance s'affirmait) décolla de leur vie dans une étrange force de traction horizontale.

Il fallait marcher un peu sur la piste pour accéder à la passerelle de la *Caravelle*. Sur ce qui se transforma soudain en un chemin de croix, ils restèrent sans voix, et pour faire diversion aux souvenirs qui les étreignaient, ils feignirent de s'intéresser aux CRS, flanquées de policiers de la nouvelle autorité priant « les passagers de souche européenne de suivre la file de droite » : subsistait encore un tri pour les Arabes.

Toujours aussi silencieux, ils observèrent la baie d'Alger depuis le hublot, les yeux un peu noyés sur la ville blanche. Quand disparurent les dernières embarcations de pêche, une coupe de vin blanc de Tlemcen les remit d'aplomb.

Orly se présenta après deux heures de vol. C'était si près ! Ils gagnèrent en taxi la pension de l'Abbaye, un petit hôtel de Saint-Germain-des-Prés qu'Adrien avait choisi car il savait que Léo Ferré y logeait après-guerre. L'âme légère, ils ressemblaient bien à un couple en voyage de noces, quittant leur ville de province un peu ennuyeuse. Et puisqu'ils s'extirpaient sans peine des sables mouvants d'une nostalgie inguérissable, personne n'aurait songé à leur coller une étiquette de rapatriés dans le dos.

On n'expliquera pas, c'est si évident, le bonheur que Madeleine ressentit au Louvre. À sa première visite, elle eut l'espoir un peu naïf de retrouver une peinture du déménagement, et pourquoi pas le Puvis de Chavannes. Par un donateur, l'institution venait de recevoir *La Pêcheuse*, elle s'y attarda longuement, comme elle le fit sur des dizaines d'autres trésors lors de ses visites qui devinrent quotidiennes. Ils prenaient leur petit déjeuner à La Palette, rue de Seine, traversaient le fleuve et se présentaient à l'ouverture. La grande galerie bruissait d'une foule étonnante, *La Joconde*, qui n'avait pas bougé depuis 1954, partait bientôt pour Washington, elle avait de la chance de pouvoir l'admirer.

Dehors, dans la cour carrée, on nettoyait les façades. Le contraste entre les parties décrassées et celles qui attendaient de l'être était si grand qu'elles provoquaient l'effet d'une photo en noir et blanc. Depuis Haussmann, les ravalements n'avaient plus court, c'était une obligation toute récente du préfet, d'où cette impression qui s'appliquait au fond à toute la ville. Du gris, de la poussière, des immeubles vétustes recouverts de suie, des trottoirs couverts de mégots, un fleuve plutôt sale, une impression de délabrement général, des îlots insalubres, des chantiers de construction et des hommes portant béret... mais Paris était belle au mois d'août.

Après leur tour au Louvre, ils traînaient un peu aux Halles, mangeaient pour presque rien, et ainsi ragaillardis parcouraient d'un pas de touriste les monuments, les parcs, les vieux quais et l'ombre de Baudelaire. Débarrassée des bagnoles, des râleurs en congés, la ville semblait ouverte juste pour eux. Ils flânaient aux terrasses des cafés, se l'appropriaient assez vite, apprenant la capitale, ne cherchant pas la moindre comparaison avec leur ville natale, comme le font souvent les gens. Ils marchaient des kilomètres, tous les quartiers y passaient, y compris Belleville en pleine destruction. Dommage, car ses ateliers, impasses, cours et jardinets leur rappelaient des coins de Bab El Oued.

Madeleine ressentait régulièrement des douleurs et des fourmillements dans sa main. Elle avait du mal à saisir des objets entre le pouce et l'index, Adrien insista pour qu'elle consulte des spécialistes en chirurgie orthopédique et traumatique. La plupart se trouvaient en vacances, mais mine de rien ils furent reçus par trois chirurgiens, unanimes : ils pouvaient opérer, libérer le nerf, même si les risques de récidive n'étaient pas négligeables. L'un quand même émit un avis neuf, la radio ne montrait pas grand-chose, la gêne fonctionnelle était bien réelle, n'allez pas mal interpréter, mais il arrivait que certaines blessures à la main causées par la fatigue, l'angoisse, enfin les souffrances neurologiques, s'accompagnent d'un cortège de symptômes, on voyait souvent ça chez les sportifs, cette composante psychosomatique, enfin il ne voulait pas les embarquer sur ce terrain-là.

La peinture ne manquait pas à Madeleine, elle avançait ainsi dans sa vie, par ruptures.

Les deux semaines s'achevèrent sans qu'ils ne s'en aperçoivent. Mi-août, ils gagnèrent de très bonne humeur la gare Saint-Lazare. L'aventure, la vraie, commençait. Sans risque, Adrien avait transféré ses économies sur un compte ouvert dans la plus ancienne banque privée d'Argentine. De nombreux Bonaparte pliés en quatre dans son veston serviraient durant la traversée.

Le *Charles Tellier*, transatlantique aux couleurs des Messageries maritimes, reliait en vingt-huit jours Le Havre à Buenos Aires, *via* Lisbonne, Rio, et Montevideo. Si on prenait la chose comme une croisière et non une malédiction, c'était du bon temps qui se profilait, une saine oisiveté et des conversations passionnantes avec les autres passagers, cigarette aux lèvres et verre de whisky à la main. Du rêve à la réalité on imagine bien le gouffre, Madeleine et Adrien occupaient une minuscule cabine de seconde classe. Pour qui savait la lire, la plaquette descriptive du paquebot nourrie de photos en couleurs disait juste : bien que relativement récents, les aménagements, cabines et décoration restaient basiques.

Avec son unique cheminée pour deux moteurs, le *Charles Tellier* naviguait plus lentement que ses concurrents, sur ses cent trente-six mètres de long et à peine vingt de large, le pont-promenade était à moitié fermé. Pour si peu d'espace à vivre, c'était quand même beaucoup, cent cinquante officiers et marins, cent six passagers en première classe et trois cent vingt-six passagers en deuxième. On étouffait dans une pareille promiscuité, on avait le plafond sur la tête dans le salon et le fumoir communiquant par galeries meublées de bibliothèques. Combien de fois les jeunes époux regrettèrent de ne pas avoir investi dans l'avion, même à prix d'or ?

Vent d'ouest et alizés, mer grosse et mer d'huile, soleil de plomb et brume, tout au long de la traversée, ils se considérèrent comme du bétail et ils n'avaient pas tort. Charles Tellier n'était autre que l'inventeur de la « chaîne du froid », grâce à lui la viande se conservait à travers l'océan depuis Napoléon III. Ce nom à l'arrière d'un navire qui appartenait de concert aux Chargeurs et à la Sud-Atlantique n'était rien d'autre qu'un hommage, au vrai on voyageait à bord d'un « mixte » : au retour, les quinze mille mètres cubes de frigos en soute se rempliraient d'une barbaque tout juste abattue et congelée sur les quais de Buenos Aires.

Après Lisbonne, Adrien se sentit captif, c'était impossible à gérer, tout ce temps devant lui, il avait toujours eu besoin de se mettre sous la dent un programme consistant d'activités, ça ne suffisait pas du tout de montrer à Madeleine l'étoile du Berger puis la Croix du Sud. Sur le pont, il tournait en rond de bâbord à tribord, bien campé sur ses jambes au chômage. Le pire moment fut ce rite de passage sur la ligne de l'équateur. Jamais il n'avait ressenti à quel point il était un sauvage, un misanthrope. Par bonheur, les liquides qu'on asperge en pareille circonstance, mêlés à du shampoing, de l'huile, du chocolat, l'épargnèrent.

L'escale de Rio – enfin ! – fut l'occasion de se demander s'il ne valait pas mieux continuer en autocar. Il n'en pouvait plus, mais Madeleine parvint à lui inculquer quelques notions de patience. Et puis ça la ficherait mal de quitter les soixante familles avec lesquelles allait s'organiser la communauté agricole de Saucesito. Le chef se prénommait Raymond, deux ans plus tôt il avait échoué à reprendre une hacienda dans la province de Buenos Aires, six mille cinq cents hectares d'excellentes terres. Ses fonds insuffisants ne permettaient pas de conclure la vente, le gouvernement français appelé à l'aide l'avait alors éconduit. On ne le reprendrait plus, il avait maintenant de solides appuis politiques. Du reste, il donnait une vision cohérente à leur projet, on l'écoutait à l'apéritif.

Ni Madeleine ni Adrien n'avaient trop envie de partager les souvenirs pesants et une activité commune qui n'existait pas encore. À vue d'œil, leurs futurs camarades formaient une drôle d'alliance, unis par le ressentiment et leur refus commun de vivre en France parmi les autres rapatriés. Leur groupe hétéroclite regroupait des individus de tous les âges, de divers métiers, issus de tous les coins de l'Algérie française. Comment allaient-ils vivre ensemble, en communauté ? En repoussant la réponse à cette interrogation (le ver était dans le fruit, comme on dit), ils conservaient une distance un peu cérémonieuse, séchaient volontiers le jeu-concours quotidien de petits chevaux, tâchaient en classe touriste de déjeuner et dîner tous les deux. Un billet sur feuille A4, bleu et orange, nommé *La Vie du bord* et déposé à leur porte chaque matin, les informait de la météo, des particularités nautiques, des va-et-vient des prêts de la bibliothèque (Adrien guettait une enquête d'Albert Londres, *Le Chemin de Buenos Aires*), des facilités bancaires, du changement d'heure, des distractions, généralement à l'heure du thé un concert de musique classique « enregistré » et après le dîner une séance de cinéma.

On était comme à l'hospice, se lamentait Adrien. Au bulletin numéro 28, le río de la Plata s'ouvrit et Buenos Aires s'annonça.

La fin du parcours

Le vieux tableau suivit la même route maritime à bord du paquebot *Louis Lumière*, avantagé d'une silhouette moderne et d'un confort plus luxueux que son navire-jumeau *Charles Tellier*. Giorgione avait gagné au change. Des docks de Buenos Aires, il fut transféré au Palacio de Correos installé face à la Bourse sur l'avenida Alem. Les plans jamais honorés d'un architecte français avaient donné naissance à une merveille, un colosse surnommé à son ouverture dans les années 1920 le « Versailles de la Poste ». On parlait alors *d'arquitectura de prestigio*, on voulait vivre à Buenos Aires comme à Paris (et même mieux qu'à Paris, plus riche qu'à Paris), là encore il n'en fallait pas moins pour un chef-d'œuvre en goguette.

Judith était parfaitement à sa place dans cette atmosphère qui rappelait celle d'un musée avec ses colonnes, vestibules, salons, marbres et moulures. Le service était impeccable, sœur Marie-Guillemine savait parfaitement ce qu'elle faisait en s'adressant à une telle institution. Insoupçonnable, le colis au nom de la supérieure générale fut réceptionné en poste restante par le garçon de courses qui œuvrait pour la famille vincentienne. Direction la *casa provinciale* des religieuses, au 1428 Cochabamba, quartier de San Cristóbal. Restait, pour Madeleine, à s'y présenter.

Ils vivaient dans un hôtel de la rue Lavalle. Raymond, le chef du groupe, arguait de problèmes administratifs, les papiers n'étaient pas tout à fait prêts, les fonctionnaires traînaient des pieds, mais ça ne saurait tarder. La réception avait été chaleureuse juste après leur entrée dans la darse, pleine d'officiels, mais face à ces huiles, Madeleine, un peu inquiète, avait noté la moue dubitative de l'ambassadeur de France. Le lendemain, un article de *La Nación*, sur plusieurs colonnes, les dépeignait en héros « au passé fabuleux ». L'un des membres se voyait gratifier « d'une des plus grandes fortunes d'Algérie ». Certains « aviateur, boxeur, joueur de tennis et encore champion d'athlétisme » multipliaient les exploits sportifs. C'était n'importe quoi, mais cette chaleur humaine avait un bel effet psychologique sur des gens traumatisés par l'arrachement à leur terre natale. C'est toujours bon d'être aimé, Adrien s'en trouva rassuré lui aussi, ça prendrait le temps que ça prendrait.

Toujours est-il qu'il renversait son attitude des dernières semaines. Au « *Sois patiente Madeleine, purée* » succédait une joie à prendre son temps loin des autres familles dispatchées à droite à gauche. Nom d'un chien, ils allaient s'amuser près des cinémas, loin de la promiscuité du groupe.

Ils vivaient au Centro, parmi les immeubles cubiques et les tours. Face à eux, se trouvait le *Teatro Colón*, un temps le troisième opéra du monde après Garnier et Vienne. Tout se faisait à pied jusqu'aux belles demeures de Recoleta. L'obélisque de Avenida 9 de Julio (la plus large du monde également) leur servait de repère. Ils avaient sous la main les commerces de la calle Florida, les Galerías Güemes (où vécut Saint-Exupéry) et Pacífico finement ouvragées, les verrières somptueuses, les splendides coupoles pareilles à de grosses pâtisseries, les bâtiments néobaroques synthétisant tous les rêves européens. Ils ne savaient où donner de la tête, la richesse scintillait de tous côtés, avec ses cent vingt mètres, l'*edificio* Kavanah n'avait-il pas été le gratte-ciel le plus haut d'Amérique ? Franchement, que pouvaient-ils espérer de mieux ? Comme Alger était petite en comparaison, il n'y avait que New York pour rivaliser.

Le printemps arrivait dans l'hémisphère sud, il faisait frais le matin, mais les rues se réchauffaient vite. Ils progressaient dans un boucan du tonnerre et faisaient halte sur le chemin dans une de ces *cantinas* où l'on dégustait un *cafecito* avec un biscuit et un verre de soda glacé. Les guides touristiques évoquaient le mythique Tortoni, ses fauteuils en cuir rouge, ses tables en marbre, ses boiseries aux murs, ses photographies, dessins et peintures. Comme tout le monde, ils savourèrent un *chocolate con churros*, mais au fond ils préféraient le fracas de Corrientes et les odeurs du Mercado, la ville populaire qui rappelait d'où ils venaient.

Adrien était le plus enclin des deux à s'extirper du périmètre dit du Barrio Norte pour arpenter le damier gigantesque des *cuadras* jusqu'aux lisières de cette ville gigantesque. Un jour, alors que Madeleine se reposait à l'hôtel, il avait découvert La Boca et l'immense transbordeur métallique Nicolás Avellaneda. Sa mémoire retrouvait les portiques de ferrailles du port d'Alger, l'encombrement de remorqueurs, de cargos, de grues, les bruits d'hélices, et les coups de sirène. L'odeur de pétrole, de marée et de vase lui avait fait battre le cœur. L'endroit se distinguait cependant par quantité d'entrepôts frigorifiques, d'abattoirs et de tanneries, les statistiques faramineuses de bêtes égorgées se devinaient dans les eaux huileuses du Riachuelo. Attiré par un bandonéon, il s'engagea dans l'une de ces rues pavées qui desservaient des maisons de tôle bariolées avec les restes des peintures pour bateau. Les misérables *bosteros*, les bouseux, le surnom donné par le centre-ville aux gens de La Boca, là aussi, ne faisaient-ils pas songer aux Arabes de *sa* ville ? Il effectua une pause au fond d'un bar près de la *plazoleta*, commanda un gobelet de bière et des saucisses. Il y avait des filles sur les genoux des matelots dans cette salle enfumée, et parmi des langues qu'il ne comprenait pas, il réalisa qu'il n'était pas loin du stade jaune et bleu de la Bombonera. Un proverbe en Argentine dit que l'on peut changer de femme, de maison, de voiture mais pas de club. Ce jour-là démarra sa fidélité pour les couleurs de Boca Junior, plus tard il y verrait éclore Maradona.

Bien sûr, l'Argentine peut se résumer en trois mots : Foot-Evita-Tango, et parmi les clichés, la phrase la plus éculée pour définir ses habitants est peut-être celle-ci : « Les Mexicains descendent des Aztèques, les Péruviens des Incas, les Colombiens des Mayas, les Argentins descendent… du bateau. » Ils aimaient tous les deux San Telmo où se racontait l'histoire de la ville, son âge d'or, la fuite de la bonne société après l'épidémie de fièvre jaune de 1871, et dès lors l'avènement des *conventillos*, ces taudis loués aux immigrants espagnols et italiens – dix mètres carrés par famille, c'était la règle. Le passé aristocrate s'obstinait dans les maisons dévorées par les herbes, les marbres craquelés, les balcons branlants en fer forgé.

Errant de-ci de-là, ils débouchèrent un soir dans un café de la plaza Dorrego. La façade ocre sang et or attirait. À l'intérieur, l'apprêt suranné du décorum gonflait le cœur entre vitrines de bouteilles vieilles de Mathusalem, bouquets fanés, tables en bois, carreaux en ciment noir, photos de Carlos Gardel, ventilateurs, vieilles tables en bois et bar centenaire. À un moment, le patron un peu louche sortit des planches en contreplaqué, puis apparurent les talons et les bas résille d'une danseuse, la petite moustache et le costume du soir d'un homme gominé. Quelque part dans les années 1950, le tango s'était tordu la cheville en Argentine, sa chute s'était conjuguée avec celle de Perón chassé du pouvoir par un coup d'État militaire escorté de civils. Ce tango qui se dansait partout, au gré des *milongas*, semblait mort et enterré, tout comme l'icône Evita devenue invisible. Cependant il se pratiquait encore dans l'intimité, avec une douleur proche de l'abdication. Adrien, enveloppé par la mélancolie des lieux, se laissa flotter tandis que Madeleine, eh bien, résistait aux figures, refusant ce rythme théâtral.

Elle ne sut jamais vraiment pourquoi, mais toute sa vie elle trouva ça un peu sinistre et stéréotypé, le tango. Elle n'entrait pas dans sa sentimentalité, voyait un carcan un peu serré, ça ne la transportait pas comme les mouvements d'un tableau, tout simplement.

Non, ce qui lui plaisait c'était la rue, cette ruche qui dans une sorte de rêve la replongeait à Oran. Il y avait l'espagnol comme à Oran, des gens qui parlaient fort et avec leurs mains, mais une langue plus chantante, à la musicalité italienne.

Dans cette ville de migrants, elle se demandait si, tout compte fait, pour elle, le chemin le plus dur n'avait pas été Oran-Alger. Ce devait être pareil pour tous ceux qui quittaient un village avant d'embarquer sur un transatlantique. La fuite défiait le poids ancestral des traditions, explosait l'ordre des choses, somme toute c'était assez facile après, il suffisait de se mettre en route, les passages s'ouvraient un pas après l'autre. Désormais, cette idée de frontières et de nations lui paraissait absurde. En provenance aussi de Naples, Séville, Londres et Hambourg, d'innombrables navires avaient accosté sur les berges du grand fleuve couleur de lion, le río de la Plata. Du Havre et de Bordeaux, encore des milliers de Français avaient fui la malchance. Ne se retrouvait-on pas citoyen du monde, à Buenos Aires ?

Une terre des secondes chances était-elle possible, sur laquelle le racisme n'existerait pas ? Elle découvrirait plus tard le sort réservé aux autochtones (cinq cent mille Amérindiens peuplaient le pays avant l'arrivée des conquistadors au XVIe siècle), pas d'exception à la nature humaine mais, pour le moment, quelle joie de découvrir une immigration syrienne et libanaise, le prénom Omar s'entendait partout, même les Arabes trouvaient ici l'Eldorado.

Un jour, elle se mit à songer au cilice que des religieux portent en souvenir du martyr du Christ. Jusqu'à sa rencontre avec Adrien, elle aussi avait enduré une douleur permanente, des aiguilles s'enfonçaient dans son cœur. Il lui avait donné la foi en un amour puissant, humain, il fallait ranger le collier Malika, il lui perforait la peau et étranglait son cou.

Comme prévu, l'Atlantique jouait son rôle, le détachement opérait, à croire que rien n'est indélébile, que même les blessures les plus profondes cicatrisent. Cet océan entre elle et sa famille fermait le passage, cette mer avait l'air d'être un immense sourire, elle emploierait sa vie à ne plus songer à eux, il n'y avait plus de fixation. Depuis qu'elle était là, elle ne se demandait pas si c'était bien ou mal de disparaître, une petite voix dans sa tête formulait : « Les regrets sont inutiles, seuls comptent le présent, l'enfant à naître, laisse les fantômes en paix. »

Maintenant qu'elle n'en était plus à se surveiller, à se contrôler, elle soupesait sa chance au regard des habitants de son nouveau pays : tous ici, à un moment ou à un autre, avaient remodelé leur biographie. Comme beaucoup d'immigrants, elle croyait aux Amériques.

Comme prévu, la visite au musée national des Beaux-Arts la conforta dans ses choix. Elle retrouvait Renoir, Degas, Monet ou Gauguin. Il y aurait donc toujours un endroit où aller. Le Nouveau Monde, sans surprise, ouvrait ses portes à un patrimoine bien supérieur à celui d'Alger. De nombreux Jean Alazard s'étaient levés à Buenos Aires, elle admira Rembrandt, Rubens, Cézanne, Le Greco, Rodin,

Chagall, Van Gogh, Picasso… Les galeries ne manquaient pas en ville, la scène argentine se distinguait par une école des années 1940, les fresques de Galerías Pacífico lui révélaient un figuratif argentin, Benito Quinquela Martín, mais aussi des paysagistes français qui s'étaient faufilés avec un certain talent : Léonie Matthis et Numa Ayrinhac. Bref, ils avaient de la chance d'être ici, elle n'en avait pas fini avec la peinture.

D'autant qu'un télégramme l'avertit deux semaines environ après leur arrivée. Le vieux tableau avait bien voyagé, la mère supérieure l'attendait au 1428 Cochabamba.

Elle ne dit rien à Adrien et prétexta une course pour le récupérer seule. Sans craindre véritablement quelque chose, elle ne voulait simplement pas l'impliquer, sous un temps radieux elle prit un bus jusqu'à l'arrêt Cochabamba. San Cristóbal avait du charme, sans rien de notable sinon le glacier préféré de Carlos Gardel et le très bon restaurant Miramar. Les cloches sonnaient à la volée quand elle passa devant l'église Santa Cruz, le couvent se trouvait non loin, il apparut sous la forme d'une longue *casa chorizo*, cette synthèse coloniale commune à Buenos Aires de maisons espagnole et pompéienne. À l'intérieur, l'accueil fut sommaire. Les lèvres pincées, le front haut, les joues creusées et l'œil inquisiteur, la mère supérieure la guida à voix basse au parloir où la prieure se chargea de récupérer le colis auprès de l'office de la tourière.

Un peu plus tard, à l'hôtel, Adrien, bouche bée, mit un moment à réaliser. Le lendemain, puis les jours suivants, la restauration du vieux tableau devint la principale occupation de Madeleine. Elle acheta un chevalet et se lança dans cet amincissement des vernis repoussé faute de temps et d'un départ en fanfare d'Alger. Après avoir fait ses essais dans un coin du tableau, elle prépara un mélange d'acétone, d'alcool, d'eau et d'ammoniaque pour ramollir l'œuvre avec des tampons. Prudente, elle opta pour un travail léger, quitte à ne pas atteindre la luminosité véritable du vieux tableau, la vivacité des couleurs et l'équilibre chromatique. Des zones épaisses, elle passa délicatement aux bandes plus claires et plus fragiles. Adrien la regardait faire, s'arrêter pour voir si ses cotons ne récoltaient pas avec le vernis des traces de peinture. Le passage des siècles se mesurait aux craquelures, particulièrement visibles sur les visages et les mains des personnages, des teintes douces, alors qu'on les voyait à peine sur les noirs et les couleurs plus obscures.

Elle travailla des heures et des heures. Peu à peu, le vieux tableau retrouva l'éclat de ses pigments tels qu'ils avaient été mélangés par le maître vénitien. Les plis de la robe semblèrent soudain intacts, quatre cent cinquante ans après sa création, le visage de Judith retrouva son teint velouté. L'impression de se tenir devant un chef-d'œuvre de la Renaissance fut si intense que Madeleine balaya les querelles d'experts, les débats épidermiques. Définitivement, elle attribuait le vieux tableau à un artiste et un seul : Giorgione.

Ils passèrent des heures bras croisés, immobiles, à observer longuement la clarté des couleurs, les précisions, les mystères et la profondeur du tableau, ils voyaient mieux, ils devinaient mieux. Et à force de scruter l'ensemble, Madeleine éprouva le besoin de faire le point sur un cahier, de noter un titre, *Judith après Holopherne*, suivi d'une description du tableau.

Dans un paysage d'une grande pureté, une forêt accompagnée d'une ville au pied de montagnes, Judith est saisie dans un instant lumineux. Elle est belle, délicate et apaisée. À l'encolure, sa tunique rose est ornée d'une broche cruciforme en pierre lapis-lazuli, la taille est nouée par une ceinture. Ses cheveux lissés, divisés par une raie médiane, sont tirés en arrière, des mèches tortillées et serpentines laissées libres retombent de chaque côté de son visage. La guerrière de Jéhovah tient toujours sa redoutable épée mais son regard, plutôt que s'abaisser sur la tête décapitée et tuméfiée d'Holopherne, nous fixe droit dans les yeux, rompant ainsi avec la célèbre représentation de l'Ermitage. Il ne s'agit pas d'une scène de décollation, Judith foule du pied une herbe tendre et fixe le spectateur comme pour l'interpeller, dans une version fidèle au texte biblique pour qui la tête du tyran est gardée par la servante dans une besace, et n'est montrée à la foule qu'au moment du retour à Béthulie. Ses yeux expriment autant la fierté qu'une douceur inexplicable (malgré la brutalité de ce qu'elle vient d'accomplir). Derrière un mur en brique, le tronc d'un chêne se dresse sur le côté droit du tableau. Grâce au cadrage qui la rend immense, Judith m'apparaît aussi forte que l'arbre. Je suis émue encore par ce mélange des genres, entre peinture d'histoire et art du portrait. Ici l'héroïne n'est pas un modèle habituel, mais une amie, une protectrice. Quant à la période, il s'agit probablement de celle documentée pour la Judith *officielle, c'est-à-dire l'année de* Laura *(1506).*

Une fois la tâche accomplie de façon professionnelle, une fois le crayon posé, Madeleine retrouva la tentation continue de restituer, du moins d'offrir au musée de Buenos Aires puisque Alger était si loin, ce trésor oublié.

Mais Adrien tenait bon. Et il n'en fut bientôt plus question car la caravane de pieds-noirs prit enfin l'autocar.

Sous un temps clair et délicieux de printemps austral, ils traversèrent tous ensemble les *suburbios* qui s'étendaient à l'infini. Les six cents kilomètres et plus défilèrent dans la pampa jusqu'à La Paz, puis Saucesito. L'installation au domaine ne fut pas une partie de plaisir pour les coopérateurs, on le sait. La presse toujours au bond signala qu'ils étaient arrivés à bon port, qu'ils « retrouvaient leurs forces au contact de la terre argentine ». Le gouverneur de la province d'Entre Ríos en personne leur souhaita la bienvenue au cours d'un banquet qui réunit les personnalités locales. L'armée avait déjà fourni des draps, des couvertures, une cantine, des provisions, lui, preuve de sa bonne diligence, prendrait à sa charge la scolarité des enfants et les problèmes de santé.

Les mois qui suivirent, Madeleine corna bien des pages du *Larousse agricole* pour réussir sa conversion en agricultrice. Elle ne perdait jamais de vue non plus le *Guide Clause*. Sans matériel pour le moment, et entre deux pluies torrentielles, on défrichait les terres à la main. Parfois des inondations coupaient les routes et isolaient du reste du monde. On finit par délaisser ces terres impropres à l'agriculture pour semer des récoltes (lin, blé, sorgho), dans des environs plus fertiles. Au consulat de France, une mission spéciale d'aide aux agriculteurs d'Afrique du Nord installés en Argentine, le Bureau pour le développement agricole, commença à expédier ses subventions et envoyer ses ingénieurs. Tenus par leur dégoût de tout ce qui venait de métropole, certains la rebaptisaient Bureau de destruction des pieds-noirs d'Argentine.

Adrien dirigeait peu ou prou la construction d'un village au centre de la propriété.

Le 19 janvier 1963, la naissance de Blanche paracheva leur bonheur. Ils formèrent dès lors une *smala* fusionnelle, désintéressée d'un monde qui pouvait bien s'écrouler sans eux. Parfois, l'ennui montait à la gorge, mais c'était comme ça. À partir de 1964, le sentier un peu étroit de leur vie s'élargit avec l'arrivée de nouveaux pieds-noirs. Ceux-là s'installaient sans difficultés d'implantation et sur de meilleures terres, finalement les coopératives de Misión Tacaaglé et de Saucesito avaient essuyé les plâtres.

La réputation d'Adrien étant bien établie, ces nouveaux venus le sollicitèrent, partout on cherchait un menuisier de son niveau. Il inspirait confiance, et avec son idée de maison sur pilotis, créait près des rivières indispensables à l'agriculture des géométries nouvelles, conçues comme de jolies libellules dont les pattes légères surélevaient les pièces pour les protéger de la montée des eaux. Forcément, ces petites merveilles nécessitaient de longs séjours. Son absence pesait tant qu'un beau jour, Madeleine décida qu'ils voyageraient toujours ensemble, leur exploitation produisait ce qu'il fallait, ils pouvaient s'absenter, leurs *peónes* s'occupaient bien des terres.

Ils passèrent un moment dans la vallée de Lerma située dans la province de Salta. Puis à San Ramon, Santa Rosa, El Molino, Carabajal, Adrien contribua à aménager quatre haciendas. Ses succès contribuaient à la douceur de leur foyer. Il réussissait tant qu'il aurait pu quitter sa ferme et ouvrir un genre de bureau d'architecte.

Pendant ce temps, à Saucesito, les soixante familles réunies par Raymond se divisaient, se dispersaient vers des terres plus prometteuses grâce à l'obtention de nouveaux prêts. Certains, d'ailleurs, changeaient d'activité en se reconvertissant dans des manœuvres plus commerciales, l'Argentine offrait bien des opportunités de *reinstalación*. Saucesito finit par se réduire à une communauté de quatorze familles en quelques années. Dans ce pays de viande, la logique voulait qu'on s'ouvre peu à peu au troupeau, qu'on laisse les terres en pâturage pour constituer des cheptels de *cria*, un placement bien plus sûr.

Madeleine et Adrien n'avaient pas la moindre envie de bétail, au juste l'idée d'un départ vers Buenos Aires revenait régulièrement.

Et alors se présenta Misión Tacaaglé. On était en 1971. Blanche avait juste 8 ans.

Pour eux, tout bascula à nouveau.

10

L'attribution d'un *sleeper* obéit à un certain nombre de critères, la première règle intangible tient à la précision et à l'exactitude des éléments de transmission. La provenance est le problème principal dans le cas du vieux tableau. La route d'Alger, déjà brumeuse, a de quoi faire rugir le monde de l'art, alors celle d'Argentine !

C'est un homme à moitié fou que je découvre à Cattaneo-Cué, mais solide et éloquent quand il s'agit de son expertise. Lopez n'appartient plus au sérail depuis belle lurette, il a un côté « seul contre tous », c'est avec lui que j'abandonne définitivement les notions de pastiche ou « entourage de » et je comprends qu'un chef-d'œuvre a bel et bien refait surface.

Il est à demi cinglé, mais ce ne serait pas la première fois que l'histoire de l'art s'écrit sur un motif d'imprudence, une découverte par instinct, des rapprochements formels, la foi du charbonnier. Dans mon domaine, combien de fois ai-je noté l'émergence, à partir du désordre, d'une organisation spontanée ? Comme si un schéma dans le cerveau se nourrissait d'aléatoire, d'instabilité, pour penser les choses en ordre.

Après tant de tours et détours, Giorgione allait enfin arriver à bon port.

J'écoute Lopez chez lui, une baraque en lisière du village. Son nom a mis un peu de temps à se faufiler dans mes souvenirs, il n'a fait tilt qu'à mon arrivée à Cattaneo-Cué, sous le souffle de ce que Proust appelle la mémoire involontaire, celle qui prolifère dans un choc de métonymies, en reliant les causes et effets : je suis sur la trace du vieux tableau/il entre en possession de Madeleine à Alger/révélation/Lopez est son directeur au musée.

En arrivant, outre la carcasse du coupé Citroën-Maserati, j'ai noté un voisinage exclusivement toba. L'octogénaire vit seul, sa trace n'a pas été difficile à trouver. Il a suffi de donner son nom pour que le premier venu m'indique l'adresse d'*El Francese.*

Une rivière caracole parmi les herbes, les ronces et les fougères. Quittant la grand-route, il faut franchir un minuscule pont en pierre pour gagner son territoire. Les crues doivent l'isoler, me suis-je dit en l'enjambant. La maison dans le style ranch pointe derrière un rideau de peupliers. J'ai découvert une vieille bicoque en bois de plain-pied, plantée dans un environnement à l'abandon, des bidons, des troncs de bois, de la tôle ondulée, des débris de nourriture, une décharge à ciel ouvert sur le sol tapissé de feuilles sèches.

J'ai compté sur un effet de surprise, mais Lopez s'est d'abord montré indifférent. J'ai eu l'impression de voir apparaître Clint Eastwood en chair et en os, misanthrope et bougon, sirotant bière sur bière sous son porche. Et puis, m'approchant, je l'ai entendu parler seul, ricaner, pleurer de rage, tandis qu'un chien gémissait sans répit. Pour le coup, je l'ai imaginé aussi seul que Robinson après son naufrage, vieillard à moitié fou, à moitié mort de faim, l'écume aux lèvres au fin fond de la pampa. J'apprendrais plus tard les circonstances de son arrivée en Argentine. Ce jour-là, nous n'avons même pas abordé ses liens avec l'Algérie française, je sais seulement qu'il ne s'est jamais mélangé avec ses compatriotes. Il est donc le seul à demeurer dans les environs. À l'appel d'une mission : veiller sur un trésor de la Renaissance.

Il a suffi que je me présente comme la fille de Madeleine, que j'annonce sa disparition, pour que l'homme enfiévré qui se balance sur un rocking-chair retrouve le conservateur de jadis. Le regard à des années-lumière de la frontière paraguayenne, il m'a invitée à m'asseoir, m'a dit que je ressemblais à ma mère, qu'au fond il me considérait comme sa filleule.

L'œil scintillant d'éclairs, il tenait avant tout à m'entretenir du retour des collections d'Alger en 1969, au terme d'années de négociations pour déterminer la propriété des uns et des autres, un partage du patrimoine qui a permis un déménagement en sens inverse, depuis les réserves du Louvre, des Delacroix, Fromentin, Chassériau, Degas, Courbet, Corot, Monet, Pissarro, Sisley, Renoir, etc. Lopez s'est souvenu en particulier d'un Puvis de Chavannes qui troublait ma mère, lui aussi avait retrouvé Alger, au titre de la coopération entre les deux pays.

Les mots sont précis, les propos cohérents. Lopez n'est qu'à demi cinglé, c'est un esprit à la fois dérangé et parfaitement lucide. Au juste, va-t-il aborder les raisons pour lesquelles deux anciens du musée des Beaux-Arts d'Alger se sont retrouvés dans cette région arriérée ? Voilà qui ne relève pas du hasard. J'élude les vieux souvenirs et recentre.

— Ma famille possédait une peinture ancienne. Elle a disparu il y a bien longtemps, peut-être auriez-vous des informations à son sujet ?

Lopez se met à sourire et cela lui donne l'air d'un démon. Ses yeux de pirate racontent une vie d'aventurier, il se met à parler avec emphase :

— Vous ignorez bien des choses... Pardonnez-moi, je vais être un peu long. Je dois vous dresser le panorama complet des événements. Par où commencer ? Je dois me concentrer... Alger ? Non, c'est trop loin... Disons, pour aller vite, qu'un Giorgione m'est apparu là-bas, que j'ai souhaité l'offrir à votre mère, pour son mariage. Un cadeau inestimable, mais je ne me suis jamais soucié d'argent, et je savais Madeleine capable de le protéger de la convoitise des collectionneurs. Mais… Don Pedro, ça vous dit quelque chose ?

Je fais oui de la tête, son visage rayonne de la satisfaction de l'élève qui réussit son exposé.

— Je ne vous ennuie pas ? Non ? Bien. Je disais… le mal en personne. Lorsqu'il a rencontré votre mère, il était un homme respecté, les pieds-noirs d'Argentine le connaissaient tous, il lui arrivait de les racketter, la lutte contre les cocos se poursuivait, il était constamment à la recherche de fonds, l'OAS avait l'habitude des cambriolages et extorsions, les bonnes habitudes ne se perdent pas facilement. Alors vous pensez bien : lorsqu'il est tombé sur *Judith*, il l'a volée.

Lopez marque une pause. J'assimile les informations les unes après les autres. Si je le dis simplement : le grand-père de Lachance a dépouillé ma mère d'un tableau de maître.

— Et ? badiné-je.

— Eh bien Madeleine ne l'a su que bien plus tard, et elle m'a appelé à la rescousse !

Faisant mine de se réjouir, Lopez lève ses jambes en l'air.

— Bon sang de bois, je connaissais ce genre de zigue à Alger ! Je n'ai eu aucun mal à l'approcher, à m'imposer à ses côtés et séduire la communauté. Il leur manquait un intellectuel, voyez-vous. J'ai eu de la chance : le lendemain de mon arrivée, ces fripouilles ont organisé un dîner en groupe, une habitude qu'il renouvelait tous les samedis soir. J'ai attendu qu'ils soient ronds comme des queues de pelle pour prétexter un malaise et m'introduire chez Don Pedro. Alors qu'ils chantaient leur rengaine de légionnaires, je n'ai eu aucun mal à trouver la caisse confectionnée par votre père, dans une armoire du salon, le tableau se trouvait bien sûr à l'intérieur. Elle était abîmée, j'ai compris pourquoi il fallait à Don Pedro un nouveau modèle, de meilleure qualité. J'ai fait en sorte d'accuser un Indien et ça n'a pas loupé : j'avais emporté avec moi un bout d'un tissu trouvé sur un vêtement traditionnel. Ces cons sont tombés dans le panneau, pour eux le voleur était forcément un Toba. Vous connaissez leur méthode, ils ont terrorisé des pauvres innocents, les ont torturés, improvisant une nouvelle gégène, ce genre de choses. Pardonnez-moi si je vous choque, je n'entre pas dans les détails...

— C'est horrible, mais vous ne me gênez pas ! Et le tableau ?

— Ben, j'ai prévenu Madeleine, prêt à le lui rendre, mais elle n'a pas hésité longtemps. Comme je restais près d'eux, qu'avec moi ils embauchaient un nouveau forçat pour leurs travaux agricoles, Don Pedro n'a pas songé un instant à m'accuser. Je poussais même le bouchon à m'interroger sur votre mère, la légende disait qu'un tableau avait disparu du musée des Beaux-Arts d'Alger, c'était n'importe quoi, dis-je, j'avais bien offert une croûte à Madeleine, mais rien de plus, à moins que de son côté elle ait subtilisé quelque chose. Je me suis beaucoup amusé à brouiller les pistes. Je la connais bien, l'OAS, à moi il n'allait pas me la faire, c'est de la *zoubia,* ce genre de gars. Un moment, j'ai laissé le Giorgione là où il risquait le moins de le trouver, au dispensaire. Puis je me suis installé chez moi, à mon tour j'ai reçu quelques terres à faire fructifier, ici même. J'ai aménagé une pièce aux normes de conservation. Savez-vous que l'humidité doit se situer entre 45 et 55 % pour un tableau, sous une température entre 18 et 24 °C ? Ainsi le travail de votre mère a tenu bon, sa restauration a été remarquable. Et vous savez quoi ?

— Non, mais j'ai beaucoup de mal à vous croire.

— Eh bien, les années sont passées près de cette Beauté, loin des regards indiscrets, sans que la marâtre-patrie ne me manque. J'ai fini par tourner la page, par me sentir à ma place dans mon rôle de gardien. Si vous saviez comme c'était difficile d'être pied-noir dans la France des années 1960 ! Surtout dans mon milieu ! Les autres directeurs de musée me surnommaient Enrico Macias. Je suis devenu un éternel exilé. Le dimanche c'était le couscous et maintenant c'est les pâtes, et alors ? Et puis oh, merde, j'ai fini par oublier la mer...

Pendant qu'il parle, je rassemble les pièces du scénario. Le récit commence à se tenir. L'OAS qui vole et torture, rien d'étonnant. Je chasse une pensée pour Lachance, je commence à m'interroger sur l'origine de son trauma, par-delà la mort du petit frère.

— Mais alors, que pensez-vous de ma manière d'agir ? J'ai tout sacrifié pour une toile, je me dis parfois que c'est un peu excessif.

Je n'en pense rien du tout. Si j'ai bien du mal à imaginer ce que cela représente de vivre dans ce coin retiré, accroché au mythe de la pampa, son folklore d'indépendance et de liberté, ce qui m'intéresse surtout c'est le personnage hybride de Malika-Madeleine, cette chrysalide dont Lopez fut spectateur.

J'ai à peine le temps d'y songer qu'il se lève brusquement, prend appui sur la balustrade du porche et hurle face à l'amas hétéroclite qui forme son terrain. Il se donne littéralement en spectacle, un cri éméché, qui me fait bondir sur mon siège. Puis il se retourne et m'indique qu'il part se reposer, je dois l'attendre sans bouger.

Une heure plus tard, je l'aperçois qui erre péniblement dans sa cuisine. Je l'ai entendu crier dans son sommeil, chassant les voix qui venaient le hanter, « Taisez-vous, mais taisez-vous ! ». Maintenant il frappe murs et placards, *bang, bang*, ressuscite des expressions familières aux pieds-noirs, *le con d'ta sœur* ! *le con d'ta mère* !

Finalement il réapparaît le cheveu en bataille. Et me fixe durement.

— Alors ça, Madeleine !

— Non, Monsieur Lopez, nous venons de nous parler, je suis sa fille, vous vous souvenez ? fais-je en m'efforçant de ne pas laisser transparaître la panique dans ma voix.

Il s'approche tout près de mon visage, un fantôme de lucidité dans le regard.

— Exactement, envolée la jeune Madeleine ! Et *Judith*, hein, *Judith* ? Vous la voulez ? Judith et Madeleine même combat : Holopherne.

Il ricane et retrouve son rocking-chair. Ses yeux cèdent le pas à une grande tristesse.

— Qu'est-ce que vous essayez de me dire ?

— Oh, misère... Comment voulez-vous ? Enfin, on a le soleil mais il manque la mer. Non, je n'ai pas oublié la mer, peut-être qu'il nous manque les Arabes aussi. Et boum ! De Gaulle avait raison.

Lopez secoue la tête pour remettre dans le bon ordre sa pensée incohérente. Un moment il reste hagard, j'ai l'impression qu'il s'en veut de s'être énervé. Soudain il retrouve le fil :

— Personne ne vous a raconté ? Madeleine a été violemment agressée, pour ainsi dire violée. Par ma faute ! Je l'avais envoyée à la bibliothèque universitaire. Elle a survécu aux coups, à l'incendie. Vous croyez que c'était innocent, mon cadeau ? Au fait, vous connaissez cette histoire racontée par les Indiens de la Terre de Feu ? Au début des temps, les femmes ont le pouvoir car elles sont plus fines et plus intelligentes.

— Je connais, merci, coupé-je en me récitant la suite : alors les hommes les ont tuées, n'ont gardé que les bébés pour les élever en leur inculquant la domination masculine.

Je me rappelle cette idée d'un crime d'honneur qui m'est tombée dessus à la découverte des origines oranaises de ma mère. Secouée, j'imagine ses ramifications jusqu'à une tentative de meurtre.

— Votre mère a terrassé Holopherne, même si je ne pense pas qu'elle l'ait tué directement. C'est plutôt l'œuvre de ceux qui l'ont tirée des flammes.

Face à moi, les peupliers frémissent sous un petit vent, je n'aime pas ces longues tiges déplumées, leur chevelure rase, ils me semblent hypocrites dans les paysages, plantés là pour rien, sans sève particulière. Sous l'un d'eux, je remarque un conteneur équipé d'un bloc électrique. Tiens, il pourrait cacher autre chose que la tondeuse de Lopez.

— Et cette pièce, aux normes d'humidité, vous allez me la montrer ?

Il retombe dans le silence, je sens qu'il pèse le pour et le contre. Il n'y a plus qu'un busard virevoltant autour du soleil, le lit de la rivière en contrebas, le bourdonnement des insectes, les tracteurs au loin et le pépiement des oiseaux. Quand il revient à lui, Lopez me sourit à nouveau, sa mimique est empreinte de douceur.

— C'est l'heure de la visite, j'ai ce rythme, chaque jour, après ma sieste. Vous pouvez m'accompagner, mais vous comprenez qu'il va falloir être discrète. Madeleine était chat sauvage, et vous ?

La critique, on l'a dit, ne s'accorde que sur vingt-six œuvres de la main de Giorgione. Ce portrait que j'ai si souvent eu sous les yeux rejoindra sans doute les cinq autres considérés comme « problématiques ». Au retour du conteneur, Lopez ne me laissa pas le temps de méditer sur mon enfance devant *Judith*, sa longue absence, son caractère sacré pour ma mère.

— Qui mieux que moi a autant travaillé sur Giorgione ? rugit-il. Ils se diront spécialistes, mais ce rapport intime, je le suis le seul, il n'y a pas l'ombre d'un doute, croyez-moi sur parole ! Mon certificat compte triple dans le petit milieu de l'expertise.

— Je n'en doute pas. Vous savez ce qu'il faut faire ?

— Ne me parlez pas de vente, jamais votre mère n'aurait souhaité sa dispersion dans une collection privée. Giorgione est bien ici, tout seul dans son petit coin.

— Et après vous, Monsieur Lopez, qui veillera sur lui ?

— Vous pouvez le laisser tranquille ici, jusqu'à la fin des temps. Vu la façon dont les hommes se comportent aujourd'hui, c'est la meilleure solution.

Une pause et je le relance, décidée à retenir ses souvenirs qui s'éparpillent en circonvolutions entre les lobes de son cerveau.

— J'ai une autre idée. Disons, plus revigorante.

— Ça ne va sûrement pas me plaire.

— Je pense que si, fais-je sans cesser de lui sourire… *Judith* va encore voyager.

Comme le temps passe

Les colons de Misión Tacaaglé s'annoncèrent par un vieux chant légionnaire. Adrien avait conduit douze heures depuis Saucesito, il venait d'acquérir une R8 Major dont il poussait les quatre cylindres sur les routes rectilignes ; les jambes et la tête engourdies, tous les trois se présentaient à l'heure sacrée de l'apéritif. Autour d'une immense table et ses bancs, l'assemblée fumait, buvait et reprenait en chœur un refrain : « Nous les blessés de toutes les guerres/ Nous exilés de notre terre/Nous ne pouvons pas oublier/ Un pays, une honte et les morts qu'on a laissés. »

Sous un eucalyptus, les lampes à pétrole éclairaient des visages jeunes, vieux, beaux, laids. Les mains chassaient les nuées de moustiques, un classique sous un climat subtropical. Classiques aussi les crânes rasés de déserteurs, la plupart officiers de la Légion ou la Marine. Les femmes aux cheveux courts n'étaient pas les dernières à chanter d'un mâle accent la cause de l'Algérie française et à rêver d'une *reconquista*. Adrien connaissait ces paroles souvent reprises à Bab El Oued. C'était le refrain d'*Adieu vieille Europe* adapté à leur sauce, « pays » à la place de « malheur », « les morts qu'on a laissés » à la place d'une « femme qu'on adorait ». Des soudards pathétiques.

Le point de ralliement était la mission franciscaine qu'occupaient ces condamnés depuis leur arrivée en Argentine. Maintenant que chaque famille possédait sa propre maison aux abords du village, Adrien était là pour en bâtir une nouvelle sur le río Porteño. Le temps du séjour, il était prévu que la famille Simoni réside dans le corps principal de la mission, un logement sommaire, mais situé à deux pas du chantier.

Dans l'obscurité, Blanche tenait d'une main sa petite valise et de l'autre le bras de son père. C'était une enfant grande pour son âge, très pâle, dont les yeux bleus fouillaient cette cour qui lui faisait penser au monastère dans *Zorro*. Une large galerie agrémentée par des bougainvillées, un puits au centre du jardin, l'ombre de palmiers, un poulailler, le clocher d'une église... Face aux silhouettes spectrales, la petite fille ressentit un malaise instantané, les personnages lui semblaient enveloppés de brouillard, ils lui faisaient peur à brailler comme ça, affalés grossièrement sur la table.

Madeleine, son bagage devant ses pieds comme une petite muraille, partageait les sensations de sa fille. Il ne manquait rien à la panoplie OAS. Depuis huit ans qu'elle évoluait parmi les pieds-noirs, elle ne s'était jamais sentie à ce point ramenée en arrière, menacée en tant qu'Arabe. Elle avait vraiment l'impression de se jeter dans la gueule du loup, parmi eux il y en aurait forcément un qui verrait les traits berbères de Malika. Elle aussi prit le bras d'Adrien.

Sous leur regard scrutateur, la tablée prit enfin conscience de leur présence. Les chants faiblirent, puis s'éteignirent. Un petit homme sanglé dans une chemise kaki se leva et s'approcha.

— Je suis Don Pedro, bienvenue dans notre phalanstère militaire. Alors, c'est vous le charpentier ?

Il ponctua sa phrase d'un sourire charmeur à destination de Madeleine, mais la froideur de sa voix claqua tel un bruit d'éperons. Menuisier, ça allait bien à Adrien, dans son monde intégriste, le général avait besoin d'une référence biblique.

— C'est moi, oui, voici ma petite Blanche, et mon épouse Madeleine.

Autre référence biblique, songea-t-il. Secouée d'un frisson glacial et les mâchoires crispées, celle-ci tendit la main.

— Très bien. Toutes deux délicieuses. Vous vous joignez à notre joyeuse tablée ? Vous tombez à pic, c'est un jour spécial, chaque année le 11 février nous fêtons la création de l'OAS. Dix ans tout juste. Vous connaissez ce roman de Brasillach, *Comme le temps passe* ?

— Si ça ne vous dérange pas, la route a été longue, réagit Madeleine qui n'avait aucune intention de faire bonne impression. Cent vingt-cinq kilomètres de pistes pour terminer notre périple, on ne vous pensait pas si isolés. Nous préférons...

Le visage d'Adrien accusait la fatigue, Blanche restait sans bouger.

— Je comprends, on va vous conduire à vos pénates. C'est un peu spartiate, pas vraiment un nid douillet, et méfiez-vous des sanitaires...

— Nous saurons l'aménager, reprit Adrien, les vieilles pierres ont un certain charme.

— Vous savez quoi ? répliqua froidement le légionnaire. Je n'avais jamais vécu à la campagne jusque-là. Et maintenant, dans le décor ma nouvelle vie, je ne trouve vraiment pas que les pierres aient le moindre charme. Enfin, pour vous, le bois ne manque pas !

Il s'exprimait d'une voix un peu nasillarde. Dans le crépuscule, ses yeux injectés de sang lui donnaient un air sauvage. Ils restaient plantés là, Blanche bâillait, un homme quitta la table en leur direction. Le vieux franciscain se présenta vêtu d'une robe de bure, le pas hésitant dans ses sandales.

— Père Aldo, vous me trouverez à l'église avec mes ouailles.

— C'est un repère de sauvages, attention aux poux, lança en riant un convive. Va plutôt chercher tes réserves, nos bouteilles sont vides. Nous sommes assoiffés, depuis que la Légion existe elle a bu, et elle boira !

— Père Aldo ne crache pas sur la bouteille, reprit Don Pedro. Il vit ici depuis toujours. Son principal fait d'armes est la conversion d'un Indien qui a eu le bon goût d'être piqué par une tarentule, Aldo a eu le temps de le baptiser Juancito *in extremis.* C'est apparemment sa seule réussite, il en parle tout le temps.

Maintenant l'amusante mort d'un homme et la perspective d'un séjour parmi des araignées mortelles. Quel accueil !

Habitué à ces saillies, le franciscain sourit. Don Pedro voulut poursuivre :

— Enfin, bienvenue à la CAFAT, c'est ainsi que nous nommons notre Coopérative franco-argentine de Tacaaglé. Nous nous en sortons pas trop mal, nos terres s'étendent sur trente kilomètres de clôtures, dix kilomètres du nord au sud, quatre de large. Ça, nous travaillons, ô combien, la sécheresse, les perruches colorées qui se régalent de nos graines… Nous chassons aussi les *intrusos*, ah, ah, les franciscains ont donné des terres aux Indiens en remerciement de conversions et de services rendus. Il faut les recaser. Une petite centaine est devenue nos *peónes.* N'est-ce pas, père Aldo ?

— Hi, hi, fit le religieux, pas en état de réagir.

— Tous ces autres en métropole, continua le général à son idée fixe, c'est quand même incroyable, qu'en pensez-vous ? Nous nous sommes jetés à l'eau. Tandis qu'eux…

— Je ne sais pas…

— Eh bien, je vais vous dire. Les pieds-noirs s'accrochent à la métropole, marâtre honteuse dont ils attendent tout ! Ils ont fait leur petit trou dans un coin quelconque de l'Hexagone, ils s'y blottissent, ils vivotent de maigres subsides, ils rêvent d'une mirifique indemnisation qui leur rendrait en tout ou partie l'aisance ou la médiocrité dont ils jouissaient en Algérie française. Peuple-enfant ! Pas davantage préparé pour l'aventure argentine que pour la défense de son pays les armes à la main ! Les pieds-noirs devaient arriver, ils ne sont pas là. Peuple-assistés, ils ont compté tour à tour sur l'armée, sur l'OAS, et en dernier recours sur la France. Mais Bon Dieu, où sont passés les gènes de leurs glorieux ancêtres débarqués d'Alsace ou d'autres lieux ? Allez, je garde mes réflexions pour moi, rugit enfin le général, nous avons accueilli près de quarante familles ici même, ils ont été traités comme de la porcelaine de Chine eu égard aux blessures morales infligées de l'Algérie française, mais ils sont tous repartis, ils voulaient juste le prêt des autorités et rebondir vers des cieux plus cléments. Ah, ils me font penser à ce médiocre roi Boabdil : « Pleure comme une femme ce que tu n'as pas su défendre comme un homme », lui disait sa mère à la chute de Grenade !

C'est seulement à cet instant que Madeleine et Adrien comprirent qui était Don Pedro. Un peu partout, parmi les pieds-noirs qu'ils connaissaient, pieds-noirs si injustement insultés, on parlait d'un double condamné à mort dans les parages de Misión Tacaaglé. Ils imaginaient cependant que ce fugitif restait discret, planqué dans les environs. Adrien arrêta sa décision. Dès demain ils reprendraient la route, prétextant un malaise de leur petite fille.

Pendant ce temps, une femme patientait dans la pénombre du jardin. Le général lui fit signe d'approcher.

— Je vous présente notre fidèle et pittoresque Chona. Elle est issue d'un peuple étrange. Leur paresse confine à la passivité, mais ils peuvent aussi se montrer très agressifs, en particulier sous l'effet de la boisson. Ah ça, il a fallu en mater quelques-uns ! Le métissage d'Espagnols et Tobas vigoureusement envisagé par les franciscains a donné cette double face : les hommes sont beaux et paresseux, les femmes laides et actives. Ce sont elles qui coupent le bois, cultivent le jardin, font la cuisine. Notre Chona a déjà cinq enfants, ils sont tous baptisés selon les vœux du père Aldo, mais même pas déclarés à l'état civil, les Indiens s'en moquent de la paperasse. Nous sommes tous des fantômes ici.

Ladite « pittoresque » Chona se planta devant eux. Chez elle, Madeleine réussissait à normaliser sa relation aux gens qu'elle employait, sa solution consistait à bien payer, à diriger clairement les choses, sans cette sentimentalité paternaliste dont les pieds-noirs usaient avec leurs ouvriers agricoles. Ici aussi les propriétaires terriens logeaient les *peónes*, apportaient de la viande et du pain le dimanche, buvaient avec eux le maté... et étendaient leur emprise par des salaires ridicules. Sous des airs charitables se cachaient souvent les pires dominations. Chona qui baissait la tête lui faisait l'impression d'une esclave apeurée, elle sursauta en recevant les ordres du général.

— Amène-les à leur chambre, et vérifie que les lits sont bien préparés.

Puis, se tournant vers Adrien :

— À demain, *inch'Allah* ! Lever des couleurs au son du clairon.

— Vraiment ?

Adrien fit mine de sourire et salua. Ils ne pouvaient pas tomber sur pire équipée. Madeleine de son côté repoussa l'idée d'un crochet par la R8 récupérer le vieux tableau. Giorgione ne craignait rien dans le coffre et sa fine caisse en bois, jugea-t-elle, avec lui se trouvaient de la nourriture, des livres et d'autres affaires. Ils attendraient demain voir s'ils restaient ou pas, l'important était de quitter au plus vite cette bande dégénérée.

Les battants de la porte s'ouvrirent sur une grande pièce meublée d'une petite table, une chaise, un grand et un petit lit. Trois verres, une carafe d'eau et une lampe-tempête reposaient sur un plateau à même le sol en brique. Chona vérifia les couches au quart de tour et disparut.

Adrien sentait que son dos accusait la fatigue, Madeleine n'en pouvait plus non plus. Elle s'assit sur le lit et resta un moment sans bouger, à se masser le visage. Finalement ça la contrariait d'avoir laissé le vieux tableau dans la voiture.

— C'est quoi un phalanstère ? demanda Blanche d'une toute petite voix.

Don Pedro rajoutait militaire à ce mot-valise car son origine venait d'une utopie socialisante de Charles Fourier, qui essaimait en Amérique latine où quelques communautés vivaient ensemble sur leur lieu de travail et d'habitation. Concernant ce phalanstère précis, Adrien avait sa petite idée bien à lui : ceux de Misión Tacaaglé se voyaient en prophètes de la race blanche, mais c'était un peu compliqué à expliquer à sa petite fille.

— Une communauté de gens qui font tout ensemble, répondit-il après un court silence.

— Nous aussi, on va tout partager avec eux ?

— Non, le moins possible. Allez, on se couche.

Ils se déshabillèrent et se fabriquèrent des oreillers à partir de quelques vêtements repliés. Une fois la lampe éteinte, la lune prit ses aises par la seule fenêtre de la pièce, réverbérant un léger halo sur les visages de chacun d'entre eux.

— Pauvre Chona, murmura Blanche, elle a peur d'eux, tu as vu ?

— Oui, j'ai vu, mais allez, il faut dormir.

— C'est moche de traiter comme ça un être humain.

— Oui, un vrai crime, ajouta Madeleine.

— Mais on ne va pas rester avec des criminels.

— Non, je ne crois pas, on part demain, trancha Adrien.

— Mais dis, papa, quand on va partir, tu pourras conduire jusqu'à ce que mort s'ensuive ?

Elle venait de découvrir l'expression, elle adorait la répéter.

— Oui, on va mettre la plus grande distance entre eux et nous. J'irai jusqu'en Patagonie si tu veux. Et je n'aurai pas besoin de mourir.

Sur ce roulement de tambour, la fatigue s'abattit sur toute la famille.

A fuego lento (À petit feu)

Même si la tablée faisait un sacré foin dehors, les bruits des insectes et les coassements incessants des grenouilles recouvraient la beuverie. Avec le gazouillis des sauterelles, c'était un chant infatigable dont les voix s'élevaient, retombaient, et finalement berçaient leur tête brumeuse de sommeil. Aussi bien ils partaient pour une nuit complète et lourde de sommeil, réveillés par les premiers rayons du soleil. Mais vers minuit, des cris réveillèrent Madeleine. Elle crut d'abord qu'elle rêvait, mais non, elle tendit l'oreille, au loin ça hurlait, ça courait.

À ses côtés, Adrien dormait paisiblement. Comme Blanche, recroquevillée sur ses draps. Elle se leva doucement, enfila sa robe, ses sandales, saisit la lampe-tempête et tâtonna jusqu'à refermer la porte derrière elle. La flamme jaunâtre éclaira bientôt les arcs, elle longea alors des toits en tôles de zinc, des murs en brique, s'avança dans les ruines de la mission. Devant elle, le périmètre se découvrait au clair de lune jusqu'à une citerne.

Un calme précaire régnait sous le ciel semé d'étoiles. Mais l'agitation reprit bientôt, au jugé c'était derrière l'église.

En quelques enjambées, elle se retrouva sur un sentier et s'éloigna sans trop sans rendre compte des limites de la mission. Elle voulait voir ce qui se passait. Malgré le danger, elle croyait fermement qu'elle devait venir en aide à quelqu'un. Porter secours, ça revenait souvent dans son raisonnement, une sorte de dette et d'obligation morale après que des inconnus lui eurent sauvé la vie.

Pourquoi ne pas avoir réveillé Adrien ? La question ne se posait même pas, Madeleine affichait le même stoïcisme que Malika, la Berbère d'autrefois prête à la confrontation.

À un moment, une forte détonation la fit tressaillir. Un écho, pareil à celui d'un fusil. Puis il y eut des voix plus nettes. Elle s'arrêta. C'était là, devant elle, à quelques dizaines de mètres.

Elle approcha malgré tout avec prudence, à pas de loup. Sous un nouvel angle, elle découvrit la lueur de leur torche. Pas besoin des têtes cagoulées du Ku Klux Klan, de pénitents, de croix brûlées, même si l'endroit ressemblait aux marais de Louisiane et à un film du vieux Sud.

Madeleine mettra du temps à comprendre le déroulement des faits. Il lui faudra parcourir à l'envers ce territoire si vaste, des kilomètres et des kilomètres, après une seule nuit passée à Misión Tacaaglé, afin de reconstituer son parfait enchaînement.

Pour le moment, figée sur place, elle lançait un regard à la ronde, à la recherche d'explications. Un homme venait d'être abattu sous ses yeux, son corps était traîné sans ménagement à l'intérieur d'une maison traditionnelle amérindienne. Don Pedro qualifiait systématiquement de minable l'habitat des Tobas, pointant les quelques fils de fer prétendument « volés » qui tentaient de délimiter leur pauvre plantation. Il n'y avait pas de porte, car la loi coutumière ne posait pas de territoire intime, les logis se présentaient tout en rondeur, les murs tressés en fibres végétales et le toit en feuilles de palmier. Cette hutte-là s'ouvrait sur le rio.

Tétanisée, Madeleine crut à un rite initiatique. Détachés, tirant sur leurs cigarettes et avalant au goulot des rasades d'alcool, cinq hommes, compta-t-elle, frôlaient les murs de la hutte. Un grand gaillard s'avança et baissa sa torche. Une épaisse fumée s'éleva, suivie de courtes flammes, puis d'un bourdonnement pareil à une soufflerie. L'embrasement, instantané, fut suivi d'un spectacle épouvantable. Logiquement, la dépouille allait brûler comme au bûcher, bientôt ne resterait qu'une forme pareille à un arbre calciné, mais à présent une torche humaine perçait la nuit.

À demi morte, la victime s'était brusquement relevée. Brûlée vive, elle s'échappait du brasier et filait en direction des eaux du rio, son seul salut.

Un enfant se trouvait juste derrière Madeleine et elle ne l'avait pas vu. Lui aussi respirait à peine, lui aussi fixait l'incendie. Tous deux témoins, ils auraient pu se prendre par la main et faire demi-tour sur le sentier, mais il était trop tard pour le pauvre Toba qui s'effondrait sur l'herbe tendre des berges. Au lieu de ça, le gamin réagit en criant un prénom – Dionisio ! –, et courut en direction des flammes. Peut-être que Madeleine n'aurait pas bougé autrement, mais elle se sentit comme entraînée par le gosse, et se lança à sa poursuite.

— Dionisio ! Dionisio ! Mon Dieu ! Dionisio ! Dionisio ! Mon Dieu !

— François, arrête, stop ! Stop !

Parmi les cinq hommes, une ombre se détachait en hurlant encore plus fort. Elle reconnut Don Pedro qui se précipitait sur l'enfant et parvenait à l'enlacer comme un cow-boy au rodéo. Retenu au torse, le gamin se débattait, soulevait ses jambes en l'air, hurlant à répétition le prénom d'un homme qui visiblement comptait dans sa vie. Perdant rapidement patience, le général lui administra une gifle monumentale qui eut l'effet de l'assommer.

Madeleine s'était arrêtée à quelques mètres. Les autres la dévisageaient, torches en avant.

— Général, y'a quelqu'un !

Sans lâcher l'enfant, Don Pedro se retourna.

— Que faites-vous là ?

— Et vous ! Qu'est-ce qu'il vous prend, j'ai tout vu !

La cabane se consumait toujours, de petits foyers annexes se déclaraient, portés par les bananiers embrasés. À une dizaine de mètres devant, là où elle n'osait pas regarder, le corps achevait de se consumer. L'enfant était maintenu avec des paroles du genre « ça va aller, fiston ». Sifflant de sa mâchoire contractée, Don Pedro lança un ordre : « Bordel, recouvrez ce corps, trouvez n'importe quoi ! »

Pendant un moment, Madeleine ne sut plus quoi dire, les types s'approchaient, tous armés.

Don Pedro soupira et la regarda droit dans les yeux.

— Laissez-moi vous expliquer. Vous êtes choquée et c'est parfaitement normal. Je serais franc et direct avec vous. Ce vieux nous emmerde depuis toujours. Il avait disparu depuis des mois. Ce soir, figurez-vous, le père Aldo l'a vu qui se baladait aux abords de la mission. Il est passé une première fois les bras chargés d'un tas d'affaires, la seconde fois nous l'avons retrouvé près de votre voiture. Ça ne lui avait pas suffi, après avoir planqué son larcin dans la casbah, il vidait votre voiture. Nous lui avons ordonné de se rendre mais cet imbécile, armé, a pris la fuite en nous arrosant. Au moins a-t-il lâché la valise. Tout n'est pas perdu.

Flageolante, Madeleine ne savait plus dans quel ordre organiser les événements que Don Pedro rangeait avec méthode. Un homme brûlait encore devant eux et le militaire la renvoyait à ses « affaires ». Or, si elle comprenait bien, restait un coffre et une banquette arrière vide, une valise saine et sauve... Logiquement, le vieux tableau faisait parti du premier voyage.

L'horreur de cet assassinat, bien sûr, supplantait tout, mais son Giorgione venait de périr dans les flammes ?

— Une valise, vous êtes certain que cet homme ne transportait rien d'autre ?

— Je suis désolé, le reste était déjà planqué, rajouta-t-il dans sa manœuvre tortueuse.

Saoul comme un Polonais, cet abruti a mis le feu.

— Mais il reste d'autres objets, dans le coffre ?

— Il est vide, le salaud s'est bien servi, mais la valise est sauvée. Ne pensez pas trop à cet homme, il a eu sa chance, c'était lui ou nous.

— À cinq contre un, vous ne me ferez pas croire une chose pareille. J'ai entendu des cris, il vous a probablement supplié, vous l'avez abattu comme un chien.

Les autres tendaient l'oreille. Aucun n'intervenait.

— Comment osez-vous ? Nous protégeons vos biens et vous êtes en train de nous dire que nous sommes des assassins ?

— Il se trouve qu'il y avait quelque chose auquel je tenais particulièrement dans cette hutte. Vos hommes ont non seulement tué un homme, de la pire façon, mais aussi détruit une pièce inestimable. Vous le paierez très cher.

— Vraiment ? Et que comptez-vous faire ?

Maintenant qu'il avait lâché l'enfant, la poigne de Don Pedro se resserra douloureusement sur son cou.

— Ça suffit, cracha-t-il. Nous savons qui vous êtes. La miraculée de la bibliothèque universitaire. Figurez-vous que c'est un de mes hommes qui vous a sauvée. Alger est un village, à Bab El Oued *a fortiori*, tout se savait. Raymond vous a identifiée, qu'est-ce que vous croyez ? Alors, fermez-la ! Nous vous avons défendue, ce n'est pas pour vous tuer maintenant. Repartez vous coucher. Coopérez, ou si ça ne vous va pas, dégagez à l'aube. Et inutile de prévenir la police, Dionisio n'existe pas, ces Indiens ne sont même pas inscrits à l'état civil.

Don Pedro lâcha prise et recula. Les ordres claquaient. Madeleine, terrifiée, se rendait compte qu'entre la perte du vieux tableau et l'horreur devant elle les effets s'annulaient. Dans une lucidité parfaite, elle n'aspirait plus qu'à fuir avec sa fille et Adrien, c'était le plus important, qu'ils sortent indemnes de cette histoire. Stupidement, jugea-t-elle, un refrain de Dalida s'insinuait en elle, « C'était le temps des fleurs/On ignorait la peur/Les lendemains avaient un goût de miel/Ton bras prenait mon bras/Ta voix suivait ma voix/ On était jeunes et l'on croyait au ciel/La-la-la-la-la-la, la-la-la-la-la-la… »

Le « fiston » lui aussi ne bougeait plus. Il avait suivi le même chemin que Madeleine, réveillé par un cauchemar. Pleurant à chaudes larmes, il finit par hoqueter :

— Dionisio existe, papé, c'est mon ami, c'est lui qui m'offre des bracelets de plumes, des griffes de nandou, il me dit qu'ainsi je serais fort et rapide. Tu sais, je l'ai entendu dans mes rêves, il m'appelait à l'aide, j'ai accouru. Vous avez fait quoi, papé, vous avez fait quoi ?

— Eh bien, cet Indien veillera sur toi, François. Et n'oublie pas que tu portes un nom porte-bonheur. François Lachance, que peut-il t'arriver ? Allez, viens, je te raccompagne chez toi. Quant à vous, Madame, vous connaissez le chemin. Vous trouverez la valise sans problème, votre voleur l'a abandonnée près de la R8, beau modèle au fait. Et que votre mari non plus ne s'avise pas…

Il disparut sur cette menace. Madeleine laissa passer quelques secondes pour rejoindre la mission. Sous les voûtes, elle ne put s'empêcher de vomir. Mais les larmes ne venaient pas. Elle vacillait toujours d'une réalité à l'autre et se trouvait bien coriace, presque à regret. Un peu plus tard, elle finit par réveiller Adrien pour tout lui raconter. Face à cette bande armée, il n'y avait bien sûr rien d'autre à faire que fuir, l'OAS n'avait jamais menacé ses proies à la légère. Moins d'une demi-heure plus tard, ils filaient sur la piste. Blanche dormait sur la banquette arrière, rassurée par ses parents, à peine consciente de ce qui leur arrivait.

Des mois et des mois plus tard, Madeleine tentait toujours de trouver un sens aux événements de cette nuit. L'enchaînement chronologique des faits résistait à sa logique, elle cherchait sans cesse un détail qui lui aurait échappé.

La révolte du petit François dessinait un autre portrait du malheureux Dionisio. Qu'il ait subtilisé les réserves de biscuits, les quelques bouteilles de vin, ces stocks qu'elle pensait ne pas trouver à l'épicerie de Misión Tacaaglé, semblait déjà étonnant. À moins d'agir sous le coup d'une impulsivité suicidaire, un voleur prend quelques précautions, la première consistant à ne pas vivre à proximité immédiate de son butin. Mais soit, après tout, puisqu'il n'était que de passage. Mais l'encombrante caisse en bois, confectionnée par Adrien, son fermoir compliqué à forcer, ça échappait à toute logique. Enfin, pourquoi pas, après tout ? D'autant qu'elle n'avait aucun moyen d'avancer, qu'il ne lui restait qu'à tricoter des scénarios, face à des anciens de l'OAS, on ne pouvait imaginer que des coups tordus.

Conscient d'une menace sur sa famille, Adrien avait choisi d'entériner la perte du Giorgione dans l'incendie. Il avait fait promettre à sa femme de ne rien entreprendre, qu'elle ne commence pas à se monter la tête, leur sécurité était en jeu. Bien sûr, Madeleine se doutait qu'au moindre indice elle repartirait bille en tête affronter Don Pedro. Une partie d'elle-même savait qu'elle n'éprouverait jamais cet effroi qui paralyse la proie devant son prédateur, et ainsi les questions se posaient, encore et encore.

Parmi celles qui revenaient, l'hypothèse d'un piège habilement tendu tenait la route. Et si la maison en bois avait été un leurre, que Don Pedro les avait volontairement attirés pour voler le Giorgione ? Forcément, le cadeau de Lopez laissait des traces parmi les anciens de l'Algérie française. Il lui avait rappelé ce cauchemar à la bibliothèque universitaire, quelqu'un du musée l'aurait mis sur sa piste ? Elle songeait à la secrétaire de Lopez, cette mademoiselle Fontaine qui affichait sans complexe ses sympathies pour l'OAS, le directeur ne savait pas tenir sa langue, jusqu'à quel point avait-elle été alertée par la découverte d'une toile vénitienne d'une valeur inestimable ? Il y avait le mariage aussi, où Lopez s'était lancé dans sa tirade. Elle n'y avait pas pensé tant elle s'était sentie en confiance. Mais parmi les convives, quelqu'un, longtemps après, aurait pu interpréter les tergiversations de Lopez, sa façon, prêchant l'inverse, d'authentifier un trésor de la Renaissance. Elle écartait d'office la sœur Marie-Guillemine, mais un copain d'Adrien ? Quoi qu'il en soit, elle n'avait pas de réponse et pensait qu'elle n'en aurait jamais. Aussi bien ce con de Dionisio avait bel et bien piqué la caisse pour la planquer chez lui. Ou une chose après l'autre, celle-ci s'était retrouvée entre les mains d'un des soldats. À moins d'aveux de Don Pedro, elle n'aurait jamais la vérité.

Ainsi finit-elle pas se résoudre à la perte de *Judith*. Après tout, en avait-elle encore besoin ? Le passé s'était effacé depuis longtemps. Maintenant qu'elle ne dessinait plus, que ses repères chronologiques commençaient par la naissance de Blanche, le vieux tableau méritait peut-être de finir dans les flammes.

Il fallut le déménagement à Buenos Aires pour que Giorgione fasse sa réapparition. Après une décennie de bons et loyaux services, les Simoni quittaient finalement Saucesito. Adrien sautait le pas, à 35 ans c'était le moment ou jamais de monter son affaire. On était en 1973, il avait déniché un atelier dans le quartier de Villa Crespo où s'étaient installés depuis des lustres les menuisiers et marchands de meubles. Il délaissait le bâti pour la fabrication de mobilier, c'est alors qu'un confrère reçut une commande particulière, une caisse en bois pour le transport d'un tableau, mais attention, il fallait un travail soigné pour sécuriser la toile, un écrin mousse aux dimensions exactes du tableau, et agi avec les critères les plus stricts des musées internationaux.

L'homme s'était souvenu d'une anecdote racontée par Adrien chez Sarkis, un café arménien au bord de Palermo : le déménagement d'une centaine de chefs-d'œuvre d'Alger au Louvre. Il lui téléphona. Sur le qui-vive, Adrien lui demanda de décrire son client, un petit homme sec et autoritaire, à l'accent français, aux cheveux ras, la panoplie complète des militaires qui tournaient autour du pouvoir en ce moment. La dimension du tableau fit le reste, 83 × 73 cm, exactement celui du Giorgione.

Ils avaient juré de tout se dire, de vivre à livre ouvert, autrement à quoi bon former un couple ? Mais est-ce que ce n'était pas stupide de partager cette révélation, de les jeter dans la gueule du loup ? Adrien se dit qu'il pouvait laisser filer, ou agir de lui-même, prétexter un déplacement professionnel et jouer au cow-boy. Il n'eut même pas le temps de se décider, son visage n'était vraiment pas un masque, l'obstination dans ses yeux, ses gestes, ses silences le trahirent en une soirée. Madeleine percevait tout, devinait toujours, il n'en avait pas envie mais, avec elle, pas la moindre chance qu'il entretienne une relation clandestine sans se faire répérer aussitôt. « Qu'est-ce qui ne va pas, qu'est-ce qui ne va pas, qu'est-ce qui ne va pas ? » répéta-t-elle. Il se dit qu'après tout, il n'avait pas le droit de lui cacher une chose pareille, *Judith* était saine et sauve.

Elle sourit de toutes ses dents. Ce qu'elle pressentait se révélait, Don Pedro ne leur avait pas forcément tendu un piège, simplement à un moment ou à un autre, lui et ses hommes étaient tombés sur Dionisio, un Dionisio les bras chargés de victuailles, encombré d'une caisse en bois difficile à transporter, un ouvrage si bien manufacturé qu'il transportait forcément quelque chose de valeur. Don Pedro s'était souvenu de cette rumeur autour d'un tableau, ne restait qu'à brûler la hutte et au matin informer les Simoni du pillage. Que Madeleine ait surgi dans la nuit ne changeait pas grand-chose, cela accréditait même la fabrique du mensonge, tout était parti dans les flammes.

Adrien, tendu, sincère, terrifié, rajouta que la vie était trop précieuse pour qu'ils envisagent, ne serait-ce qu'une seconde, de monter à Misión Tacaaglé. Et alors comment faire, car ils n'avaient pas le moindre allié ?

Il évoqua l'ambassade de France, l'attaché culturel, un officier de sécurité à qui se confier. Non, que savaient-ils d'eux ? Il suffisait de passer devant la grille d'enceinte en fer forgé de l'édifice, sa coupole, ses corniches et ses balcons finement ouvragés pour comprendre qu'ici ce n'était pas leur monde. Le protocole n'oubliait jamais les commandements des trois forces armées argentines, la fine fleur des officiers et les principaux responsables des entreprises d'État, mais de petites gens comme eux ? Ils ne pouvaient oublier le côté trafic d'art dans leur affaire, ils seraient embarqués pour recel, oui !

Ainsi Lopez refit surface.

Madeleine eut l'idée de le joindre à son bureau. Avec le décalage horaire elle sut rapidement qu'il n'avait pas bougé des Vosges. Elle l'appela à la rescousse, et bien entendu l'histoire non seulement l'amusa, mais le révolta aussi. L'OAS n'allait pas réussir dans la jungle argentine ce qu'il avait fait échouer lors du déménagement au Louvre. Il sauta dans un avion.

La nouvelle caisse n'était pas livrée qu'ils se retrouvaient tous les trois à Buenos Aires. Blanche, 10 ans, ne comprit pas pourquoi cet homme qui exultait (« Ah, ce soleil ! »), se présentait comme son parrain. Le lendemain avec Adrien, il achetait une voiture et partait fleur au fusil pour Formosa. Madeleine sut assez vite qu'il s'était retrouvé victorieux à Misión Tacaaglé.

Sereinement, elle le conforta dans son rôle de gardien.

Les années passèrent, et étrangement dans son esprit, le visage du petit François se mit à recouvrir celui de Judith, car *in fine* elle choisissait les vivants.

Que devenait-il ? Avec son petit cœur brisé ?

Épilogue

Tant pis si je généralise, Alger est bruyante, sale, lumineuse, on dirait l'Once. L'avion m'a épuisée. Depuis l'atterrissage à l'aéroport Houari-Boumédiène, j'imagine sans arrêt mes parents sur ces routes, collines, avenues et bords de mer. Je me promène seule sans vraiment trouver l'image qui me toucherait, c'est trop loin dans le temps, les quelques villas décrépies, les façades haussmanniennes, le Milk-Bar et des squares figés dans le temps ne peuvent faire illusion. Dans le même ordre d'idée, celle d'un monde résolument perdu, j'ai choisi pour ses vues sur le port un grand hôtel décati malgré ses splendeurs Art déco : l'Aletti, renommé Essafir. Je ne sais pas vraiment comment expliquer ma déception. De façon générale, tout est plus triste et flouté que je ne l'imaginais, tout me semble lointain, je ne peux me forcer à associer cette ville à mon histoire familiale, une génération aura suffi à défaire le lien. J'y pense d'ailleurs sans ressentir le moindre regret, comme une évidence, sans me demander si c'est bien ou non. Je suis là pour enfoncer le clou. Au fond, ma présence peut s'entendre comme un geste de diplomatie muséale. Ça m'aurait beaucoup plu de visiter Oran aussi et de partir sur les traces de Malika. Mais ce n'est pas le sujet aujourd'hui.

Ai-je fait le bon choix ? Je pense. Il faut parfois foncer tête baissée dans la vie, je n'ai vraiment pas tardé après ma rencontre avec Lopez. Puisqu'il avait accepté de me confier le vieux tableau, je l'ai soumis à l'analyse d'un expert et à ses rayons X. En quelques jours le verdict est tombé : l'entrée dans le corpus prendra du temps, mais la provenance est établie, ce Giorgione est partie intégrante des collections de l'impératrice Marie-Thérèse, ce groupe perdu au gré des voyages entre Bratislava et le château de Buda. Au début, mes interlocuteurs au musée d'Alger n'ont pas cru à une œuvre authentique. Malgré l'expertise, ils m'ont renvoyée aux faux arbitrairement attribués à Giorgione, aux nombreuses copies ou variantes en circulation. Il a fallu que Lopez leur parle pour qu'on avance enfin.

L'auteur de *La Tempête* allait se retrouver au musée des Beaux-Arts d'Alger, une restitution si on veut, c'était ça mon idée.

On a insisté pour m'offrir les billets d'avion. Allais-je voyager seule, ou accompagnée ? J'ai songé à Lopez, malgré son état, les heures avec et les heures sans. Il va un peu mieux depuis que je l'ai installé à Buenos Aires. J'ai réussi à lui procurer une retraite à l'ambassade de France, je ne sais pas pourquoi mais j'ai cherché pour lui un appartement calle Lafinur, le même genre d'immeuble de Palermo Chico où vivait ma mère. À une semaine du voyage, je ne m'étais toujours pas décidée. Lopez, c'était somme toute logique, mais son âge m'a convaincue de renoncer. J'ai songé à ma fille, pour aussitôt me dire que je n'avais aucune envie de lui transmettre ce poids familial sur les épaules. Pas question de voyager non plus avec Gabriel, ça n'aurait eu aucun sens. Alors j'ai eu cette idée. Cette fois, c'est moi qui ai pris rendez-vous avec François Lachance. Je lui ai tout raconté, dans les détails, les détours et les surprises contés par Lopez, ce que mes parents lui avaient confié du supplice de Dionisio. Et j'ai fini par lui tendre un billet d'avion. Direction Alger, pour soigner son âme tourmentée et son cœur en morceaux.

À présent, nous avançons tous les deux dans la galerie des peintures du musée des Beaux-Arts. Je remarque les natures mortes, les paysages, je me sens attirée par un *Portrait de femme* signé Pierre Puvis de Chavannes. En nous apercevant, une petite foule d'officiels et de journalistes s'écartent pour nous laisser passer.

— Alors maintenant on est en paix, hein ? fait Lachance. Ce n'est pas un rêve bizarre ?

Non, et je suis heureuse pour lui. Les secrets sont levés. Il en a fini avec ses regards désespérés.

Moi aussi je vais mieux. J'ai écrit ces pages dans l'idée qu'elles me feraient du bien, sans leur conférer plus de valeur que ça, imaginant surtout que Luna les verrait un jour. On dirait que le séjour au commissariat de Riacho He-Hé a mis du plomb dans sa cervelle. Qui sait, ce sera peut-être elle qui aura envie de visiter Oran, la ville natale de sa grand-mère Malika ?

Au-dehors, le jardin d'essai fait remonter des odeurs de jasmin. Nous sommes arrivés un peu en retard, devant les officiels un historien de l'art remonte les siècles, empruntant son envolée à l'essayiste Walter Pater. Il souligne la musicalité de l'œuvre de Giorgione, sa conception de la peinture comme une écriture de la lumière. J'écoute à peine, la description du tableau m'est familière, et ce n'est pas cet érudit qui répondra à la seule question qui me taraude encore, faute d'archives inédites : pourquoi Giorgione a peint sur toile une Judith qui n'est pas celle de Saint-Pétersbourg ? Pourquoi deux chefs-d'œuvre sur le même sujet ? Quel sens donner à ce travail que la mort n'atteint pas ?

J'aimerais parvenir à quelque chose de conclusif, offrir une vérité, même si je sais bien que l'art échappe à la réalité. Parce que s'il y a des explications, peut-être que j'ai le droit moi aussi d'ajouter une version. Le vieux tableau est passé de main en main depuis cinq cents années, je l'ai pisté comme d'autres l'ont préservé, sauvegardé. Au bout du compte, Giorgione n'a-t-il pas répété son héroïne pour qu'une Judith vengeresse veille sur des coins du monde où les femmes ont bien du pain sur la planche ?

Eh bien, j'en suis là quand j'aperçois un très vieil homme qui se faufile et se détache du lot, sans doute alerté par la presse et le remue-ménage. De près, son visage ressemble à ces portraits craquelés par les années et les vernis. Par une légère transmutation, ses yeux, son nez épais ressuscitent ma mère.

Oncle Sid Ahmed ?

Notes et remerciements

Puisque des personnages existants traversent ce roman, je me suis attaché à préserver leur anonymat en brouillant quelque peu les pistes et les coïncidences. Ceci est une fiction, et naturellement les pieds-noirs échoués à Misión Tacaaglé ne sont pas tout à fait ces extrémistes prêts à en découdre jusqu'à la fin de leurs jours. Dans l'ensemble, j'ai d'ailleurs voulu raconter l'histoire de Français originaires de France, d'Espagne, de Malte, d'Italie, par-delà les cercles nostalgiques ou les condamnations, comme l'œuvre de Jacques Ferrandez nous y invite, ou le roman de Maurice Attia *Alger la Noire*, Babel Noir 2006, parmi d'autres.

Forcément avec l'Algérie française, le contexte est prenant, complexe, les événements se bousculent, la tentation était grande de parsemer le texte de notes de bas de page. Finalement, je trouve qu'elles sentent un peu la transpiration dans une fiction, qu'elles empêchent de lire l'esprit léger, c'est pourquoi, à mesure de mes relectures, je les ai supprimées ou déplacées ici-bas. On fera ainsi le lien avec les sources croisées tout au long du récit.

Les principaux éléments factuels de la présence pied-noir en Argentine s'inspirent librement du travail de Geneviève Verdo, *Les Français d'Afrique du Nord en Argentine : bilan provisoire d'une migration (1964-1988)*, Mémoire de maîtrise sous la direction de François-Xavier Guerra, Université de Paris I, 1989.

Le Monde, à travers une série de trois reportages, s'est avéré une source précieuse. De même que Romain Gaignard, « La faillite de l'expérience de colonisation agricole des pieds-noirs en Argentine », *Cahiers d'outre-mer*, juillet-septembre 1968.

Concernant cette formidable histoire du musée des Beaux-Arts d'Alger, je retiens : Andrew Bellisari, « The Art of Decolonization: The Battle for Algeria's French Art, 1962-70 », *Journal of Contemporary History*, 2017. Djenidi Amel, « Constitution d'une collection : le musée des Beaux-Arts d'Alger », *Jamaliyat cultural studies Review*, 2019. Élisabeth Cazenave et Jean-Christian Serna, *Le Patrimoine artistique français de l'Algérie : les œuvres du musée national des Beaux-Arts d'Alger, de la constitution à la restitution, 1857-1970*, Éditions Abd-el-Tif, 2017. Tous mes remerciements aussi à Mathilde Combet, du service d'études et de documentation du département des peintures du musée du Louvre.

Puisque Adrien et Madeleine forment un couple mixte, je tiens à dévoiler un chiffre qui me paraît aussi terrible qu'ahurissant : dans les années 1950, l'état civil des départements algériens n'enregistre qu'une petite soixantaine de mariages mixtes, dont vingt à vingt-cinq intéressent des musulmanes. J'ai trouvé ça chez Claude Liauzu, « Guerre des Sabines et tabou du métissage : les mariages mixtes de l'Algérie coloniale à l'immigration en France », *Les cahiers du CEDREF*, 2000.

Enfin, je veux également saluer Carlos Schmerkin pour ses conseils éclairés, mon ami marchand d'art Julien Petit, les éditrices et collaboratrices de ma maison préférée, Les Escales, sans oublier Laure Dupont pour sa sensibilité au texte.

Dernières parutions

M. J. Arlidge
Ainsi font font font

Catherine Bardon
Almah

Harold Cobert
Le Procès Mein Kampf

Kate Collins
La Maison idéale

Claudia Cravens
L'Affranchie

Frédéric Germain
Nos vies volées

Emilia Hart
Les Sirènes

Elin Hilderbrand
Un couple parfait

Ismaël Khelifa
Ce que la vie a de plus beau

Gilly Macmillan
De si bons voisins

Rebecca Makkai
J'ai quelques questions à vous poser

Ann Napolitano
Les Bien-aimés

Heather O'Neill
Perdre la tête

Martin Page
La Tendresse des catastrophes

Lina María Parra Ochoa
La Main qui guérit

Valérie Paturaud
La Cuisinière des Kennedy

Marie Pavlenko
Traverser les montagnes, et venir naître ici

Pour en savoir plus sur l'actualité des Escales,
vous pouvez consulter notre site Internet
www.lesescales.fr
et nous suivre sur les réseaux sociaux

Editions Les Escales

@LesEscales

#lisez engagé !
www.lisez.com
Pour plus d'information :
Imprimé sur du papier issu de forêts gérées durablement.

Achevé d'imprimer par
Normandie Roto Impression s.a.s.
N° d'impression : 2501096

Imprimé en France